함박꽃도 감나무 그늘 밑에
있으면 영원히 꽃이 피지
않는다

함박꽃도 감나무 그늘 밑에 있으면 영원히 꽃이 피지 않는다

발행일   2020년 8월 28일

지은이   김희성
펴낸이   손형국
펴낸곳   (주)북랩
편집인   선일영   편집   정두철, 윤성아, 최승헌, 최예은, 이예지, 최예원
디자인   이현수, 한수희, 김민하, 김윤주, 허지혜   제작   박기성, 황동현, 구성우, 권태련
마케팅   김회란, 박진관, 장은별
출판등록   2004. 12. 1(제2012-000051호)
주소   서울특별시 금천구 가산디지털 1로 168, 우림라이온스밸리 B동 B113~114호, C동 B101호
홈페이지   www.book.co.kr
전화번호   (02)2026-5777   팩스   (02)2026-5747

ISBN   979-11-6539-364-9 03810 (종이책)   979-11-6539-365-6 05810 (전자책)

이 도시의 국립중앙도서관 출판예정도서목록(CIP)은 서지정보유통지원시스템 홈페이지(http://seoji.nl.go.kr)와
국가자료공동목록시스템(http://www.nl.go.kr/kolisnet)에서 이용하실 수 있습니다.
(CIP제어번호: CIP2020036313)

함박꽃도 감나무 그늘 밑에 있으면 영원히 꽃이 피지 않는다

김희성 산문집

북랩 book Lab

책을 펴내며

나는 지금껏 글을 쓰는 동안 늘 속으로 나 자신도 내가 무슨 말을 어떻게 꺼낼지 항상 궁금했다. 나는 나 자신을 한번 시험해 보고 싶었다. 나는 처음부터 끝까지 초지일관 온종일 글을 쓰는 일에만 매달려 거의 파묻혀 지내다시피 하며 살았다. 그리고 나는 내 속에 나에 대한 그 어떤 아무런 기대도 갖고 있지 않았다. 왜냐하면 나는 오직 나의 능력 속에서 나를 알고 싶었을 뿐이다. 그것이 내가 글을 썼던 이유 중의 하나다.

나에게 글은 그야말로 행복한 경험이었다. 분명 글을 쓰는 것은 내겐 커다란 기쁨이며 즐거운 여행이자 놀이였다. 그렇다고 나에게 특별히 시간적 여유가 있었던 것도 아니다. 나 또한 먹고 살아야 하는 까닭에 틈틈이 시간이 날 때마다 매일 집에서 조금씩 글을 썼다. 그 덕분에 이렇듯 어엿한 한 권의 책을 완성했다. 그동안 글을 쓰면서 내 나름대로 느낀 점이 있다면 인간은 삶의 한가운데 떠 있는 배처럼 삶 그 자체가 목적이 아니라 삶의 과정에 지나지 않는다는 사실이다. 다만 사람마다 살아가는 방식이 다르므로 누군가는 행복한 가운데 삶의 의미를 깨닫고 어떤 사람은 불행한 가운데 정작 삶을 깨닫지 못한다는 것이 다를 뿐이다. 그런 와중에 내가 한 가지 말하고 싶은 것이 있다면 인간은 좀 더 솔직해지는 법을 배워야 한다는 것이다. 자기 자신에게 더욱 솔직해질 때만이 비로소 삶을 있는 그대로 수용하고 배울 수 있는 참다운 지혜가 생긴다. 그 말이 내가 하고 싶은 말의 전부다.

미리 밝히지만, 이 책은 내 인생에 대한 투철한 경험과 철저한 깨달음을 바탕으로 번뜩이는 지혜와 날카로운 통찰력을 담고 있다. 설령 나와 생각하는 방향이 다르더라도 삶을 이해하고, 이해하지 못하고는 전적으로 책을 읽는 독자의 몫이다. 까닭인즉 자비로운 사람은 또한 무자비하기 때문이다.

아울러 마치 나의 할 일을 다 한 것처럼 한편으로 무척 마음이 기쁘기 그지없다. 매우 존귀한 책은 꿈보다 달콤하고 술보다 취하게 만든다.

끝으로 이 자리를 빌려서 나는 누구보다 나의 아내에게 제일 먼저 고맙다는 말을 꼭 전해 주고 싶다. 만약 나의 아내가 없었다면 오늘날 과연 내가 이처럼 책을 만들고 펴낼 수 있었을까. 그러므로 이 책은 나를 비롯한 나의 아내를 위한 것이며 그 밖의 모든 사람을 위한 것이다.

2020년 7월 장마철
충북 영동의 금동마을 사랑채에서
김희섭

책을 펴내며

차례

책을 펴내며   5

 1부 죽음이 오기 전에 너 자신부터 구하라

가라사대   15

비록 한없이 슬플지라도   19

누가 이 가엾은 죄인에게 돌을 던지랴   21

독이 든 성배   30

나는 누구인가   31

서른 즈음에   35

지랄 같은 내 인생   37

젊음이란   42

울고 있느냐   46

모처럼 인생 선배로서 하는 말   48

단세포 동물의 정의   54

오늘의 주제와 관련해서   55

19오 8258   72

세상을 살다 보면   73

글은 뭐 아무나 쓰나   75

들어나 보소   79

웬수야, 알았냐   90

누군가에게 책을 주다 보면   94

일자무식   96

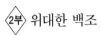 **2부 위대한 백조**

매우 아름다운 일화   98

과연 그 자가   101

우연히 마당을 거닐다가   102

같은 남자로서   103

더 큰 자기   105

차(茶)와 소승과 만남   107

만약에   111

『법구경』 중에서   112

새벽닭   116

열정과 고뇌의 불멸의 화가   117

나는 빵 원   123

주인과 종   125

도저히 구제 불능인 인간   126

가을 편지   127

경험의 차이가 곧 깨달음   128

붓다의 향기   129

나방 한 마리   142

무릇 예술이란   143

글을 쓰는 데 있어서   144

어쩌다가 그런   146

꿈이 있는 인생   147

 3부 찰나의 순간 속에 영원이 깃들어 있다

누가 신을 말하는가 152

비상을 꿈꾸며 161

선비와 까치 163

성공이란 169

이 몸의 문학을 폄하하려거든 170

비록 동물의 세계일지라도 171

원리 원칙 같은 소리 좋아하시네 172

찌는 듯한 무더위 173

술에 대한 생각 174

예술은 곧 상상력 176

결혼에 대하여 177

지나가는 한 말씀 184

사라하의 노래 185

이 세상의 모든 부모에게 213

소위 댁 같은 사람 219

독서의 의미 220

나의 아내의 비상한 재주 225

남자와 여자 226

종교인들에게 보내는 메시지 227

4부 국화꽃 향기를 맡았는가

네 어린아이의 곶감을 탐하지 말라   234

돈이란   235

화자와 독자   236

나의 남편 되시는 분께서   237

구루   238

이 세상의 수많은 길 중에   239

소승과 한 미모의 여성   242

적반하장   244

행운아   245

고뿔   246

이십 대란   249

봄날은 간다   250

피에로에 대하여   252

열공·멸공   258

다시 자연 곁에서   260

아내와 사냥개   269

예술을 위한 변명   271

산과 인생   273

5부 함박꽃도 감나무 그늘 밑에
있으면 영원히 꽃이 피지
않는다

만년을 살아도　　　　　　　　276

노년　　　　　　　　　　　277

좁쌀의 비유　　　　　　　　278

인생의 고찰　　　　　　　　279

그리운 선생님　　　　　　　280

참된 예술가　　　　　　　　282

질문에 따라　　　　　　　　283

인생은 도박이다　　　　　　284

하느님 전상서　　　　　　　285

참된 어른　　　　　　　　　286

이 사회를 떠나며　　　　　　288

파리와 나　　　　　　　　　294

도란 무엇입니까　　　　　　295

그럼에도 불구하고　　　　　296

도로 아미타불　　　　　　　297

중고 노트북　　　　　　　　298

구정물의 약속　　　　　　　299

사부님 가라사대　　　　　　300

1부

죽음이 오기 전에 너 자신부터 구하라

이 풍진 세상을 만났으니 너의 희망이 무엇이냐

가라사대

　이 세상에 영원한 것은 아무것도 없다. 사랑도, 꿈도, 열정도 다만 그때그때 피었다는 지는 꽃처럼 한때 나의 소임을 다할 때 비로소 아름다운 것이지, 제아무리 꽃다운 청춘일지라도 언젠가는 지게 마련이거늘 한낱 탐욕에 눈이 멀어 자신을 망치는 것처럼 어리석음이 또 어디에 있으랴.

　비록 이 풍진 세상을 살지언정 단지 먹고 마시고 자며 하루하루를 그냥 시간만 보내기보다 어쩌면 가까운 미래에 있을지도 모를 더 나은 삶을 위해 틈틈이 자신을 연마하고 갈고 닦음으로써 장차 먼 훗날을 미리 대비하고 더욱 견고히 도모하게 되는바, 한 번 지나가 버린 시간은 다시는 오지 않고 옛 추억은 오래 기억 속에 남아 고이 간직되나니 실로 우리가 무엇을 더 가까이하고 소중히 하며 무엇은 더 멀리하고 경계해야만 하는가.

　자고로 지성이면 감천이요, 인명이면 제천이라 했던가. 뜻이 있는 곳에 반드시 길이 있고 길이 있는 곳에 반드시 뜻이 있다. 한편, 보기에 따라 세상도 제각각 다르고 사람도 마음먹기에 따라 때론 얼마든지 달라진다. 당장 눈앞의 이득에만 집착한 나머지 나무는 보고 숲은 보지 못하는 그야말로 소탐대실에 망연자실한들, 이미 까마득한 세월이 지난 뒤에 한참을 돌이켜 생각해본들 무슨 소용이 있으며 그때 가서 땅을 치고 하늘을 원망한들 무슨 소용이 있으랴.

미처 깨닫지 못한 지난날의 나 자신이 다만 퍽 한스러울 뿐, 마치 '콩' 심은 데 '콩'이 나고 '팥' 심은 데 '팥'이 난다는 속담처럼 무엇이나 자신이 지은 대로 결과 역시 똑같이 따라오기 마련이다. 따라서 우리가 이 세상을 어떤 마음가짐으로 바라보고 무엇을 또한 바르게 깨닫고 실천해야만 옳은가.

본디 세상에 공짜란 원래가 하나도 없고 오직 자신의 노력한 만큼의 결실과 행운이 따를 뿐, 모름지기 그러한 데는 다 그만한 이유와 까닭이 있은즉, 무릇 지혜로운 사람은 자연의 순리에 따라 순응하는 데서 점차 성공을 기약하고 반대로 어리석은 사람은 자연의 이치를 거스르고 역행하는 데서 자칫 화근의 불씨를 초래하는 법이다.

그러므로 먼저 내가 할 일이 무엇인지 곰곰이 생각하고 나서 과연 무엇을 위해 살지를 우선 나 자신에게 진지하게 물어보라. 정작 중요한 것은 내가 누구냐 하는 것이다. 아무리 미천한 사람도 남다른 구석이 있거든 겉보기에 매우 평범해 보이는 원석에 지나지 않을지라도 차차 빛이 날수록 시금석에서 금은보석이 되는 것처럼 정작 내가 무엇을 어떻게 하는가에 따라 장차 피가 되고 살이 되고 뼈가 되는 것이다.

　반면에 땀 흘리지 않고 온종일 먹고 놀면서 행여 물에 빠진 사람처럼 여기저기 기웃거리고 빈둥거릴 바에 차라리 머리나 깎고 절에 가서 하다못해 땡중 노릇이나 하며 평생 공염불에 염불이나 외울 것이지, 무슨 까닭에 하필 아무 죄 없는 사람들만 괴롭히고 잔뜩 피해를 주며 그토록 애꿎은 이웃들만 하염없이 못살게 구는가. 진정 누군가를 남몰래 도와주지 못할망정 애당초 사람 되기란 다 그른바, 그런즉 우리가 매사에 어떤 사람을 더욱 존중하고 따르며 어떤 사람에 대해서는 주의하여 조심해야만 되는가.

　설령 뼈를 깎는 고통에 인생의 쓰디쓴 고배의 잔을 마실지라도 있는 힘껏 최선을 다해 끝까지 포기하지 않는 한, 아무럼 세상이 어지럽고 혼탁하다고 하나 바로 그런 사람들이 우리 곁에 있음으로 인해 아직은 그래도 살아볼 만한 더 아름다운 세상이 만들어지는 것을. 옛 성현이 이르기를 아예 오르지 못할 나무가 없고 넘지 못할 산이 없으며 능히 이루지 못할 것이 없다 하였던 즉, 하느님 가라사대 "구하는 자는 복이 있나니 세상이 바로 저희의 것이니라" 하신 바다.

　하물며 작은 미물조차도 저토록 살기 위해서 기를 쓰고 아등바등하는 꼴이 참으로 눈물겹거늘 소위 만물의 영장이라는 인간이 어찌 오늘날 나의 할 바를 모른 채 남의 소만 세고 앉은 목동처럼 감나무에서 감 놔라, 배나무에서 배 놔라 하듯 온갖 잡소리나 지껄이고 앉아 빈 수레만 요란하니 떠들썩한 것인가.

입 닥치고 조용히 앉아 소승이 일러주는 고뇌의 찬 인생의 한마디에 그만 숨죽여 귀담아들을 것이니 속히 죽음이 오기 전에 너 자신부터 구하라!

비록 한없이 슬플지라도

　누구인들 고달프고 외롭지 않은 사람이 있으랴. 나만이 아프고 나만이 슬프고 나만이 괴로운 것이 아니다. 이 세상 누구나 저마다의 아픔과 사연으로 인해 괴롭지 않은 사람이 없거늘 어찌 꽃 피는 날이 있으면 꽃 지는 날이 없으랴.

　네가 기쁘면 나도 기쁘고 네가 슬프면 나도 슬프고 네가 웃으면 나도 웃고 네가 울면 나도 울듯 아무리 잘난 사람도, 아무리 못난 사람도 다 같은 하늘 아래 먹고 자는 것은 매한가지거늘 세상천지 바람에 흔들리지 않는 꽃이 어디에 있으며 지지 않는 꽃이 어디에 있으랴.

　네가 그립고 슬프면 나도 그립고 슬프고 네가 괴롭고 서글프면 나도 괴롭고 서글프고 네가 몹시 서러우면 나 또한 몹시 서러운 법이거늘 얼마나 잘났으면 얼마나 잘났고 얼마나 못났으면 얼마나 못났길래 서로 시기를 하고 서로 차별하고 서로 차등을 해야만 하는가.

　누구는 태어날 때부터 만 가지 복을 갖고 태어나고 누구는 빈털터리인 채 단 두 주먹만 손에 쥐고 오더냐. 너나 나나 어차피 빈

19

몸뚱이로 와 옷 한 벌 걸치고 사는 것은 다 마찬가지거늘 무엇이 그리도 잘나서 남을 함부로 업신여기고 깔보며 재차 흉을 봐야만 옳은가.

다만 내가 태어난 대로 만족하고 살면 그것으로 충분한 것을 왜 하필 남의 밥그릇은 발로 차고 엉뚱하게 화풀이하는 가운데 구태 여 해코지를 해야만 쓰는가.

내가 나를 사랑하지 않는데 어떻게 타인을 사랑할 수 있으며 내 가 나를 용서하지 않는 이상, 남은 용서할 수 있으랴. 내가 먼저 나를 사랑하고 용서할 수 있을 때만이 다른 누군가도 똑같이 사랑 하고 용서할 수 있는 법이다.

비록 세상이 나를 헐뜯고 비난할지라도 결코 남을 원망하고 미 워하지 말라. 만약 죄가 있다면 어리석고 무지한 것이 죄라면 죄일 뿐, 이 세상에 털어서 먼지 하나 없는 사람이 어디에 있으며 죄 없 는 사람이 어디에 있으랴.

애써 불쌍한 사람을 곁에서 도와주지 못할망정 굳이 남의 눈에 피눈물을 흘리게 만들면 언젠가 나의 눈에도 피눈물이 흘리는 격 이거늘 무심코 던진 돌멩이에 어쩌다 개구리가 맞아 죽는 법이다.

아, 어리석은지고. 형제의 눈 속에 있는 티는 보면서도 자신의 눈 속에 있는 들보는 보지 못한다.

누가 이 가엾은 죄인에게 돌을 던지랴

때론 인생에 공허한 것처럼 쓸쓸한 것이 없고 손뼉도 마주쳐야만 소리가 나고 제아무리 몸에 걸맞은 옷도 제 몸에 딱 맞아야만 제격이듯 세상만사 모든 게 스스로 빛나기보다 항상 이것은 저것에 의해서, 저것은 이것에 의해서 서로가 통하고 보완이 됨으로써 본래 가진 하나의 시가 되고 하나의 노래가 되며 하나의 춤이 되는 것을. 태초에 하느님께서 천지를 창조하사 더욱 거룩하게 하신 바, 먼저 하늘의 뜻을 알고 땅의 이치를 깨닫고 만물의 조화를 이루거든 무조건 저만 잘났다고 하여 만사형통에 운수대통하는 것도 아니고 그렇다고 더군다나 뜻하는 대로 뭐든지 다 이루어지는 것도 아니다.

더더욱 세상에 등을 진 나머지 나만의 옹졸한 생각에 갇혀 어느새 마음의 빗장을 걸어 잠근 채 세상을 가득 저주하고 증오한들 결국 자기 자신마저 스스로 져버린 사람은 하늘도 용서치 않을뿐더러 그 누구도 나를 동정하지 않거니와 내가 나를 버리는 순간 아무도 나를 돌아보지 않는다는 사실을 명심하라.

비록 어쩌다가 빈털터리 신세처럼 한낱 떠돌이 같은 부랑자가 될

지언정 반드시 무슨 수를 써서라도 기필코 땅을 짚고 다시 일어서는 한이 있어도 필시 재건하고자 굳은 신념으로 돌파구를 마련해야만 한 가닥 희망이 생기는 가운데 혹시라도 위급한 상황이 닥쳐도 언젠가 남의 도움의 손길이 나타나는 것이지, 막상 자포자기 심정으로 우두커니 절망 속에서 하루하루 가기만 바란다고 하여 그 누가 나를 동정하는 것도 아니고 그렇다고 더군다나 마냥 허송세월에 잠자코 앉아 가만히 하늘만 바라본다고 만사가 저절로 해결되는 것도 아니다.

우선 필연적으로 본인의 마음을 다스리고 시급히 자신의 안위와 안일을 보살펴야만 다음을 기약하고 먼 미래를 향해 도약할 기회를 발판삼아 이를 계기로 새로운 희망의 노를 저어 더욱더 알찬 새 희망이 용솟음치는 가운데 마침내 또 다른 새 역사를 창조하는 것이지, 무턱대고 막무가내로 자조 섞인 푸념만 늘어놓는 가운데 줄곧 이내 처지만 비관한다고 하여 한순간 세상이 변하고 갑자기 뒤바뀌듯 달라지는 것도 아닐 터, 그렇다고 더군다나 금방 혀를 깨물고 죽는다고 그 어느 누가 나를 위해 대성통곡하듯 구슬피 우는 것도 아니다.

이를테면 비교적 멀쩡한 사람만 아무 탈 없고 아무 탈 없는 사람만 꼭 멀쩡하다는 법도 없다.

이왕이면 세상에 등을 지고 막연히 숨어서 지내기를 희망하기보다 때때로 사람들과 왕래를 바랄 겸 부지기수 사람들의 목소리에 세심한 귀를 기울이고 되도록 가급적 마음의 문을 열고 더욱 낮은 자세로 겸허히 나를 받아들이고 또한 동참하는 가운데 그런 와중에 나의 부족하고 아둔한 불찰을 깨닫고 자각하는 동안 점차 눈앞의 현실을 직시하고 이내 과거를 돌아봄으로써 이를 통해 그릇된 편견과 오만에서 비롯한 집착의 때를 버리고 그간 나를 가두는 생각에서 벗어나 장차 앞으로 할 일을 택하고 비로소 밝은 미래를 꿈꾸고 나아가 더불어 만백성 누구나 공평한 세상을 이룩하는 것이지, 항시 어두운 생각으로 인하여 어리석은 잣대로 세상을 비판한 나머지 그릇된 생각에 사로잡혀 허수아비를 추종하고 옳고 그른 시시비비를 가려본들 과연 그 누가 나의 말을 따르고 섬기기는커녕 한낱 부질없는 욕심에 매우 처량하기 짝이 없을 뿐 아니라 지극히 외딴 생각에 공연히 허탕만 칠 뿐, 어느덧 나만의 세계에 안주해서 미처 빠져나올 수 없는 지경에 영원히 갇혀 두 번 다시 헤어나지 못하는 법이다.

그러하건대, 곧 이내 자신을 생각하기에 앞서 나로 인해 타인이 겪을 고초를 미리 염두에 두고 친히 몸소 나서서 말없이 실천하는 가운데 노심초사 심사숙고해서 주변의 상황을 고려한 연후에 과연 무엇이 나를 위하고 서로를 위한 길인지 뜻밖의 실마리를 풀고 그와 동시에 해결책을 모색하고 방안을 마련하는 가운데 피차 서로 간에 고충을 헤아리고 지금까지 허심탄회한 의견을 논함으로써 어느 찰나 부처님 같은 자비심으로 말미암아 은연중에 넓은 아량을 베풀고 제법 자애롭고 충만한 가운데 사회에 이바지하는 사람이 되는 것이지, 마치 우물 안 개구리마냥 자화자찬에 독선을 행하고 타인의 충고에도 아랑곳하지 않고 맹목적으로 불신한 나머지 커다란 착각에 빠져 우격다짐으로 노발대발한들 그런다고 세상이 나를 알아주고 그 누가 나의 말을 동조하기는커녕, 스스로 자초한 결과 깊은 나락으로 떨어져서 행여 나 외에는 아무것도 보이지 않을 뿐 아니라 오히려 남의 눈총과 비웃음을 사는 반면에 급기야 오만불손한 나머지 자칫 사람들에게 손가락질을 당하기 일쑤다.

가령 똥 묻은 개가 겨 묻은 개 나무란다고 날마다 술독에 빠져 미처 헤어나지 못하는 주제에 과연 무슨 면목으로 처자식을 거느리고 무슨 염치로 또한 오가는 사람들을 대하며 한편, 조상님들의 얼굴을 뵐 낯이 있단 말인가.

이에 소승이 하는 말을 예의 주시하여 모쪼록 경청해서 이른바 빠짐없이 기록하듯 낱낱이 듣기를 일찍이 조상님께서 바라옵건대 갓 인간 세상에 태어나 저마다 각자의 길이 따로 정해져 있듯이 맡은바 본분과 소임을 다함이 마땅하거늘 불과 정처 없이 떠도는 방랑자처럼 일거수일투족 갈피를 잡지 못하고 단지 사리사욕에 눈이 멀어 뜬구름마냥 허황된 꿈에 비록 방탕하여 흥청망청하기로 아울러 근거 없는 헛소문에 불과한 함정에 속아 가진 재물을 탕진하고 남의 이목에 이끌려 이처럼 뼈아픈 와중에 마치 실성이라도 하듯 땅이 꺼질세라 고래고래 고함을 지르고 그것도 모자라 무책임한 가운데 수수방관한 나머지 설상가상 속수무책으로 비몽사몽간에 도탄에 빠져 자학하기를 더욱이 맹목적인 자아도취에 현혹되어 자신도 모르는 사이 파멸에 이르는 길인 줄 모르고 망각의 늪에서 영원히 헤어나지 못하는 이상 과연 무슨 수로 집착의 번뇌를 끊고 족쇄의 그늘에서 벗어날 길이 있겠느냐마는 한낱 패배주의로 인해 미친 듯이 울분을 토하고 굶주린 사람처럼 비탄에 잠겨 타락한 나머지 일체 머리를 풀어 헤치고 그대로 작심하듯 주저앉아 끝내 세상을 한탄한 끝에 마구 가슴을 쥐어뜯듯 도려내고 차마 형언할 수 없는 갖가지 말로 이내 사람을 모독할지언정 내 어찌 그런 그대를 가만히 곁에 두고 보고만 있으랴.

무릇 다 같은 인간이라고 하여 그 누구나 가는 길이 다 길이 아니고 하필 망나니처럼 되는대로 산다고 너나 할 것 없이 모든 사람이 전부가 인생이 아니다. 최소한 인간이라는 작자는 적어도 나의 직책에 맞게 미리 행할 바를 행하고 좀처럼 깨닫는 가운데 그에 대한 의무와 책임을 다하고 나에 따른 본분을 충실히 이행하고 또한 정도를 지키는 것이 사람의 도리거늘 하필 사사로운 정에 이끌려 비굴하기로 파렴치한 양 기어이 양심을 팔아서 온갖 도적의 소굴에 들어가 권모술수로 남을 꾀하고 막다른 벼랑 끝에 몰려 패망에 이르러 결국 쫓기다시피 궁지에 몰린 나머지 무슨 능력으로 난관을 극복하고 더한 고통을 감수하고 불굴의 의지로 희생을 참고 인내할 것인가.

그럼에도 불구하고 오늘날 조상님이 베풀어주신 은공도 모르고 어쩌다 무지몽매한 망령에 이끌려 매사에 이를 데 없이 참혹한 가운데 구태여 남을 헐뜯고 비방하면서 온갖 구실을 핑계 삼아 중상모략을 일삼고 이에는 이, 눈에는 눈이라는 식으로 인정사정, 피도 눈물도 없이 잔인하고 극악무도할 뿐 아니라 이익을 위해서는 결코 앞뒤 물불을 가리지 않고 서슴없이 남의 목숨을 빼앗는 둥 그야말로 하늘 높은 줄 모르고 온통 기고만장하여 몹시 추악한 나머지 가증스러울 만큼 뻔뻔스럽기 짝이 없는 가관인 주제에 미치광이가 아니고서야 도저히 그럴 리가 없는 까닭에 어찌 짐승의 탈을 쓴 인간이 아닌 이상 제아무리 어리석기로 이 무슨 어릿광대 같은 소행에 몹시 사악한 짓인지, 행여 염라대왕 앞에서 산산조각이 날지언정 애써 태어난 인생이 참으로 가련하고 불쌍하지 않을 수 없을 따름이다.

그럴 바에야 차라리 비렁뱅이가 되어 얻어먹고 살망정 굳이 남의 눈에 피눈물을 흘리면 언젠가 나의 눈에도 그에 상응하는 피눈물을 흘리는 격이거늘 한사코 어리석은 가운데 그렇듯 부질없는 사람인 것마냥 여기저기 헤매고 돌아다닌들 기어이 쓸모없는 인생을 살아서 과연 그 누구를 위하여, 무엇을 위해서 살고 정작 나와 상관없는 무고한 사람들을 희생하고 하필 아무 죄 없는 세상을 향해 비난의 화살을 퍼붓고 목이 멘 짐승처럼 울부짖은들 정녕 무슨 소용이 있고 무슨 도움이 되랴.

속히 무지몽매한 잠에서 깨어 이에 경거망동하기 전에 재차 부활한 셈 치고 번뜩 정신을 가다듬지 못할까?

사람이 살면 그처럼 천년만년 그 얼마나 사는 것도 아니고 이렇듯 무참히 자신을 학대하고 괴롭히면서까지 잠시도 나를 잊지 못하고 온 동네 사방팔방을 이 잡듯 휘젓고 돌아다닌다고 하여 여태 죽었던 사람이 다시 살아 돌아오고 한 번 떠나버린 인연이 또다시 찾아오는 것도 아닌데 어찌하여 아무 대책도 없이 온통 과거에만 매달려 어리석게도 본분을 망각한 채 스스로 집착을 떨치지 못해 그토록 깊은 수렁에 빠져 한순간 일생을 망치고 그르치려고만 드는가? 네게 무슨 한 맺힌 원한이라도 있길래 그리도 아무 죄 없는 사람들까지 궁지로 내몰고 사지로 내쫓는단 말인가?

기왕 과거지사야 어찌 됐든 지난 과거의 일이랑 다 잊어버리고 항시 나를 위해 기도하고 걱정하는 사람들을 위해서라도 아직도 때가 늦지 않았을 때 하루속히 자리를 털고 일어나 뒤늦게 이제라도 개과천선하여 다른 사람으로 거듭 태어나는 것이야말로 그간에 못다 한 사람들을 위한 마지막 유종의 미를 거두고 필경 그렇게 하는 것만이 내가 나를 위하는 길로 지금껏 헌신한 사람들에 대한 은혜에 보답하는 길일뿐 아니라 특히나 무엇보다 이내 자기 자신을 위해서라도 어느 모로 보나 당연지사 마땅히 그러함이 옳지 않은가?

제아무리 하루살이 인생이 한낱 부질없고 덧없기로서니 대관절 언제까지 허공만 쳐다보고 이다지도 나 몰라라 늘 한탄만 하면서 무작정 그러고만 있을 작정인가? 이런 한심하기 짝이 없는 못난 사람 같으니라고! 대체 그깟 알량한 자존심 하나 때문에 앞으로 얼마나 더 많은 사람들이 무고한 고통을 겪을지 한 번쯤 헤아려 보았는가? 속히 엎질러진 물을 다시 주워 담기 전에 어서 빨리 정신을 차리지 못할까? 설령 말 못 하는 짐승도 제 말하면 곧 알아듣는다고, 이만하면 제법 충분히 말귀를 알아들었을 법하니 지금이라도 속죄하는 마음으로 다시 본연의 나로 돌아가 오직 본분에 충실한 것만이 그동안 지은 나의 업보에 따라 그나마 이 세상에 대한 죗값을 조금이나마 씻을 수 있는 길이거늘 누가 이 가엾은 영혼을 불쌍히 여기어 대신 거둘 것인가? 다만 눈이 어두워 바로 한 치 앞도 보지 못하였거늘 과연 그 누가 이 죄 없는 죄인에게 돌을 던지랴! 결국 우리도 다 같은 죄인인 것을. 이왕 이렇게 된 이상 어디까지나 지난 과거는 과거일 뿐 지난 어두운 과거의 그림자는 과거의 그림자대로 묻어둔 채 이제 그만 모든 것을 용서하고 조속히 남아있는 네 안의 울분을 거둬라.

자고로 송충이는 솔잎을 먹고 아예 오르지 못할 나무는 쳐다보지 말라고 하였다. 그에 따라 미천한 몸일지라도 어차피 한번 태어난 이상 나의 본분에 맞게 직책을 다하는 것이 인지상정이거늘 무슨 까닭에 하염없이 억울한지 몰라도 필시 분에 넘치는 생활도 적당히 모자란 생활만 못 하고 지나치게 과한 욕심도 도를 넘으면 어느 날 사필귀정에 의해 반드시 망하게 마련이라 하였던 즉, 예컨대 닭 쫓던 개 지붕 쳐다보듯 서서 허탈하게 망연자실한들 나에게 무슨 이로움과 득이 있으며 하물며 하늘이 무너져도 솟아날 구멍이 있다고 돌이켜 생각해보건대 그럴수록 더욱 몸을 안으로 굽어 살피는 것이 당연한 이치거늘 설령 그렇기로서니 제아무리 미천하기로 이제 와서 가슴을 치듯 자책한 나머지 대성통곡하기로 네게 무슨 허물이 있으랴.

옛말에 이르기를 복은 검소함에서 오고 덕은 겸양에서 오며 지혜는 고요히 생각하는 데서 오는 법이라 하였거늘 비록 불충한 소승이 미리 앞날을 다 내다볼 수는 없다고 하나 장차 어리석음으로 말미암아 눈앞에 벌어질 일들을 생각하니 참으로 안타까운 마음에 심히 염려스러운바 비통하니 애석하기 짝이 없다. 가엾은지고. 나무 관세음보살!

마지막으로 또한 미처 울분을 삭이지 못했을지라도 그대의 가는 길에 언제나 신의 뜻이 함께하길 빌며 더는 그와 같은 불행으로 인하여 더 이상 고통받는 중생이 없기를 그저 간절히 두 손 모아 다만 부처님의 영전에 기도를 드릴 뿐이다.

부디 부처님의 가호가 있기를!

독이 든 성배

그대여! 아무리 세상이 수많은 달콤한 말로 그대의 귓가에 나지막이 속삭이듯 획책하고 갖은 방법을 다해 마구 현혹할지라도 결코 쾌락의 늪에 빠져 한순간 타오르는 욕망이라는 이름의 불꽃에 기어이 그대 자신의 육신을 송두리째 불태우고 마는, 흡사 종국엔 정신마저 좀먹는 그런 일체의 행위에 대해서 각별히 신경 써서 다만 주의 깊게 지켜보라. 설사 그러한 망령들이 찰나에 혼을 쏙 빼놓을지라도 항시 멸망에 이르는 길은 매우 어둡고 탁한 가운데 아주 은밀히 이뤄지나니, 악마는 언제나 쉽고 빠른 지름길로 온다.

나는 누구인가

저마다 각자가 태어난 이상, 오늘날 먹고사는 일에 누구인들 괴로움이 없을 수 있겠냐만 제아무리 그림의 떡이라도 먹어야 사는 것은 사람도, 짐승도 다 마찬가지다. 누구나 한 사람의 인간이기 전에 단지 먹어야 사는 동물과 하나도 다르지 않은 누구라도 먹어야 살고 또 살기 위해선 어쩔 수 없이 먹어야 하는 참으로 서글픈 현실에 때때로 인간은 그 얼마나 나약하고 무기력한 존재인가.

고로 눈물 젖은 빵을 먹어 보지 않고서 어찌 인생을 논하랴.

그리고 보면 내가 할 수 있는 것이 더는 아무것도 없을 때 비로소 인간은 신 앞에 한없이 겸손해질 뿐 아니라 그와 같이 고통받는 삶에서 스스로 구원하기 위해 끊임없이 자기 자신을 성찰하고 돌아보는 가운데 보다 완성된 그런 인간이 되는 것이 아닐까.

하여 내가 아무것도 모르고 있다는 것을 아는 것이야말로 참된 배움의 길이며 곧 지혜의 시작인 것을. 어리석은 사람이 스스로 어리석을 줄 알면 그는 그만큼 어진 것이며 어리석은 사람이 스스로 슬기롭다고 생각하면 그는 실로 어리석은 것이다. 지혜로운 사람은 늘 겸손할 줄 아는 반면 어리석은 사람은 항시 자기밖에 생각할 줄 모르는 법이다.

그래서 소크라테스는 "너 자신을 알라."라고 말했다. 즉, 보통 사람들은 나는 내가 많이 알고 있다고 생각함으로써 사실 나에 대해서 잘 모르고 있는 것이고 소크라테스는 나는 내가 아무것도 모른다고 말함으로써 사실 나에 대해서 잘 안다고 말하는 것이다.

다시 말해서 내가 나라고 하는 것은 단지 집착에서 비롯한 아집일 뿐이며 본래 있는 그대로의 자기야말로 참된 나라는 의미로 그 본래의 자기가 참 나다.

참 나는 이를테면 어린아이처럼 순수한 마음을 말한다. 내가 나라는 생각을 버리고 차츰 때 묻지 않은 나로 돌아가 본연의 상태에서 참 나를 아는 것이 소크라테스의 말에 담긴 뜻이다.

이렇듯 참 나를 알기 위해서는 그동안 배운 지식이나 기억은 전부 무용지물이다. 결국 나에 대한 집착을 버리고 본래의 있는 그대로의 참 나를 아는 것이 핵심이다.

마태복음 7장 제7절, 구하라, 찾으라, 두드리라. 그리하면 "구하면 얻을 것이요 찾는 자는 찾게 될 것이요 두드리는 자에겐 열릴 것이니" 마침내 하느님 가라사대 "네 시작은 미약하였으나 나중은 심히 창대하리라" 하신바 이에 『열반경』에 이르기를 일체중생실유불성(一切衆生悉有佛性)이라 하였던 즉, "모든 중생은 불성을 지닌다."라고 하여 또한 중생과 부처가 다르지 않다는 뜻으로 막상 깨닫고 보면 너와 내가 둘이 아닌 하나로서 이 세상 모든 만물이 다 같이 깨달음을 향해 나아가고 있다는 말이기도 하다.

예컨대 아무리 가련한 생명일지라도 그 나름대로 살아가는 이유와 목적이 있기 때문에 함부로 살생하지 말라고 한 것은 어디까지나 생명의 가치를 소중히 여기는 것으로 본디 이 땅에 태어난 모든 생명이 애초에 죽음을 두려워함으로써 본능적으로 살고자 하는 의지를 지녔다는 이야기다.

그렇기 때문에 살아있는 생명을 제멋대로 죽이고 해치는 것이야말로 가장 비인간적이고 야만적인 행위일 뿐만 아니라 이는 곧 자연의 질서를 파괴하고 무너트리는 것으로써 명백히 살아있는 생명에 대한 신성모독이며 우리의 존재 그 자체를 부정하고 무시하는 가운데 매우 불신한 나머지 급기야 우리 자신의 삶마저 송두리째 빼앗는 그런 뼈아픈 결과를 낳는 것이나 마찬가지다.

따라서 이 세상의 모든 살아있는 생명은 서로 공존하는 가운데 다 같이 질서를 이루며 저마다 주어진 각자의 역할에 따라 먼 미지의 땅을 찾아 마치 항해를 하듯 태곳적부터 지금까지 늘 그래왔던 것처럼 종횡무진 쉬지 않고 곧장 앞을 향해 나아가듯 행진하는 것이다.

그것이 바로 종의 기원이며 오늘날 우리들의 인류의 최초 시작이다.

삶이란 곧 내가 왔던 곳으로 다시 환원하는 것이며 태초에 천지가 창조되기 이전부터 있었던 나의 본래의 면목을 아는 것이다. 그 본래의 진면목을 아는 것이 이른바 해탈이라 부르는 것이며 이 생애에서의 마지막 삶이다.

그런즉 하느님께서 말씀하시길 "나는 알파요 오메가요 처음과 나중이요 동시에 시작과 끝이다"라고 하셨다. 그러므로 "신은 항상 너희 안에 있다"라고 한 예수의 말은 바로 이를 두고 가리키는 말이다.

성서에 이르기를 천지가 다 없어져도 이 진리의 말씀은 없어지지 않고 영원할 것인데 "너희가 만일 겨자씨 한 알만 한 믿음이라도 있다면 이 산더러 명하여 여기서 저기로 옮겨 가라 하면 그대로 될 것이요 또 너희가 능히 못 할 것이 없다" 하였던 즉 아무리 태산같이 무거운 바위라도 과연 이쪽 끝에서 저쪽 끝까지 옮기지 못할 게 무어랴.

자고로 일생일대의 절체절명의 위기와 같은 크나큰 시련과 혹독한 암흑기 같은 인생의 쓰라린 경험과 좌절을 겪을 때만이 비로소 인간은 한없이 성숙해지며 몸소 나 자신의 삶을 돌아보는 가운데 어느덧 참된 자기 자신을 깨닫고 이내 스스로 되묻기 시작하는 법이다.

나는 누구인가?

서른 즈음에

한때는 아무것도 가진 것이 없었던 때가 있었다. 가진 것이라곤 유일하게 사지 멀쩡한 육신과 달랑 자존심 하나가 전부였던 그때, 나는 내가 왜 살아야 하는지 이유조차 모른 채 무작정 사람들의 틈바구니에서 하루하루가 지나기만을 바랐다. 그대로 모든 게 멈춰서 세상의 종말을 고하듯 이대로 끝났으면 했다. 그러나 나의 바람과는 다르게 세상은 종말을 고하지도, 그 밖의 어떤 일도 일어나지 않았다. 다만 나에게만은 세상은 아직도 풀리지 않는 수수께끼 같은 알 수 없는 그 무엇이었다. 그때마다 나는 온통 울분에 휩싸여 미처 나 자신을 감당할 수 없는 나머지 매우 한없이 서러울 정도로 무턱대고 거리를 방패 삼아 마구 미친 듯이 여기저기 헤매고 돌아다녔다. 어떤 날은 시궁창 속에서, 어떤 날은 쓰레기더미 속에서, 어떤 날은 먹다 만 찬밥 덩이 같은 신세가 되어 매일 하루도 빠짐없이 그야말로 엉망진창이었다. 나는 늘 하염없는 우수에 젖어 막상 갈피를 못 잡고 마침 길거리를 떠돌듯 배회하면서 살았다. 나에게 시간은 언제나 나를 비웃기라도 하듯 내게서 나를 항상 외면할 뿐이었다. 그러던 어느 날 하루는 술에 잔뜩 취해서 그 길로 나는 완전히 절망상태에 빠져 너무나 좌절한 나머지 만신창이 같은 폐허가 되어 비몽사몽간에 나도 모르게 그 자리서 숨을 거두고 말았다. 그때가 바로 내 나이 이제 막 서른 살이 조금 넘었을 무렵이었다. 내가 얼마나 세상을 죽도록 저주하고 증오했는지 결코 나 외에는 그 누구도 모른다.

지랄 같은 내 인생

단지 먹고살기 위해서 하루하루 정신없이 살다 보면 어느 순간 내가 누구인지, 정작 무엇을 위해 사는지 속절없이 가는 세월 앞에 그만 털썩 주저앉고 싶을 만치 오기가 쌓여 어느덧 세상을 향해 울분을 토하듯 자기 밖의 심정을 토로하게 된다. 자그마치 삶에 겨운 나머지 설움에 북받쳐 나도 모르게 탄식 같은 한숨이 절로 입 밖에 난다.

그럴 땐 나 자신도 내가 누구인지 몰라 온통 주변이 낯설게만 느껴져 더더욱 초라한 내 모습에 마치 이 세상에 나만 혼자 뚝 동떨어진 것 같다는 생각에 그저 사는 게 외롭고 외롭기 짝이 없다. 왠지 가슴 한구석이 뻥 뚫린 것 마냥 허전하다 못해 돌연 서글퍼진다.

과연 사는 게 뭔지 하루에도 몇 번씩 나 자신을 곱씹어 보지만, 아무런 대안도, 방안도 없는 마당에 그야말로 숨이 턱턱 막힐 듯 이내 한쪽 가슴만 답답할 뿐, 한동안 말없이 허공만 뚫어져라 쳐다보다가 별안간 눈앞이 캄캄해지는가 하면 불현듯 떠오르는 이런저런 생각 끝에 울화통이 터지다가도 어느새 현실이라는 울타리에 갇혀 그런대로 만족해 살아가는 생뚱맞은 그런 나 자신에게 몹시 화가 난다.

더욱이 매일 똑같이 반복되는 틀에 박힌 듯 찌든 일상에 젖어 매번 똑같은 일, 똑같은 생활에 이골이 나다 보면 금세 사는 게 지겨울 뿐 아니라 더는 아무것도 하기 싫을 만큼 만사가 귀찮고 짜증이 나면서 내가 왜 사는지 영문도 모른 채 밑도 끝도 없이 파고 드는 까닭 모를 정체에 어안이 벙벙하다가 막상 현실이라는 굴레에 갇혀 늘 이러지도, 저러지도 못하고 중간에 끼어 그토록 아등바등 사는 꼴이 참 우습다는 생각이 들어 마냥 넋 놓고 앉아 멍하니 허공만 바라보고 있자니 왠지 사는 게 꼭 꿈만 같은데 세상만사 모든 게 한순간 물거품인 양 허무하니 허망하기 짝이 없건만 무슨 놈의 팔자가 이다지도 고생스럽고 고생스러운지, 꽤 지지리 복도 없지. 나도 언제 한 번 팔자나 고쳐서 남들처럼 보란 듯이 떵 떵거리고 살아 볼까?

잠깐 좋다만 생각에 문득 정신을 차릴세라 꿈인지, 생시인지 쥐뿔도 온데간데없고 또다시 현실이라는 높은 벽에 가로막혀 아무리 벗어나려고 발버둥을 쳐도 도저히 벗어날 구멍이 잘 보이지 않는데 그러면 그렇지, 내 주제에 무슨 놈의 타고난 복이 있다고 얼어 죽을 놈의 타령은 타령이고, 한숨은 한숨인지. 달력에 빼곡히 적힌 날짜만 손가락에 꼬박 세어보니 언제 그랬는지 기억이 가물가물한 게 아직도 다음 기일까지는 까마득히 멀기만 한데 별안간 누군가 고함을 치는 소리에 화들짝 놀라 번쩍 정신이 드는 찰나 앞으로 쌓인 산더미 같은 일에 이게 무슨 귀신 씻나락 까먹는 소리냐고 늘 이 짓거리에 이 모양 이 꼴인가 말인데, 이러다가 정말 이대로 늙어 죽는 것은 아닌지 도통 모르겠다.

가뜩이나 요즘 들어 꿈자리가 뒤숭숭하니 아무래도 꼭 무슨 일이 생길 것처럼 몹시 안절부절 불안하기만 한데, 아니나 다를까, 엎친 데 덮친 격으로 온통 진퇴양난에 모로 가도, 도로 가도 되레 짙은 한숨만 날 뿐 한바탕 떠들썩한 시끌벅적 난리통에 웬 소란을 피우고 보니 무슨 전생에 지은 죄가 많아 엉뚱하게 화풀이는 화풀이고 분풀이는 분풀이인지 참말로 미치고 팔짝 뛸 노릇에 어쩌다가 우리 부모님은 나 같은 걸 낳아서 못 볼 꼴, 안 볼 꼴, 별의별 꼴, 다 보고 사는지 차라리 낳지나 말지 뭐하러 나를 낳아가지고 이 꼴 저 꼴 다 겪고 사는지 어디 가서 그대로 혀 깨물고 죽고만 싶다가도 끝내 머리끝까지 화가 나는 바람에 아예 나는 나대로 조용히 혼자서만 살고 싶다는 생각이 굴뚝같이 든다.

특히나 몸도, 마음도 이미 만신창이 같은 폐허가 되어 모진 세상 풍파에 시달릴 대로 시달리다 보면 그나마 일은 고사하고 겨우 내 몸뚱이도 지탱하기 힘든 마당에 단지 먹고살아야 한다는 이유만으로 모든 것을 나 혼자 책임질 입장에서 누구 한 사람 발 벗고 나서 도와주는 사람 없이 도대체 나보고 언제까지 남의 뒤치다꺼리나 하라는지, 그야말로 지긋지긋하니 무척 버겁기만 한데 결국 아무것도 달라지지 않는 눈앞의 현실에 마치 실성이라도 하듯 마구

1부

미친놈처럼 껄껄 웃다가 괜스레 공연한 생각에 허탈한 웃음만 날 뿐, 그새 새하얗게 새어버린 흰 머리칼에 잠시 눈길이 멈추고 보니 어언 중년이 되어버린 나이 탓에 눈가에 가득 주름만 늘어 갈수록 깊은 한숨 소리에 시름만 더할 뿐, 말없이 가는 세월만 하염없이 바라보자니 어느덧 부질없는 생각에 자꾸만 눈앞이 아른거려 이내 고달픈 심사만 더욱 애잔하니 애달파진다.

아, 그 누가 인생을 고해라 했던가?

종종 걷잡을 수 없는 나만의 외로움에 둘러싸여 곧장 주변을 돌아보고 주위를 둘러보아도 단지 보이는 것은 웬 낯선 사람들의 조롱 섞인 어조와 다소 냉소적인 싸늘한 반응뿐, 나 홀로 외톨이가 되어 이렇듯 절규하듯 마침내 세상에 대고 외쳐본들 누구 하나 나의 관심 따위조차 귀 기울이지 않는 냉정한 현실 속에서 모두가 나와 상관없다는 듯이 전혀 무관하다는 듯이 각자 따로 할 일만 할 뿐, 대체 바람은 어디서 와 어디로 가며, 우리네 인생은 어디서 와 어디로 가며, 나는 또 어디서 와 어디로 가는가?

잠시 나만의 생각에 잠겨 문득 지난날을 돌아보니 그동안 먹고 사는 데만 급급해서 미처 나 자신을 돌아볼 시간적·공간적 여유도 없이 너무 앞만 보고 산 것은 아닌지, 행여 누가 나를 보지 않을까 단 두 주먹만 꽉 움켜쥐고 산 것은 아닌지, 여태 잘못 살았을지도 모른다고 생각하니 자라 보고 놀란 가슴 솥뚜껑 보고 놀란다고 웬 불안감에 휩싸여 무척 당황스럽기만 한데 나 스스로 자문해 보길 무엇이 사람답게 사는 것인지 사뭇 진지한 가운데 제법 고독해진다.

그리고 보면 산다는 것은 오늘도 내가 혼자라는 것을 아는 것이다.

비록 어디에도 의지할 곳 없는 가냘픈 몸일지라도 아직도 살아야 할 날들이 비교적 많기에 지금부터라도 조금씩 비우면서 차차 버리고 떠나는 연습을 미리 실천에 옮기는 가운데 그리고 무엇보다 그 누구에게도 부끄럽지 않은 나만의 당찬 인생을 살아야겠다고 다짐하면서 장차 내게 주어진 삶을 착실히 살아야겠다.

오늘따라 왠지 마음 한 곳이 쓸쓸한 가운데 바람이 차갑기만 한데, 누구나 빈손으로 왔다가 빈손으로 가는 인생, 이왕에 어디 가서 남몰래 소주라도 한잔 기울이고 싶은 까닭은 왜일까?

자고로 인생이란 채워도, 채워도, 채워지지 않는 빈 술잔과도 같은 것, 모름지기 자기 자신을 거울삼아 등불 같은 삶을 살지어다. 아멘!

젊음이란

언제나 모든 일에는 시작과 끝이 있기 마련이다. 다만 그 시작이 어렵고 끝을 보기 어려울 따름이다. 그래서 현자는 때를 알고 기다릴 줄 아는 반면 항상 아둔하고 어리석은 자는 시도 때도 없이 용기만 가상하다가 미처 화를 면할 겨를도 없이 결국 제풀에 먼저 기가 꺾인 나머지 급기야 아예 두 손과 두 팔을 다 들고 마는 것이다.

이를 두고 『손자병법』에는 지피지기(知彼知己)면 백전불태(百戰不殆)라고 하여 적을 알고 나를 알면 백 번 싸워 백 번 이기고 적을 알고 나를 모르면 한 번 이기고 한 번 지며 적을 모르고 나를 모르면 백 번 싸워 백 번 진다는 뜻으로 앞으로 나갈 때와 뒤로 물러날 때를 분명히 하고 잘 알라는 말이다.

자칫 과욕이 앞서 의욕만 넘치다가 그 어떤 불상사를 초래할지 모르는 법이다.

모름지기 세상사도 이와 마찬가지여서 한 집안의 크고 작은 대소사를 결정하고 한 개인의 운명을 좌우하는 것도 바로 그 때를 달리한다고 해도 지극히 무방하다.

옛말에 이르기를 지나친 것은 모자란 것만 못하고 욕심도 과하

면 언젠가 망하게 마련이라 하였던 즉, 일명 과유불급(過猶不及)이
라고 한다.

그런데도 기껏 분수는 모르고 단지 과욕에 부풀어 자기 자신을
과신하다가 끝내 막다른 골목에 몰려 한순간 일생을 허비하고 마
는 경우가 어디 나 한 사람의 일이고 나 한 개인만의 문제인가. 참
으로 안타까운지고 애석할 따름이다.

제아무리 혼자서 북 치고 장구 치고 온갖 야단법석에 호들갑을
떤다고 갑자기 마른하늘에 날벼락이 치듯 별안간 기적이 행하고
순간 인생 역전이 되는 것도 아닌데 과연 무슨 재간으로 이 난관
을 극복하고 무슨 재량으로 자기 능력 밖의 일을 도무지 감당한단
말인가.

차라리 몸을 낮춰서 굽혀 살아갈망정 단돈 서 푼어치도 안 되는
알량한 재주를 믿기로 구태여 남을 비방하고 함부로 중상모략을
일삼고 행여 마구 미쳐서 날뛰다가는 필경 누군가의 눈 밖에 이르
러 기어이 비참한 꼴을 면치 못할 것이니 평소에 지나친 욕심을 삼
가고 남의 원망을 사는 일이 없도록 매사에 나의 책임을 다해 마
땅히 본분을 지킬 줄 알아야 한다.

또한, 몸과 마음을 가꾸고 몸소 나 자신을 돌아보는 가운데 언제,
어디에 있을지도 모를 만약의 사태에 대비하여 항상 주위를 돌아봄
으로써 아울러 학문에 힘써 앞으로 더욱 매진하는 것은 물론이거니
와 평상시 조급함이 나지 않도록 한 치의 소홀함이 없이 성심성의를

다해 장차 다가올 미래를 위한 초석을 다지고 기틀을 마련하는 것은 오늘날 우리에게 있어서 꼭 없어서는 안 될 당면과제로써 어느 시대, 어느 사람을 막론하고 공통된 것은 자명한 이치다.

비록 지금은 아무것도 기약할 수 없고 그 무엇도 장담할 수 없지만 매일 하루하루 전력을 다해 다른 사람으로 거듭하다 보면 언젠가 때가 오게 마련인바, 반드시 크게 빛을 볼 날이 있을 터, 자고로 기다리고 기다리는 자에게 비가 내리는 법이다.

줄곧 자신의 처지만 비관해서 매번 사사건건 불평불만을 터트리는 인간들이란 대체로 자신의 무능력을 탓하고 꾸짖기보다 오히려 남 탓만 하면서 설상가상 푸념만 늘어놓기 십상이다. 막상 아무런 노력이나 수고 따위도 하지 않고 마치 한탕주의식으로 일확천금만 꿈꿀 뿐, 어쩌다 성공이나 출세가 하루아침에 되는 것인 양 헛물만 켜기 일쑤다. 자연히 실패할 수밖에 없는 가련한 인생이다.

아, 괴로운지고! 어떻게 태어난 인생인데 대충 할 일 없이 시간만 보내고 단 한 번밖에 없는 인생을 나만 무의미하게 보낼 것이냐. 옛 속담에 "호랑이는 죽어서 가죽을 남기고 사람은 죽어서 이름을 남긴다."라고 하였다. 고로 누구나 나만의 태어난 까닭이 있고 나의 할 일이 따로 정해져 있기에 보통 평범한 인생을 살기보다는 나만의 값진 특별한 인생을 위해서 정녕 나의 소임이 무엇이고 나의 임무가 무엇인지 온 우주를 다 뒤져서라도 샅샅이 찾아볼 일이다.

막상 나이가 들면 하고 싶어도 할 수가 없고 더 하려야 할 수도 없거니와 다시는 예전의 그때로 돌아갈 수 없는 노릇이다. 그래서 배움에도 때가 있다고 누누이 귀가 따갑도록 말하는 것이다. 까닭인즉 배워야 살 수 있고 또 살기 위해선 그만큼 배워야만 하기 때문이다.

만약 나는 아무것도 하기 싫고 아무것도 배우기 싫으면 그냥 남이 떠주는 밥숟가락이나 떠받들면서 평생 거지처럼 앉아서 마냥 먹고 놀면 된다.

그런 사실조차 모르고 한낱 뜬구름처럼 허송세월만 쫓다가는 어느새 시간 가는 줄 모르고 금세 쪽박 찬 신세를 면하지 못할 뿐만 아니라 부지불식간에 늘 질질 끌려다니는 인생을 사는 것은 누가 봐도 너무나 자명하고 안 봐도 불 보듯 뻔하므로 한번 떠나버린 막차는 두 번 다시 돌아오지 않는다는 사실을 꼭 명심하라.

일찍이 "젊어서 고생은 사서도 한다."라고 하였다. 고생 끝에 낙이 온다고 참고 기다리는 인내는 쓰나 마침내 그 열매는 달다. 즉, 오늘 내가 하는 나의 행동에 따라 가깝게는 내일의 내 모습이 결정되고 아주 멀게는 그런 먼 미래의 나까지도 쉽게 달라지고 변하는 것이다.

내일은 내일의 태양이 떠오른다!

울고 있느냐

자연히 오고 가는 것은 일체 만물의 이치에 따른 자연의 순리이거늘 우리가 무엇을 더 괴로워하고 무엇은 진심으로 아파하며 무엇을 더욱 슬퍼하랴.

다만 그러함에 모든 것이 때가 되면 본래 왔던 곳으로 돌아가게 되어 있는 것이 우리네 인생이거늘 어이해 너만은 그리도 구슬피 울고 있느냐.

운다고 아니 가고, 간다고 다시 못 올 이팔청춘 꿈도 아닌데 무슨 까닭에 하염없이 울고 있느냐.

어차피 한 번 왔다가 떠나가면 다시는 돌아올 수 없는 것이 우리네 인생이거늘 언제는 말없이 흐르는 저 강물 소리가 들리지 않고 언제는 귓가에 이는 바람 소리가 들리지 않는 날이 있으며 언제는 산새들의 노랫소리가 단 한 번도 들리지 않는 날이 있더냐.

제아무리 슬픔에 목이 멜지라도 늘 그대로인 것은 저 강물 소리도 그렇고 바람 소리도 그렇고 우리네 인생도 예나 지금이나 변함없이 다르지 않거늘 무엇 때문에 그토록 까닭 없이 울고 있느냐.

또한 인연이 닿으면 만났다가 또한 인연이 다하면 헤어지는 것이 곧 우리네 인생이거늘 어찌하여 너만은 홀로 울고 있느냐.

　다만 인연에 따라 가고 오며 잠시 왔다가 잠시 가는 것이 우리네 인생이거늘 진정 무슨 까닭에 울고 있느냐.

　비록 영원히 만날 수 없을지라도 우리가 함께했던 추억은 언제나 나의 가슴속에 오래도록 남아있거늘 우리가 무엇을 끝내 아쉬워하고 무엇은 더욱 애타게 그리워하며 무엇을 그토록 못 잊어 하랴.

　정녕 울고 있느냐!

모처럼 인생 선배로서 하는 말

한잔 술에 취하고 보니 외로운 마음 금할 길이 없는데 막상 보고 싶은 얼굴도, 그리운 사람도 없구나! 이럴 때 말 잘 듣는 꼭두각시라도 옆에 있다면 좋으련만, 이 또한 부질없는 욕심임을 알기에 나 혼자 고독을 씹는데 왜 자꾸만 눈물이 핑 돌 것처럼 이다지도 가슴이 먹먹한 것일까?

잠시 나만의 생각에 잠겨 문득 지난날을 돌아보니 어느새 세월이 유수와 같은 게, 마냥 허송세월에 나이만 먹는 것 같아 괜스레 서글퍼진다.

그리고 보면 어렸을 적 코흘리개 때가 바로 엊그제 같은데 벌써 수염이 제법 썩 자란 게 새삼스레 언제 나이를 먹었는지 모를 만큼 그동안 세월이 유난히도 참 빠르다.

가뜩이나 나이를 먹는 것도 서러운 마당에 사람이 살면 얼마나 산다고 무슨 전생에 지은 죄가 많아 걸핏하면 못살게 구는지, 누가 나를 가만히 내버려 두었으면 하는 생각에 안 그래도 이것저것 온통 신경 쓸 일도 많은데 또다시 되는 일이라곤 하나도 없는 게 나도 내가 정말 왜 이러는지 모르겠다.

예전 같으면 아무리 크게 떠들어도 그다지 별로 아무렇지 않았는데 요즘엔 누가 옆에서 조금만 살짝 건드려도 순간 짜증이 나고 몹시 화가 나면서 매우 신경질적으로 변하는 게 아무래도 내가 뭘 크게 잘못한 게 많은지, 그대로 나이를 먹었다는 증거가 아니고 뭘까.

　그리고 보면 인생이란 얼마나 잠깐 눈 깜짝할 새인가. 한창 새파랗게 젊었을 때만 해도 뭐든지 다 할 수 있을 것처럼 의기양양하니 기세등등하다가도 차츰 나이를 먹으면 먹을수록 점점 자신감이 없어지니 나 자신이 초라해지니까 말이다.

　그래서 그런지 이제 와서 하는 말이지만 아직 충분한 시간이 있을 때 대충 무의미하게 시간만 보내기보다 이왕이면 나에게 뭔가 보람된 일을 찾아서 최대한 하나씩 발굴하고 앞으로 혼신의 노력을 기울이지 않는 이상, 어느 날 이 모양 이 꼴처럼 꼭 후회하게 되므로 평생 더 크게 후회하고 낙담하기 전에 지금부터 시작이 반이라고 남들이 다 안 할 때 차례차례 익히고 차곡차곡 준비하는 것이 그중에 실속 있는 사람의 정당한 행위나 마찬가지다.

　비록 지금은 아무 생각도 없을지 모르지만, 언젠가 나의 말이 곧 가슴속 뼛속 깊이 파고들 때가 있다고 매일 그런 식으로 계속해서 수수방관하고 무책임하다가는 영원히 현 상태를 벗어나지 못한 채 한순간 도태되어 낙오자가 되는 것은 하루아침에 순식간이라고 엎친 데 덮친 격으로 소 잃고 외양간 고치기 전에 나중에 나 혼자 속으로 후회하지 말고, 되도록 한 살이라도 나이가 젊었을 적에 나의 말을 건성으로 밖으로만 듣지 말고 부디 명심해서 안으로 잘 새겨 듣는 게 좋다.

고로 우리 아버지가 말씀하시길 늙어서 나처럼 고생하기 싫으면 남보다 한 발짝 앞서지는 못할망정 매일 쓸데없는 친구들이랑 어울리다가 끝내 밥숟가락은커녕 아예 볼 장 다 볼 테니까 "야, 이 자식아! 그러다가 꼴에 깡통 차기 전에 어서 정신 똑바로 차리고 살어?"라시며 날이면 날마다 일년 삼백육십오일 비가 오나 눈이 오나 귀가 따갑도록 떠들어 대셨다.

그런데도 먼 산 처다보듯 온종일 방에서 뒹굴고 먹고 놀며 태연하게 무사태평하니 안일한 가운데 영락없이 홀아비 팔자에 줄곧 희희낙락 흥청망청하다가는 어느 순간 입에 풀칠은 고사하고 나중에 제 처자식도 굶어 죽기 딱 십상이다.

그나마 불행 중 천만다행인 것은 그동안 조상님께서 돌봐주신 덕분에 웬만하면 다 먹고살게끔 도와주시니 무척 게을러터지지 않은 이상 언젠가 쥐구멍에도 볕 들 날 있다고 결코 누구나 죽으란 것은 없는 법이다.

나도 한때는 살길이 막막할 정도로 눈앞이 캄캄했지만 내 나름대로 최선을 다한 결과 지금의 오늘이 있고 보니 그 오랜 세월 기나긴 고통을 어떻게 감당했는지 본인인 나조차도 도저히 믿기지 않는데, 정말이지 그때는 왜 그렇게도 많이 힘들었는지 지금도 생각만 하면 온통 가시밭길 같은 인생에 하루도 눈물 마를 날이 없이 비참하기만 꼭 꿈만 같은 게 비로소 마음 편히 잘 수 있다는 것만으로도 내겐 얼마나 영광에 대만족에 크나큰 기쁨인지, 그야말로 살아있다는 것 그 자체가 놀랍고 신기할 따름에 자고로 인생 오래 살고 볼 일이다.

오죽하면 꼭두새벽에 자다가 말고 밤새 뜬 눈으로 펑펑 울었을까?

이왕 말이 나온 김에 산전수전 다 겪은 사람으로서 단지 술 한잔 했다고 마구 떠드는 소리가 아니라 꿩 먹고 알 먹고 누이 좋고 매부 좋고 서로가 서로에게 좋은 게 좋은 거라고 피가 되고 살이 되고 몸에 약이 되라고 하는 말이니 비록 다리가 좀 불편하더라도 가만히 참고 조용히 앉아서 들어라.

나로 말하면 왕년에 노가다 십장으로 잔뼈가 굵어 지금껏 안 해 본 것 없이 못 해본 것이 없지만, 다만 한 가지 아쉬운 점이 있다면 남들 다할 때 제멋대로 나뒹군 탓에 아직도 못다 한 꿈이 가슴팍한 곳에 시퍼런 멍 자국마냥 대못이 되어 남아있는데 이제는 머리가 새하얗게 희끗희끗하니 세상 돌아가는 이치를 어느 정도 섭렵하고 보니 그때 우리 아버지께서 말씀하시던 차에 더욱 귀담아들었다면 아마도 지금은 꽤 높은 벼슬은 하고 있었을 텐데 괜히 어린 나이에 아버지 말씀을 몰래 거역한답시고 엉뚱하게 샛길로 빠지는 바람에 그만 하는 수없이 매일같이 이 고생에 허덕이는 중이다. 예컨대 인생 종 치기 전에 하루속히 광명 찾아 자숙하는 길이 비교적 신상에 좋다는 모처럼 인생 선배로서 피경험자에게 하는 말이려니 설령 마음에 와닿지 않고 혹시 중간에 모순된 점이 있더라도 너무 개의치 말고 어디까지나 앞으로 성공해서 남들이 다 우러러보는 그런 빛나는 사람이 되기를 비는 뜻에서 다시 한번 나를 깊이 되돌아보고 되새겨보길 바라는 생각에 오늘따라 나도 모르게 저절로 마음속에서 우러나와 은연중에, 이내 본심에서 하는 말이다.

정작 사람이 말을 하면 말귀를 알아들어야지 무슨 말을 할 때마다 겨우 촐싹대는 주제에 아무 반성하는 기색도 없이 자꾸만 나몰래 엉뚱하게 뚱딴지같은 생각을 하면 안 된다.

지금까지 나의 말이 무슨 뜻인지 제대로 또박또박 잘 알아들었나? 몰랐나?

이제 내가 한 말귀를 알아들었으면 벌떡 자리에서 일어나 냉큼 본인이 하던 일이나 마저 다 할 것이지, 뭘 꾸물대고 앉아 아까부터 그런 이상한 눈초리로 사람 얼굴은 빤히 들여다보고 올려다보면서 뚫어지도록 쳐다보는지, 꼭 올빼미처럼 생겨서 검은 도깨비가 입에 침은 질질 흘리고 지랄인가? 왜, 내 얼굴에 못 먹는 것이라도 어디에 묻었는가?

좌우지간 하여튼 간에 어른 말씀하시는데 저 혼자 삐딱하게 앉아서 허리 구부정한 놈치고 오늘날 내 이날 이때까지 기어이 잘 되는 놈 하나 못 봤으니까 너도 언젠가 나처럼 되지 말라는 법이 없으므로 나 혼자 김칫국물부터 마실 생각 말고 한시라도 시간이 남아돌 때 어서 빨리 공부하라 합신다.

그런 줄 알고 가서 네 얼굴에 묻은 침이라도 좀 닦아라?

나, 원. 별 칠칠치 못하게 시리!

단세포 동물의 정의

    제아무리 성경 구절 주옥같은 말씀으로 온종일 귀에 대고 귀가 닳도록 설교를 해도 정작 아무런 감동이나 감흥조차 전혀 느끼지 못한다면 죄송하지만 당신은 말 그대로 단세포 동물에 불과한 말미잘입니다요. 즐!

오늘의 주제와 관련해서

오늘은 행복에 대해서 고민해 보는 날이다. 그러므로 참된 행복이란 과연 무엇이라고 생각하는가? 돈, 여자, 자동차! 그리고 기타 등등… 물론 그것도 일종의 행복이라면 행복이다. 하지만 무엇보다 참된 행복은 본인의 마음에서 진심으로 우러날 때가 진짜 행복이다. 그러나 대부분의 사람은 행복이라면 대개 자신의 집이나 아파트 현관 열쇠 같은 소유물쯤으로 착각하기 쉽다. 그래서 누구나 더 많이 갖고 더 많이 쓰고 더 오래 사는 것만을 꼭 행복이라고 생각한다. 가령 남이 얼마나 가지고 얼마나 쓰는가에 따라서 보는 사람의 시선도 제각각 다르다. 왜냐하면 남한테 뒤처지지 않고 뭐든지 가진 게 풍족해 보여야만 그만큼 잘 산다는 막연한 생각이 드는 가운데 다른 사람들보다 행복하다고 여기기 때문이다. 그렇기 때문에 그대에게 있어서 행복은 단순한 비교 대상 그 자체다. 그렇지 않고 평생 죽도록 일만 하는 이유가 도대체 무엇인가? 인간은 마치 경쟁이라도 하듯 오직 높은 사다리를 오르는 데만 정신이 없다. 그런 뒤에 결국 아무것도 남지 않는다는 사실을 전혀 모른 채 억지로 끌려가듯 살아갈 뿐이다. 그것이 인생이란 쓸쓸한 종말이다.

만약 누군가가 가진 정도를 행복의 척도로 삼는다면 당연히 "많이 가진 사람일수록 더 행복하고 많이 가지지 못한 사람일수록 불행한가?"라고 물으면 반드시 그렇지만도 않다는 사실이다. 오히려 더 많이 가지고도 얼마든지 불행할 수 있고 덜 가지고도 얼마든지 행복할 수 있다. 가령 아무리 많은 돈방석에 앉아 있어도 언제 도둑맞을지 모르는 상황에서 매일 불안에 떤다면 스스로 행복을 자처하고도 더 큰 불행인지도 모른다. 그렇다면 "행복이야 행복이고 불행이야 불행인가?"라고 다시금 묻지 않을 수 없다. 이에 행복이란 무엇인지 다시 한번 되짚어 보는 시간을 통해서 과연 참된 행복이란 무엇을 뜻하고 무엇을 의미하는지 각자 나름대로 생각하는 계기와 시간이 되길 바라는 바이다.

　먼저 본론으로 들어가기에 앞서 한 사람의 도량으로서 말하는데 세상은 단지 눈에 보이는 것보다 훨씬 다양하고 복잡할 뿐만 아니라 무언가 아주 특별한 눈이 필요한지도 모른다. 이를테면 눈에 보이지 않지만, 눈에 보이는 혜안이 필요하다. 그런 번뜩이는 지혜와 깨달음으로 인해서 보다 세상을 더욱 잘 이해하고 파악하는 것이다. 언젠가 나의 말이 무슨 뜻인지 깨닫게 되면 아마도 본인의 눈으로 직접 실감하리라고 본다. 따라서 나와 같은 사람이 말할 때는 매우 주의 깊게 듣도록 하라. 그렇지 않다면 그대는 처음부터 끝까지 나의 말을 오해할지도 모른다. 세상은 단순히 평범한 사람들에 의해서 이해되는 것이 아니라 오직 극소수의 사람들에 의해서만 이해된다는 점이다. 바로 그 점이 사람들 앞에서 내가 나를 당당히 말할 수 있는 비결이다. 왜냐하면 자비로운 사람은 결국 무자비할 수밖에 없기 때문이다. 그러므로 오늘의 이야기는 행복에 대한 나의 첫 번째 강의다. 까닭인즉 나 역시 나 자신의 행복에 대해서 너무나 무지했기 때문이다.

그런데 막상 내가 어디까지 말했는가. 아주 미안한 이야기지만 그런 나 자신도 가끔 나를 종종 잊을 때가 있다. 그리고 보면 기억이란 얼마나 우스운가. 한참 생각이 날 때는 금방 머릿속에 떠오르다가도 어느 순간 아무것도 기억이 나지 않을 때는 조금 전에 했던 말도 또다시 금방 잊어버리기 일쑤다. 그럴 땐 나도 모르게 꿀먹은 벙어리처럼 한순간 머릿속이 온통 하얗게 변한다. 분명히 나의 머릿속에는 하얀 지우개가 사는 것이 틀림없다. 하여 내가 조금 전까지만 해도 얼마나 불행했을지 한 번 상상해 보라!

이유야 어찌 됐든, 행복도 이와 마찬가지다. 내 마음이 내 곁에 가까이 있을 때는 방안 가득 햇살이 훤히 비추다가도 내 마음이 내 곁에서 멀어질 때면 어느새 어두운 커튼이 점점 막을 드리운다. 그래서 행복을 가리켜 일명 햇살 가득한 창에 비유한다.

아침 일찍 눈을 떠서 얼굴에 가득 생기가 돌 때 그럴 때는 얼마나 행복한가? 매사에 밝고 명랑한 가운데 활기차고 쾌활한 것이야말로 진정한 행복이다. 온종일 밖에서 일하고 마침 집에서 하룻밤 푹 자고 나면 다음 날 아침 또다시 얼굴에 생기가 돈다. 낮 동안에 쌓인 피로가 풀리면서 제법 온몸에 힘이 나고 새로운 기운이 북돋는다. 어쩔 땐 너무 고단한 나머지 밤새 코를 골고 아무 꿈도 기억하지 못한다. 그래서 매일 어린아이들은 자고 나면 얼굴에 항상 웃음이 넘친다. 오늘은 무슨 재미난 일이 생길까? 그밖에 또 무슨 신기한 일이 벌어질까? 어린아이들의 눈에는 하루하루가 모든 것이 새롭고 신기하다. 그냥 싱글벙글 웃고 떠든다. 단순히 마냥 즐거울 뿐이다. 그런 호기심 많은 어린아이에게 세상은 눈에 보이는 신비함으로 가득하다. 이 세상에 존재하는 아이들은 어른들보다 그만큼 행복에 대해서 잘 알고 있다. 누군가 어린아이한테 다가가서 행복의 비결이 무엇이냐고 물어보면 어린아이들은 전부 깔깔대고 웃기만 할 뿐 한쪽 어깨를 으쓱해 보일 뿐이다. 그래서 어른들은 항상 심각한 표정으로 찡그린 얼굴을 하고 있다. 어른들은 삶에 지쳐서 어린아이처럼 행복할 수가 없기 때문이다. 어른들의 삶은 항상 불행으로 꽉 차 있다. 잠깐만 말을 걸어도 곧 짜증 섞인 말투로 화가 나 있다. 어른들은 어린아이처럼 단순하지 않고 어린아이들에 비해서 마음이 매우 복잡하기 때문이다. 늘 수많은 노력에도 불구하고 계속해서 행복을 꿈꾸고 행복해지기를 원한다. 잠시 주목하라! 어떠한 노력도 그대를 머나먼 행복의 나라로 데려가지 못한다. 행복은 노력을 통해서 얻어지는 것이 아니라 자발적인 본래의 마음의 산물이기 때문이다. 오히려 노력하면 노력할수록 고통만 증가하고 배가될 뿐, 실상 행복은 노력의 정반대다.

행복이란 때 묻지 않고 순수한 가운데 삶의 기쁨을 만끽하는 것이다. 마치 시간이 멈춘 듯 온통 주위의 사물들과 나 자신이 하나가 되어 오직 기쁨으로 용솟음치는 가운데 나의 마음속 깊은 곳에서 행복의 물결로 가득 넘쳐서 더는 말로 표현할 수 없는 상태가 행복이다. 잔뜩 비를 머금은 먹구름처럼 내 안에 더 담아 둘 수가 없기 때문에 저절로 밖으로 흘러넘칠 수밖에 없을 때, 그럴 때만이 진정 행복의 기쁨이 무엇인지 안다. 너무나 행복한 나머지 눈물이 앞을 가릴 정도로 무한한 기쁨을 느낀다. 행복한 순간 속에서 나 자신이 존재하고 있을 때 더 이상의 시간이 무의미하다. 곧 영원이 행복의 특성이기 때문이다. 영원성이야말로 행복의 충족 조건이다.

오래전에 나의 글을 읽어본 사람이라면 어느 순간 마음이 매우 편안해진다는 것을 문득 발견하게 된다. 왜냐하면 나의 글 속에는 에고가 들어있지 않기 때문이다. 그 때문에 많은 사람들이 무척 감동을 받았던 이유다. 누군가 만약 나의 책 속에서 무엇인가를 기대한다면 처음부터 전혀 잘못된 생각이다. 그 책은 단순히 누군가의 마음을 만족시키기 위한 것이 아니라 마음의 에고를 떨쳐내게 되어 있다. 다음의 글을 통해 나는 '평범한 하루'에 대해서 말했다. '그다지 별다른 호기심이나 아무런 특별한 일이 없는 그저 보통 평범하고 평범한 하루!' 아마 누군가는 평범한 하루가 무슨 중요한 의미를 담고 있다는 듯이 "왜?"라고 물을지 모른다. 그러나 이 글 속에 담긴 평범한 하루는 보통 평범한 하루가 아니다. 평범한 하루는 결코 평범할 수가 없기 때문이다. 가만히 앉아서 침묵 속에 지켜보라. 모든 것은 오고 가지 않는 시간 속에서 평범하지 않은 것들로 가득하다. 바로 그렇기 때문에 행복은 무시간 속에 나 홀로 서 있는 것과 같다. 행복은 곧 무심의 상태이기 때문이다. 글이 어떤 식으로 쓰였는가는 중요하지 않다. 행복은 하나의 완벽한 상태를 말한다. 나는 나의 글을 통해서 그 밖의 많은 사람이 어느덧 행복하리란 것을 미리 알고 있었다. 평범한 것이야말로 가장 비범할 뿐 아니라 비범한 것이야말로 가장 평범하다. 무심의 상태에서는 모든 것이 완벽하다. 그것이 내가 나의 글 속에서 말하고 있는 내용이다. 평범한 하루는 곧 무심을 뜻한다.

이와 반대로 불행은 삶의 온갖 희로애락 같은 일시적인 현상에서 비롯된다. 삶의 집착에서 비롯한 결과가 불행의 시작이다. 삶에 집착하는 곳에 불행이 있다. 곧 불행의 끝이 행복이다. 행복이 끝나는 곳에서 불행이 싹튼다. 사실상 행복도, 불행도 시간의 연속이다. 그에 비해서 영원한 행복은 행복과 불행의 사이에 존재한다. 엄밀히 말해서 행복은 불행도, 행복도 아니다. 참된 행복은 차라리 지복에 가깝다.

가령 어떤 사람이 길을 가다가 우연히 길에서 돈이 든 가방을 주웠다. 그는 너무나 기뻐서 감격한 나머지 그 자리서 춤을 추며 마구 날뛰듯이 기뻤다. 그런데 막상 또 다른 누군가에게 돈이 든 가방을 도둑맞았다. 그러자 그 사람은 갑자기 절망해서 그만 자포자기 심정으로 그대로 바닥에 주저앉아 한없이 펑펑 울었다. 그렇다면 그것은 행복인가, 불행인가?

위의 이야기는 행복의 초점이 무엇인지, 우리에게 "과연 참된 행복이란 진정 무엇인가?"라는 질문을 되묻는다. 그 사람이 불행했던 것은 그가 애초에 소유한 것 때문이었다. 만약 아무것도 소유하지 않았다면 불행을 겪을 일도 일어나지 않았다. 즉 행복 속에 불행이 깃들어 있고 불행 속에 행복이 깃들어 있다. 곧 행복이 불행의 시작이고 불행의 끝이 행복의 시작이다. 예를 들어 누군가가 나의 가진 재산 정도를 나타낼 때 나는 나의 불행을 많이 알고 있다는 듯이 보인다. 정작 소유함으로써 행복해지는 것이 아니라 소유당할수록 점점 불행해진다는 사실이다. 우리는 무엇을 소유한 것인가? 아니면 무엇을 소유당한 것인가? 마찬가지로 누군가의 삶이 불행할 수밖에 없는 것은 그의 삶 자체가 단지 겉으로만 매우 표피적으로 살았기 때문이다. 단순히 눈에 보이는 외부의 대상에만 국한되어 있기 때문이다. 그러나 이와 달리 언제나 영원불변의 행복도 있게 마련이다. 이 세상의 모든 행복은 사실상 불행의 반대

말이다. 더는 아무런 시간의 제약이나 공간에 구애받지 않고 오직 순수한 상태에서 느끼는 행복이야말로 가장 이상적인 행복이다. 곧 무시간 속의 행복이야말로 우리가 추구해야 할 행복인 셈이다.

따라서 이른 아침에 맞이하는 찰나의 순간이야말로 가장 행복한 순간이다. 더는 사념이 끼어들지 않는 그 짧은 순간이야말로 가장 순수한 시간이다. 어쩌면 그 시간이야말로 하루 중에서 문득 나 자신과 만나는 가장 값진 시간인지도 모른다. 잠깐 동안 나와 마주하는 그런 시간 속에서 잠시나마 내가 살아있다는 것을 어렴풋이 깨닫고 느끼게 된다. 바로 낯선 곳에 있을 때의 그 느낌이라고 말할까? 난생처음 나 자신만으로도 온전하다는 생각을 갖기 때문이다. 다만 잊고 있었을 뿐이다.

나에게는 아주 오래된 낡은 구두 한 켤레가 있었다. 그 구두를 신을 때마다 어찌 된 영문인지, 자꾸만 발바닥이 따끔거리듯 절뚝거리고 아팠다. 나는 속으로 발바닥에 이상이 생겨서 그런 줄만 알고 별로 대수롭지 않게 여겼다. 그러던 어느 날 갑자기 어딘가를 매우 급하게 갈 일이 생겼다. 때마침 땡볕 속에서 나 혼자 길을 걷고 있을 때였다. 나는 길을 걷다가 말고 금방이라도 발바닥이 불이 날 것처럼 몹시 화끈거렸다. 나도 모르게 그만 "앗 뜨거워!" 하고 소리쳤다. 나는 하는 수없이 곧바로 그 자리서 신고 있던 구두를 벗어서 곧장 집어 던졌다. 그러자 구두 밑창이 닳아서 어느새 구멍이 뻥 뚫려 있었다. 나는 그제서야 배꼽을 잡고 한참을 웃었다. 그러니까 구두 밑창이 닳은 줄도 모르고 지금껏 엉뚱한 곳에서 길을 헤매고 돌아다녔던 것이다. 비로소 원인을 알고 나자 그동안 시달린 발바닥의 통증도 금세 감쪽같이 없어지고 말았다. 즉, 발바닥의 통증과 함께 문제를 일으킨 원인도 동시에 사라지고 없었던 것이다.

　이렇듯 행복은 노력을 통해서 얻어지는 것이 아니라 자기 스스로 발견하는 것이다. 내가 행복을 억지로 만드는 것이 아니라 언제나 행복이 그림자처럼 뒤따라오는 것이다. 이를테면 세상이 변해야만 꼭 행복한 것이 아니라 내가 먼저 자발적으로 변해야만 행복해질 수 있다는 뜻이다. 나는 변하지 않는 가운데 행복하기만 바라기 때문에 누구도 행복하지 않은 가운데 그처럼 불행하게 살 수밖에 없다. 행복하기만 바라는 사람은 또한 불행할 수밖에 없다.
　이에 비해 불행에 빠진 사람들이 한결같이 공통으로 하는 말이 지금은 행복하지 못하지만 언젠가 때가 되면 나 또한 주위의 다른 사람들처럼 분명히 행복해질 수 있다고 생각한다는 것이다. 그러나 만약 언젠가 때가 되어야만 꼭 행복할 수 있다면 "그 당시 그때는 왜 행복하지 못했는가?"라고 한 번쯤 스스로 되물어보아야 하지 않을까. 반드시 그때가 되어야만 행복한 것만이 꼭 행복이라면 과연 그런 행복이 도대체 나에게 무슨 의미를 지니고 있는가. 현재

1부

의 생활에 만족하지 못하고 지금 이 순간 행복할 수 없다면 언젠가 미래에 반드시 행복해지고 행복하리란 보장이 없다. 우리가 지금껏 불행할 수밖에 없는 것은 그만큼 타인에게 의존해서 맹목적인 희생만을 강요하는 가운데 나의 행복만을 바라기 때문이다. 행복은 옆의 누군가 다른 사람을 통해서 만들어지는 것이 아니라 본인이 나의 손으로 직접 체험하고 경험하면서 자기 자신의 삶을 새롭게 하나하나 가꾸고 꾸미는 것이다. 지금 당장 눈앞에 보이는 행복에만 도취해서 서로가 너도나도 물질만을 강요한 탓에 나의 정체성을 잃어버린 결과 스스로 불행한 삶을 선택한 것이나 마찬가지다.

그런 까닭에 불행할 수밖에 없는 이유는 지금의 현실에 만족하지 못하고 내면의 불만족으로 인하여 더욱 불안한 나머지 항시 커다란 불신이 본디 그 밑바탕에 매우 어두운 그림자처럼 짙게 깔려 있기 때문이다. 즉, 현실과 이상 사이에서 갈등하고 번번이 좌절한 나머지 매번 어디론가 끌려가고 있다는 불안감에서 비롯된 결과다. 그래서 누군가는 끊임없이 갈구하고 누군가는 계속해서 행복을 찾고 또 찾는다. 그것이 우리가 지금까지 행복에 대해서 무지한 상태로 잘못 알고 있는 점이다. 그렇지 않고 무엇인가를 찾아 그토록 헤매는 까닭이 무엇인가. 그렇기 때문에 그대에게 있어서 행복은 또한 단순한 이상에 지나지 않는다. 왜냐하면 행복은 곧 이상이 아니기 때문이다. 만약 행복이 이상이라면 어떻게 행복할 수 있는가? 분명한 것은 그대가 지금 부재중이란 사실이다. 나는 행복이 무엇인가에 대해서 단정 짓고 정의하는 것이 아니다. 다만 삐뚤어진 관념에 대해서 말할 뿐, 내게는 행복에 대한 정의가 없다. 정의란 기껏해야 사람들이 말하는 구속에 불과하다. 수많은 정의로인해서 그에 따른 선의의 피해자가 생긴다. 정의를 행할 때조차 나는 나의 세력을 행사했다는 오직 앙갚음으로밖에 들리지 않는다. 정의란 무엇인가는 틀렸기 때문에 서로 상반되고 모순된 것을 둘로 나누고 쪼개는 역할만을 강조할 뿐이다. 정의로운 사람은 항상정의롭지 못한 사람이다. 모든 정의는 위태롭다. 그러므로 그대가전체적일 때만이 비로소 전체적인 행복을 경험할 수 있다.

앞에서 말했듯 행복은 어느 먼 미래에 있는 것이 아니라 바로 지금 이 순간 여기에 존재하는 것이다. 지금 이 순간에 존재하는 것이야말로 행복의 열쇠다. 한편 대다수의 사람은 행복을 마치 특별한 이벤트나 보상이라고 생각하기 마련이다. 그러나 행복은 특별한 이벤트나 보상에 따른 것이 아니다. 만약 행복이 보상에 따른것이라면 그 누가 내 인생을 대신 살아주고 대신 책임질 것인가. 행복을 꼭 돈으로만 따지기 때문에 문제다. 예를 들어, 매일 밤 궁전에서 각종 화려한 연회를 열지라도 다음 날 아침 내 주위에 아무도 없다면 그것이 다 무슨 소용인가. 차라리 혼자 조용히 지내는 것만 못하다.

이처럼 행복은 아득히 먼 저 멀리 높은 곳에 있는 것이 아니라 지극히 작고 사소한 아주 가까운 데에 있다. 삶의 눈을 뜰수록 그동안 미처 몰랐던 나 자신을 깨닫는 과정 속에서 어느덧 참된 행복의 의미가 무엇인지 알게 된다. 나 자신을 더 많이 깨닫고 알면 알수록 삶의 행복도 당연히 클 수밖에 없다. 깨달음과 행복은 정비례하기 때문이다. 그런즉 앎이 곧 행복이다. 이를테면 자기 스스로 만족한 가운데 자족할 줄 아는 것이 행복이다. 우리가 그런 일상적인 삶 속에서 그와 같은 행복을 발견할 수 없다면 과연 그 어디에서 참된 행복의 의미를 발견할 수 있는가. 만약 이 땅의 행복이 아닌 하늘나라의 행복을 가르치는 사람이 있다면 그런 사람들을 조심하라. 그런 사람들은 하나같이 죽음만을 설교하는 자들이다. 곧 성직자들이야말로 가장 타락한 인간쓰레기들이다. 나는 현실 세계의 행복만을 바랄 뿐, 그밖에 지상이 아닌 다른 곳의 행복에는 아무런 관심이 없을 뿐 아니라 그 이상 더 알고 싶지도 않다. 삶을 깨달으면 깨달을수록 나의 몸과 내가 존재하는 이 땅을 더욱 더 사랑하지 않을 수가 없다. 즉 일상적인 행복이야말로 삶의 가장 크나큰 행복이다.

그러므로 행복해지기 위해서는 무엇보다 긍정적인 생각이 중요하다. 긍정적인 생각이야말로 행복으로 가는 첫 번째 지름길이다. 누군가 만약 행복해지고 싶다면 무조건 절대적으로 행복하게만 생각하라. 그리고 만약 불행해지고 싶다면 반대로 얼마든지 불행하게만 생각하면 된다. 누구나 절대적으로 살면 절대적이 된다. 따라서 절대적으로 행복하게 살면 절대적으로 행복해진다. 절대적으로 불행하게 살면 절대적으로 불행하게 된다. 그래서 슬픈 노래를 백 번만 부르면 죽는다. 그 자신이 너무나 비극을 사랑했던 나머지 스스로 죽음을 자초했기 때문이다. 한편 덴마크의 철학자 키르케고르는 죽음을 가리켜 절망에 이르는 병이라고 말했다. 죽음이란 삶의 의욕을 완전히 상실한 것을 말한다. 이 세상에 대한 아무런 미련이 없음을 뜻한다. 더는 살고자 하는 의지가 나에게 전혀 아무것도 남아있지 않을 때, 그때는 저절로 죽음에 이르게 되어 있다. 그 때문에 몇몇 시인이나 예술가들이 중도에 갑작스럽게 세상과 그만 작별을 고했던 것이다. 왜냐하면 세상은 말 그대로 지옥이나 다름없기 때문이다. 나 역시 한때는 죽음의 문턱까지 간 적이 있었다. 실제로 살면서 단 한 번만이라도 실제적인 죽음을 맞이해 본 사람이라면 삶이 그다지 심각하지 않다는 것을 비로소 깨닫게 된다. 우리가 삶을 잘 모르기 때문에 죽음이 두려운 것이고 죽음을 잘 모르기 때문에 삶에 더욱 집착하는 것이다.

하여튼 간에 그 누구도 우리 자신보고 불행하게 살도록 옆에서 가르치고 따로 말한 사람은 아무도 없다. 단지 본인 스스로 모든 것을 결정하고 모든 것을 주관했을 뿐, 불행의 원인을 제공한 것도 본인이고 불행의 결과를 자초한 것도 결국 본인인 나 외에는 다른 그 누군가가 아니다. 한번 그대 자신을 자세히 관찰해 보라. 스스로 불행에 빠지고 스스로 불행에 울고 스스로 불행할 뿐이다. 삶은 마치 무대 위의 연극과 같다. 행복한 배우가 되느냐, 불행한 배우가 되느냐는 오직 자기의 손에 달렸다. 이왕이면 불행한 바보보다 행복한 바보가 낫다. 사실 행복한 바보나 불행한 바보나 둘 다 바보라는 점에서는 모두가 똑같다. 정작 중요한 것은 행복은 관점이 아니라는 점이다. 관점에서 비롯한 행복은 전부 형식에 불과한 위선일 뿐이다. 행복은 관점에서 비롯한 것이 아니라 각도에 달려있다. 각도가 변해야만 삶을 바라보는 시각이 변한다. 즉, 새로운 사람만이 새로운 행복을 느낀다. 하여 "그래서 뭔가?" 이 말속에 무궁무진한 행복의 비밀이 들어있다. 그러므로 평정심이야말로 행복 중의 행복이며 그 이상 더없는 행복이다.

나의 이해에 따르면 불행한 사람일수록 타인의 불행에 환호한다는 사실이다. 타인의 불행에 스스로 만족하고 환호함으로써 위안을 삼고 얻는 가운데 승리감에 도취하여 환호성을 부르짖는다. 불행한 사람들은 하나같이 타인을 학대하면서 즐거움을 얻는 열등한 무리들이다. 이에 사람들은 불행에 더 큰 관심을 갖는지도 모른다. 왜냐하면 불행할수록 다른 사람들의 관심과 이목을 끌기 때문이다. 그렇지 않고 온갖 불행을 자랑삼아 마구 떠벌리는 이유가 진짜 무엇인가. 실제로 불행한 사람들을 관찰해 보면 아주 오랫동안 불행하기를 바랐던 것처럼 꼭 불행할 수밖에 없었다는 생각이 든다. 분명한 것은 우리가 그러한 데에 너무나 익숙한 나머지 상대방으로 하여금 무조건적인 희생만을 강요한다는 것이다. 그것이 우리가 이 세상을 살아가는 방식이고 상대방에 대한 무시와 경멸 속에 삶을 대하는 태도와 잘못된 시각이다.

다시 한번 말하지만, 행복은 어느 먼 미래에 있는 것도 아니고 그렇다고 돈이나 물질 따위와 같은 꼭 소유욕에만 있는 것도 아니다. 미리 결론부터 말하자면 행복은 눈에 보이는 것이 아니라 눈에 보이지 않는 나의 마음속에 있다. 이처럼 행복은 마음의 세계에 존재한다. 얼굴이 행복한 사람은 마음도 행복하고 마음이 건강하면 얼굴에 웃음과 활력이 넘친다. 그에 비해서 불행한 사람일수록 매사에 부정적이고 더욱 삶의 의욕이 없다. 가장 행복한 사람들의 특징은 다른 사람들보다 더욱더 의욕이 넘친다는 사실이다. 삶의 의욕이야말로 행복을 판가름하는 기준이다.

특히나 행복한 생활 가운데 무엇보다 나를 바로 알고 바로 보는 것이 올바른 행복의 비결이다. 나는 어떻게 생겼고 나는 어디서 왔으며 내가 누구인가를 아는 것이야말로 참된 행복의 시작이다. 나를 제대로 인식하고 바라봄으로써 그동안 나라는 사람이 얼마나 어리석고 무분별하며 또한 과거에 잘못되었는가를 본인도 절실히 통감하게 된다. 우리는 지금껏 내가 아닌 다른 누군가에게 나의 책임을 떠넘기듯 무작정 회피하고 외면한 나머지 나라는 틀 속에 나를 가두고 불행과 마주하듯 서로의 무관심 속에 스스로 방치했던 만큼 결국 서로의 상처로 인해서 누구나 불행할 수밖에 없었다. 행복은 결코 꿈이 아니다. 지금이라도 나를 제대로 알고 똑바로 바라보는 것이 그나마 올바른 행복의 길로 과연 무엇이 나를 위한 참된 삶과 참된 행복인지 내 안의 나를 조금씩 일깨우고 실천하는 가운데 지금의 내 모습 그대로 있는 그대로의 나를 받아들이고 당당히 세상과 마주함으로써 비로소 피부에 직접적으로 느껴지고 저만치 손에 와 닿는 것이다.

이상으로 행복에 대한 강의를 마치며 시간관계상 간략하게나마 다음의 말로 인사를 대신 전하면서 앞으로 누구나 다 같이 행복한 인생을 꿈꾸며 살기를 진심으로 바라마지 않는 바이다.

행복은

행복은 어느 먼 미래에 있는 것이 아니라
그때그때 내 마음이 흐뭇하고 저절로 평온해질 때
그것이 행복이다.

행복한 생각을 하면 행복의 그림자가 따르고
불행한 생각을 하면 불행의 그림자가 따른다.

그러므로 행복해지기 위해서는
무엇보다 긍정적인 생각이 중요하다.

행복은 내가 무엇을 소유한 것에 있는 것이 아니라
얼마나 더 자유롭게 존재하는가에 달렸다.
진정 무엇을 위한 자유가 아닌 무엇으로부터의 자유인가.

나는 지금 이 자리서 이렇게 행복하다.

        – <세상의 모든 아침> 중에서

마지막으로, "당신은 지금 행복한가?"라고.
땡큐!

19오 8258

우리 집사람인 나의 아내의 차량 넘버는 19오 8258이다. 그 번호판을 자세히 읽으면 "씻구 와 빨리 오빠"가 된다. 확실히 우리 와이프는 나를 무진장 사랑하나 보다. 그런데 왜 나는 점점 더 작아만 지는 것일까? 젠장, 빌어먹을. 나는 다시는 그 번호판 앞에 절대로 설 수가 없을 것 같다.

세상을 살다 보면

　세상을 살다 보면 온갖 별의별 사람을 다 만나고 사는 것은 어쩌면 당연지사지만, 그중에 어떤 사람은 벗이 되고 어떤 사람은 적이 되며 어떤 사람은 철천지원수가 된다. 과연 어떤 사람이 내게 더 득이고 피해인지, 가끔은 나 자신에게 종종 물어볼 경우가 있다.

　그때마다 떠오르는 것은 꼭 좋은 사람이라고 해서 다 좋은 사람이 아니고 꼭 나쁜 사람이라고 해서 전부 나쁜 사람도 아니라는 것이다. 다만 서로 생각하는 방식이 다르기 때문에 그때그때 상황에 따라서 조금씩 변하는 것뿐이지, 처음부터 좋은 사람이라고 해서 무조건 좋은 사람도, 처음부터 나쁜 사람이라고 해서 무조건 다 나쁜 사람도 아니다.

　정작 나와 남을 다른 사람으로 보지 않고 나와 남을 똑같은 사람으로 보기 때문에 문제다. 그런데도 나와 남을 다른 사람으로 보지 않고 나와 남을 똑같은 사람으로 취급하는 사람들을 보면 대부분 남의 입장에 대해서는 전혀 생각해 보지 않는다는 사실이다. 그런 사람의 경우 열이면 열, 백이면 백 그 누구와도 절대로 상종할 수 없는 그야말로 오직 나밖에 모르는 매우 이기적인 인간이다.

가급적이면 그런 사람과는 어울리지 않는 것이 비교적 본인의 신상에도 좋을 뿐 아니라 되도록 멀리 피하는 것이 곧 최선의 상책이다. 자칫 잘못 어울리다가 나중에 엉뚱한 봉변을 당하기 일쑤다. 과연 내가 어떤 사람을 만나고 사귀는가에 따라 차츰 나의 가치관도 변하고 장차 나의 인생도 달라지는 법이다.

실제로 나는 어떤 사람을 더 소중히 하고 어떤 사람은 더 소홀히 하는지, 한번 나에게 대놓고 있는 그대로 솔직하게 물어보라.

글은 뭐 아무나 쓰나

매번 글을 쓰면서 내 나름대로 느끼는 것이지만, 정작 본인도 무슨 글을 매우 어떤 식으로 써야 할지 전혀 모르고 쓴다는 사실이다. 막상 글을 다 쓰고 보면 비로소 무슨 글인지 본래 이런 글이란 생각이 든다.

즉, 내가 무엇을 억지로 쓰는 것이 아니라 다만 자연스럽게 생각나는 대로 쓰다 보면 마침내 한 편의 글이 되고 한 편의 시가 된다는 이야기다. 다시 말해서 내가 무엇을 어떻게 쓰는가가 꼭 중요한 것이 아니라 내가 이 세상을 있는 그대로 보고 듣고 느끼면서 얼마나 더 아름답게 만드는가가 무엇보다 훨씬 중요하다는 말이다.

나도 한번 글이나 써 보겠다는 심산으로 별 아무 뜻 없이 썼다가는 괜히 주변 사람들의 오해만 불러오기 딱 십상이다.

최소한 글을 쓰는 사람이라면 내가 얼마나 나다운 인생을 살고 반듯한 인생을 살았는지 우선 본인에게 대놓고 진솔하게 물어봄으로써 정말 그럴 자격이 있는지 먼저 심사숙고하는 것이야말로 어디까지나 글을 쓰는 사람의 본분이다.

그런 투철한 사명감이나 아무런 반성 따위도 없이 대략적으로 지적인 호기심만 가지고 충분한 나만의 시간을 거치지 않고 무슨 명예를 바라는 것이야말로 정작 글을 쓰는 본인 당사자가 가져서는 안 될 덕목이며 나아가 바로 우리 같은 사람들이 가장 경계해야 할 대상이고 금물이다.

그런데 왜 하필 하고 많은 일 중에서 꼭 글을 써야만 하는지, 보다 냉정하게 돌아보고 냉철하게 물어볼 필요가 있다.

그런 이후에도 계속해서 뭔가 쓰고 싶다면 본인이 하고 싶은 말만 하지, 어설프게 이것저것 갖다 붙이고 섣부르게 불필요하니 엉뚱한 말이나 하면 차라리 처음부터 쓰지 않는 것만 못하다.

그런 제대로 된 인식조차 파악하지 못하고 단지 손가락 끝의 재주만 믿고 기행만 일삼다가는 남이 보기에도 우스울 뿐 아니라 결국 얼마 못 가서 금방 포기하는 경우가 많다.

옛 속담에 될성부른 나무는 떡잎부터 알아본다고 아무리 해도 될 놈은 되고 안 될 놈은 안 되는데 본인도 안 되는 것을 가지고 백날 머리만 싸맨다고 하루아침에 대단한 작품이 나오는 것도 아닌데 마치 뭐라도 되는 양 무조건 책상 앞에 앉아서 온종일 펜대만 굴린다고 아무나 작가가 되고 누구나 시인이 되는 것은 아니다.

오죽하면 개나 소나 다 시인이라는 말까지 생겨났을까 싶을 정도다.

일단은 어떤 세상인지 구경이라도 하고 또 세상이 어떻게 돌아가는지 한번 나 자신을 눈여겨 들여다보고 뭐 그러면서 조금씩 나를 깨닫고 차츰 인생이란 걸 배우는 동안에 비로소 성숙한 인간형이 됨으로써 뭐가 되도 되는 것이지, 미처 아무것도 준비가 안 된 상태에서 막무가내로 두문불출하듯 온종일 방에만 틀어박혀 아예 꼼짝 않고 있으면 누가 나를 알아주고 인정하는 것도 아닌데, 도대체 글을 쓰는지, 떡을 써는지 그럴 바에 차라리 머리나 깎고 절에 가서 도나 닦는 게 빠르다.

일찍이 경험만 한 스승이 없다고 아무리 해도 내가 안 되는 것은 곧 능력이 안 되거나 모자라서가 아니라 아직은 경험이 미천한 덕분이다. 경험도 미천한 입장에서 무슨 놈의 손재간은 손재간이고 글재간은 글재간인지 앞으로도 깜깜무소식인데, 그래도 나는 무슨 일이 있어도 반드시 써야만 한다면 우선 네가 알아야 할 다음의 중요 사항 세 가지가 있다. 첫째, 일단 쓰기로 시작한 이상 절대로 끝까지 포기해서는 안 된다는 것이 그 첫 번째고 그다음 이왕에 쓰는 것 온전한 너만의 글을 쓰라는 것이 그 두 번째이고 그리고 마지막으로 세 번째는 네가 글을 다 쓰고 나면 그때 가서 알려드리마.

본디 작가란, 남다른 사고방식과 투철한 사명감을 가지고 언제 어디서 목에 칼이 들어와도 잘못된 것이 있으면 거침없이 꼬집고 비판하면서 때론 목에 칼이 들어와도 아닌 것은 아니라고 말할 수 있는 용기와 인내심을 가지고 자기 나름대로 소신을 다해서 항시 신념을 지킬 줄 아는 이른바 학식과 덕망을 두루 겸비한 소위 학식 있는 사람을 스스로 자처하고 자청할 때 쓰는 말이다.

그에 비해 나만의 뚜렷한 주관이나 사고는커녕, 여태 달성한 거라고는 달랑 저 먹는 밥숟가락 말고는 아무리 눈 씻고 찾아봐도 그다지 별로 눈에 띄게 뚜렷하게 특별한 것도 없는 주제에 단순히 아무 말이나 지껄이다가는 오히려 웃음거리에 낭패를 보는 수가 있는데 도대체 무슨 꿍꿍이속으로 무턱대고 글을 쓴답시고 허튼 수작을 부리는지, 바른대로 말해서 똑바른 글이라도 한 줄이라도 쓰면 다행이지 나는 "절대 아니올시다."라고 본다.

하물며 나 같은 사람도 이 정도밖에 못 쓰는데 혹 너 정도 같은 사람은 두말하면 뭐 오죽할까?

그런데도 앞뒤 구분 못 하고 횡설수설하는 가운데 제법 야단법석을 피면서 또다시 내 앞에서 심심하면 자랑삼아 마치 할 일 없으면 글이나 쓰겠다고 자꾸 비아냥거리고 콧방귀를 뀌면 당장 그놈의 입방정을 똥통에 확 처박아 버릴 테니까 그런 줄 알고 가서 세상이나 더 살고 오라는 그런 말씀!

이제 나 간다.

들어나 보소

　과연 어느 누가 이 미친 세상에서 제 발로 미치지 않은 놈이 있을까? 오히려 미치지 않은 놈이 더 제정신이 아닌 게지. 행여 미치지 않고는 살 수가 없고 또다시 미치지 않고는 배기려야 배길 수 없는 그런 빌어먹을 망할 놈의 세상에서 당최 누가 나 말고 미치지 않은 놈이 있냐고 지레 잘난 척을 하고 마침 하늘이 떠나가듯 고래고래 고함을 질러봤자 결국 나 혼자 딱 미친놈 소리만 듣기에 뻔한데 대관절 어느 놈이 만들어 놓은 세상이길래 채 할 말도 못 하고 언제까지나만 숨죽여 살라는 말인지. 그야말로 오장육부가 뒤틀리는 바람에 저절로 한숨만 나오는데 괜히 혼자서 북 치고 장구 치고 온갖 병신 육갑에 꼴값 떤다고 어떤 놈이 등 뒤에서 나를 욕할지 모르지만 그래도 명색이 배운 사람인지라 차마 입에 담지 못할 욕은 가급적 하지 않는 편이 바람직한 법인데 눈만 뜨면 하루에도 열두 번씩 더 이상한 소리만 들리니 어디 한번 제대로 잠을 잘 수가 있나? 어디 한번 제대로 숨을 쉴 수가 있나? 해서 이왕에 이렇게 말이 나온 김에 오늘 온 동네 사람들이 다 보는 앞에서 그럼 바른대로 말해 볼 것이니 눈이 있으면 보고 귀가 있으면 들어나 보소.

그러니까 말이지, 내가 아주 어렸을 때만 해도 어떤 놈이 아무리 욕을 하고 밤늦게 떠들어도 누구 하나 거들떠보고 뭐라고 하는 놈 없었는데 아, 요즘은 어떻게 된 세상인지 누가 조금만 시끄럽게 굴어도 바로 죽일 놈, 살릴 놈, 별의별 욕이란 욕은 다 하면서 하필 층간 소음이랍시고 하루에도 몇 번씩 들락날락 왔다 갔다 하면서 고함을 치고 소리를 지르는 것은 보통 기본이고 온 동네 사방팔방 이리 뛰고 저리 뛰고 온갖 야단법석에 걸음아 나 살려라 줄행랑을 치듯 어쩌다 던진 돌멩이에 개구리가 맞아 죽는다고 아, 남이야 죽든지, 말든지 온통 왁자지껄 시끄럽게 떠들썩하니 날이면 날마다 시시때때로 쿵쾅거리고 삐거덕거리는 것은 예사이고 걸핏하면 동에 번쩍, 서에 번쩍 온데간데없이 남의 집 안방인 마냥 제집 드나들듯 떡하니 버티고 서서 온갖 횡포에 훼방을 부리고 피차 서로 간에 헐뜯고 욕설을 하는 와중에 이구동성으로 갖은 손가락질에 삿대질이란 삿대질은 당연지사! 여차하면 밥 먹듯이 서로 만났다면 속으로 으르렁거리고 엎치락뒤치락 등에 올라타고 물어뜯고 할퀴고 지랄 염병할! 원수는 외나무다리에서 만난다고, "오냐. 오늘 어디 한번 너 죽고 나 죽고." 아예 사생결단에 대판 치고받고 싸우는 것은 말할 것도 없거니와 툭하면 본인도 시끄러운 주제에 누구한테 감히 따지고 하소연이냐고 오히려 큰소리로 따지고 난리니 시방도 한바탕 떠들썩한 마당에 까딱 잘못했다가는 기어이 사람 목숨도 어떻게 될지 모르는 판국이니, 나, 이거야 원. 어디 사람 사는 게 사람 사는 것인지, 참으로 기가 막히고 코가 막히고 비통할 노릇이 아니고 무엇인가 말인데, 아니 글쎄, 웬 미친놈의 사지 멀쩡한 놈이 눈에 아무것도 뵈는 게 없이 어디서 뭐를 잘못 먹었나? 갑자기 두 눈깔이 확 뒤집혀지는 바람에 그것도 벌건 대낮에 누가 있건 말건 보거나 말거나 다짜고짜 시비를 걸고 따지지를 않나? 지나가는 행인을 개 패듯이 패지를 않나? 아무나 붙잡고 함부로 발길질해대질 않나? 일명 무차별 폭행이라고 들어나 보았는지. 아, 죽으려면 무슨 짓을 못 하겠냐만 죽으려면 저 혼자 똥통에 확 빠져 죽을 노릇이지, 왜 아무 잘못도 없는 사람은 마구잡이로 폭행을 가하는지. 들리는 바에 의하면 한 꽃다운 처자가 오밤중에 몰래 지하철역 부근 화장실을 갔다가 별안간 괴한이 휘두른 칼에 그대로 변사체로 발견되었다고 하니 참으로 애통하고 애통할 따름에, 어허 나, 이거야 원 참! 아니, 이게 무슨 자다가 말고 웬 마른 하늘에 청천 날벼락 같은 소린지. 이보다 더 원통하고 원통할 일이 또 어디에 있을꼬! 도저히 보고도 말로는 믿기지 않는 처참한 광경에 하늘이 놀라 자빠질 노자에 뒤로 까무러칠 노릇이 아니고 대체 무엇인가 말인데, 그리고도 나는 아무 잘못이 없다는 듯이 아주 뻔뻔스러운 얼굴로 고개를 들고 새빨간 거짓말을 늘어놓는 것을 보면 과연 짐승의 탈을 쓴 인간이 아닌 이상, 입이 열 개가 아니라 백 개라도 모자란 판국에 어디서 굴러먹다가 이제 와서 말도 안 되는 소리만 골라서 지껄이는지, 심심하면 약을 잘못 먹었다는 둥, 잘 모르고 그랬다는 둥 괜한 헛소리만 지껄이는 가운데 개나 소나 아무나

다 정신병자라면 다인가 말이지. 하여튼 간에 괜히 못 먹는 감 찔러나 본다고 우물쭈물 어영부영하다가는 어느새 쥐도 새도 모르게, 아닌 말로 찍소리도 못하고 곧바로 하루아침에 저세상 황천길 행이니. 나, 이거야 원. 어디 마음 놓고 돌아다닐 수가 있나? 마음 놓고 길을 다닐 수가 있나? 아니면 남몰래 고개를 들 수가 있나? 어쩌다 세상이 이다지도 마구 미쳐서 날이 갈수록 태산에 점점 이 모양 이 꼴로 돌아가는지, 한마디로 세상 말세다. 뭐 이런 말이렷다.

아무리 의학이 좋아지고 수명이 늘어나면 뭐하고 아무리 기술이 발전하고 나라가 발전하면 뭐할 것인가? 단지 사람 목숨도 한낱 파리 목숨 보듯 하찮게 여기고 마는데 누구의 말마따나 나도 어떤 놈이 휘두른 칼에 하마터면 재수 없게 죽을지도 모르는 세상에서. 젠장, 제기랄, 하루 삼시 세끼 꼬박 밥을 먹어도 밥이 목구멍으로 들어가는지, 콧구멍으로 들어가는지 나, 원 살다 살다 뭐 이런 개 같은 경우가 다 있는지 어디 칼 없는 사람은 서러워 살고 어디 칼 한 번 못써본 사람은 그냥 앉아서 죽으란 소린지, 지금이 무슨 조선 청나라 시대도 아니고 한동안 넋 놓고 앉아 골 때리게 TV(떼레비) 앞에 멍하니 바라만 보고 있는데 이것은 또 무슨 개뼈다귀 같은 소린지. 아닌 게 아니라 어떤 놈은 흙수저로 태어나서 아무리 박박 죽어라 기고 허리띠를 졸라매도 남의 집 오두막살이는커녕 대궐 같은 집은 고사하고 달랑 서너 칸짜리 집 한 채 마련하기 어렵고 어떤 놈은 금수저로 태어나서 평생 무위도식하며 손에 땀 한 방울은커녕 물 한 방울 안 묻히고 값비싼 명품에 고급 외제 차에, 스포츠카에, 때깔 난 옷에 그야말로 제 어미 복에 겨운 줄 모르고 오만 병신육갑에 꼴값에 별값 다 떨고 앉아서 가진 돈 자랑은 다 하는데. 아, 돈 나고 사람 났나? 사람 나고 돈 났지? 어차피 한 번 왔다 가면 그만인 인생, 이래 죽으나 저래 죽으나 죽는 것은 매한 가지고 다 똑같은데 "어헐~ 씨구씨구~ 들어간다~ 저헐~ 씨구씨구 ~ 들어간다~", "작년에 왔던 각설이가 아 죽지도 않고 또 왔네~", "품 바품바~ 잘도 한다~ 품바품바~ 잘도 한다~" 지랄염병할 망정이지. 그러거나 말거나, 어떤 놈은 지랄하지 않나? 어떤 놈은 꽤 염병을 떨 지 않나? 하여 이왕에 말이 내친김에 까짓것 속 시원히 꺼내 볼 테니 그럼 지금부터 남녀노소 누구를 막론하고 잘들 들어나 보소.

세상천지 많고 많은 사람 중에 하필 부모, 자식 간에 무슨 원수 가 졌기로서니 나 혼자 얼마나 잘 먹고 잘 살겠다고 제아무리 돈 에 눈이 멀어도 환장을 했기로 그렇지 그까짓 돈 몇 푼 때문에 단 하나밖에 없는 부모를 가지고 감금에, 폭행에, 구타에 심지어 보험 금을 노린 나머지 서로 작당을 해도 유분수지 구태여 잔인하게 살 인 행위를 저지르는지. 어허 나, 이거야 원 참! 참으로 배은망덕할 망정 천인공노할 노릇에, 아니, 뭐 이런 그동안 먹여주고 길러주고 낳아준 은혜도 모르는 천하에 짐승만도 못한 인간말종을 보았나?

아니, 뭐 이런 개만도 못한 천해 빠진 영락없는 후레자식을 보았나? 이런 파렴치한 짓거리도 그런 파렴치한 짓거리가 따로 없는데, 정녕 하늘이 두렵지도 않느냐? 천하대장군이 지하에서 곡할 노릇에 "한~ 많은 이 세상 야속한 님아~ 정을 주고 몸만 가니 눈물이 나네~", "아무렴 그렇지, 그렇고말고. 한오백년 살자는데 웬 성화요." 하는데 말이지, 참말로 억장이 무너질 노릇이 아니고 무엇인가 말인데 오냐오냐 길러서 금이야 옥이야 애지중지 키우면 뭐하고 단 한 푼도 안 먹고 안 쓰고 겨우겨우 뒷바라지해서 대학까지 공부시켜 가르치면 뭐할 텐가? 오직 나밖에 모르고 저밖에 모르고 돈밖에 모르는 뭣 같은 세상에서 오히려 나 혼자 편히 배불리 먹다 가면 그만인 것을. 그러기에 어떤 작자가 말하기를 "아, 요즘 같은 세상에 자식 놈 하나 낳아봤자, 실컷 고생만 하다가 기어이 늙어 죽는다고." 아, 그러니 누가 아들딸 낳고 시집 장가는 들어서 결혼할 것이고, 아, 그러니 누가 오늘날 부모를 하늘처럼 떠받들듯 공경하고 존경할 것인가? 항간에 듣자 하니 전 국민이 모르는 사람이 없을 정도로 "저출산, 저출산." 하고 떠들어 대시는데, 뭘 좀 제대로 알고 떠들어도 떠들어 대시라. 뭐 그런 말씀이렷다.

이참에 저 높으신 양반님들께 한 말씀 드리겠는데 맨날 자기들끼리 얼씨구 타령에 어쩌고저쩌고 말로만 떠들지 말고 단 한 번만이라도 국민들의 목소리에 제대로 귀를 좀 기울이면 어디가 덧나나?

좀이 쑤시나? 아니면 발이 쑤시나? 아, 말이야 바른말이지, 목소리 큰 놈이 이긴다고, 서민들은 쩔쩔매고 곧장 나자빠져 죽어나는 꼴에 항상 내가 잘했니, 네가 잘했니 하면서 자기들 밥그릇 챙기기만 바빠서 서로 이편저편 편만 가르면서 지금이 어느 때라고 아직도 그런 덜떨어진 시대착오적인 발상에서 그러고들 있는지. 이런 한심한 사람들 같으니라고! 아, 그러니까 매일 국민들한테 비싼 세금만 걷고 막상 하는 일은 별로 없다고 아예 욕을 바가지째, 통째로 얻어먹는 것이렷다. 누가 옳거니 하고! 내 말이 틀렸으면 게 섰지 말고 물구나무서서 손 한 번 번쩍 들어 보시오? 어차피 피장파장 예까지 말이 나온 이상 에라 이판사판 한바탕 미친 척하고 신나게 떠들어 볼 테니 그럼 지위고하 막론하고 잘들 들어나 보소.

나로 말하면 저 자계리 깊은 산골짜기에서 태어나 세상 물정이라고는 모르고 살았는데 어쩌다 친구 따라 강남 간다고 서울에 가서는 급기야 밑바닥 생활부터 오늘날 지금에 이르기까지 오직 한 우물만 파고 살았지만, 그렇다고 누가 나를 알아주기를 하나, 그동안 수고했다고 따뜻한 말 한마디를 하기를 하나? 아니면 나 좋다고 얼씨구나 나라에서 표창장을 주기를 하나? 젠장, 빌어먹을. 지금까지 뼈가 빠지도록 나 혼자 고생해봤자 겨우 내 몸뚱이 하나만 골병이 드는데 어떤 놈은 부모 잘 만나서 가만히 앉아 있어도 저절로 굴러먹고 뒹굴고 어떤 놈은 부모 잘못 만나서 밤낮없이 온종일 허리

한 번 못 펴고 죽도록 고생만 하는데 누구는 감히 놀 줄 몰라서 못 놀고 누구는 감히 할 줄 몰라서 못 하고 자나 깨나 늘 이 짓거리에 이 모양 이 꼴인가 말인데. 아이고, 내 팔자야. 그러면 그렇지! 재수 없는 놈은 뒤로 자빠져도 코가 깨진다고, 어떤 놈은 팔자가 나빠서 하루에도 몇 번씩 마누라 옆에 척 달라붙어 상전 모시듯 시중만 들고 그것도 모자라 식은 밥에 찬물로 밥 말아 먹듯 지지고 볶고 어떤 놈은 팔자가 좋아서 매일 고기반찬에 수시로 기름진 음식에 아무 때나 먹고 싶은 대로 다 먹는데 말이지, 무슨 놈의 팔자가 이리도 개떡 같은지. 참말로 미치고 환장할 노릇에 나, 이거야 원 참! 개똥도 약에 쓸려면 없다고 누구는 못 먹어서 얼굴에 피골이 상접해서 해골바가지마냥 양쪽에 두 눈깔만 툭 튀어나와서 다리에 힘 하나 없이 삐쩍 마르고 어떤 놈은 배 터지게 잘 먹고 잘 먹어서 마냥 돼지처럼 살이 쪄서 잔뜩 배때기에 기름때가 꽉 차서 얼굴에 윤기가 좌르르 흐르는데 말이지. 더 기가 막히고 코가 막히는 것은 소위 먹물깨나 먹었다고 자처하는 양반들이 제법 하룻강아지 범 무서운 줄 모르고 온통 기고만장한 나머지 감히 여기가 어디라고 매일 바다에서 헤엄치듯 술독에 빠져 노니는 꼬락서니란 도저히 기가 차서 더 이상 못 봐주겠는데 과연 벼룩이 뛰어도 낯짝이 있지, 한낱 남의 등에 빌붙어서 기생충처럼 피나 빨아먹는 주제에 그야말로 해괴망측한 못하는 짓거리가 없는데 말이지. 한창 잘나가는 여배우를 떡하니 옆에 앉혀놓고 밤마다 시도 때도 없이

떡 주무르듯이 온갖 술 심부름에 술타령에 성 접대에 변태에, 어허 나, 이거야 원 참! 이젠 더 말도 잘 안 나오는 데 그려. "인제 가면 언제 오나~ 어어야~ 이이제~", "억울하고 원통하다~ 아아아아 어 어어 어이~", "인제 가면 언제 오나~ 어어야~ 이제~", "불쌍하고 가련하다~ 아아아아 어어어 어이~" 기어이 죽은 불쌍한 영혼만 딱하고 안 되게 되었는데 어떤 놈 하나 나 잘못했다고 손발이 백번 닳도록 싹싹 비는 놈이 있나? 어떤 놈 하나 제 발로 찾아와서 다시는 안 그러겠다고 무릎 꿇고 용서를 구하는 놈이 있나? 행여 닭 잡아먹고 오리발 내민다고 혀를 깨물고 죽을 노릇에 지금까지 무엇 하나 뚜렷하게 밝혀진 것도 없는 마당에 점점 의혹만 자아낼 뿐 죄다 증거불충분으로 무혐의로 풀려났다고 하니, 어허 나, 이거야 원 참! 도대체 귀신 곡할 노릇이 아니고 무엇인가 말인데 아니, 뭐 이런 상스러운 아랫것들보다 못한 시종 잡배들을 보았나? 아니, 뭐 이런 순전히 되먹지 못한 망할 놈의 잡것들을 보았나? 퉤, 더러운 세상 같으니라고! 제아무리 손바닥으로 하늘을 가린들 하늘이 알고 땅이 알고 온 천하에 모르는 사람이 없는데 말이지. 무슨 짜고 치는 고스톱도 아니고 이미 빠져나갈 놈은 쏙쏙 다 빠져나가고 전부 한통속이 아니고서 제대로 된 수사를 펼칠 리가 없는 까닭에 원래 그놈이 다 그놈인 게 대관절 나라님께서는 어디서 무얼 하시길래 그런 놈들 하나 썩 감옥에 못 잡아 처넣고 여태 코를 골고 주무시는지. 지금이라도 수사를 원점에서 다시 철저히 조사해서 만에 하나 이와 관련하여 죄가 있다고 사료될 시에는 그 즉시 대관 고위관직 이유 불문하고 바로 그 자리서 능지처참할지언정 인정사정 봐주지 말고 모조리 한 놈도 빠짐없이 몽땅 싹 다 마땅히 엄벌에 처할지어다. 뭐 그런 말씀이렷다.

아무리 세상이 변했다고 하나 도처에 미친놈들이 판을 치는 세상에서 나라에 기강이 제대로 서지 않는데 어떻게 한 가정은 지킬 것이고 내가 낳은 아들딸들을 마음 놓고 학교에 다닐 것이고 어떻게 미래를 설계하고 계획할 것인가? 하룻밤에도 자고 나면 온 나라가 떠들썩한 마당에 또다시 무슨 일이 벌어질지 모르는 상황에서 "그간 밤새 안녕히 주무셨습니까?" 하고 이럴 땐 누가 뭐래도 "조용히 사는 게 최고다!" 뭐 이런 말이렷다.

그나저나 간만에 목청이 터지도록 아예 머리부터 발끝까지 총동원해서 몸소 귀하신 이 몸께서 직접 납셔서 오늘따라 친히 몇 마디 읊었더니 겨우 산입에 목구멍이 포도청이라고 점점 슬슬 목이 타는 게 그럼 귀동냥이라도 한 셈 치고 이놈의 목이라도 축일 겸 있으면 있는 대로, 없으면 없는 대로 무조건 잔말 말고 주머니에서 꺼내나 볼 것이지, 웬 미친년처럼 히죽히죽 웃고 헬렐레해서 한마디로 위아래도 몰라보고 어이없게 째려보긴 째려보고 노려보긴 노려보는지. 나, 이거야 정말! 기어이 웃겨서 죽겠는데 웬 놈의 파리

새끼가 자꾸 눈앞에서 아른거리는지 별안간 느닷없이 뒤통수 얻어
터지고 눈에 별이 번쩍 아랫도리 거덜나기 전에 이왕이면 떡이나
먹고 한바탕 여편네하고 신나게 굿이나 치르랍신다. 그런데도 저런
망할 놈의 미친놈 따위를 보았나? 어허 나, 이거야 원 참!

　박수갈채!

웬수야, 알았냐

삶이 그대를 속일지라도 노여워하거나 슬퍼하지 말라는 푸시킨의 말을 꼭 인용하지 않더라도 삶은 누구에게나 더없이 괴롭고 외로운 법이다. 그런 괴로움이나 외로움 따위도 없이 무조건 나 혼자 뱃속 편하기만 바라는 것처럼 아둔하고 아둔한 것이 따로 없다.

당장 눈앞의 현실만 보더라도 오늘 하루도 밖에 나가서 내 나름대로 구슬땀을 흘리지 않으면 어떻게 밥솥에 쌀을 안치며 하다못해 생선 몇 조각이라도 구울 것인가. 차라리 안 먹고 말겠다면 몰라도 누구나 태어난 이상 사는 게 괴롭고 괴로운 것은 다 마찬가지다. 나라고 누구는 편하고 안 편하고 싶고 나라고 누구는 덜 고생고생하고 싶지 않은 사람이 어디에 있는가. 다만 어쩔 수 없이 먹고살아야 하므로 부득이하게 사는 것이지 원래 자기가 좋아서 사는 사람은 아무도 없다.

그만큼 사는 데는 고생이 따르기 마련이다. 누구나 고생 없이는 결코 살 수가 없다. 나도 고생이고 너도 고생이며 개나 소나 다 고생이다. 왜 나만 태어나서 이 고생이냐고 하소연해봤자 결구 아무 소용없음이 인생이다. 그렇다고 나만 괴로운 것도 아니고 그렇다고 또 누구만 즐거운 것도 아니다. 그저 내 팔자려니 하고 사는 것이지 어떤 놈은 팔자가 좋아서 살고 어떤 놈은 꼭 팔자가 나빠서 사는 것도 아니다.

하물며 나 같은 사람도 먹고사는데 하필 젊고도 젊은 사람이 어디 가서 무슨 일을 못 하고 무슨 짓은 못 해서 이렇듯 할 일 없이 시간만 보내는지 어디 하나 남보다 못한 데가 있나? 어디 한군데 남보다 모자란 구석이 있나? 아니면 팔다리가 없나? 뭐가 없나? 왜 자꾸 쓸데없는 타령에 엉뚱한 말만 계속 반복하는지, 그리고도 너란 인간이 아직도 정신을 차리지 못한 것을 보면 일찍이 너도 앞으로 사람 되기는커녕 인간은 고사하고 네 인생이 순탄하기까지는 고생문이 훤하다.

자고로 하나를 보면 열을 안다고 그럴 바에 뭐하러 태어나서 이 고생인지 몰라도 이왕에 태어난 이상, 어차피 죽을 바가 아니라면 제대로 살아보고 죽는 편이 낫다. 제대로 살아보기도 전에 미리 포기해버리는 듯한 인상에 그대로 땅에 풀썩 주저앉고 마는 불상사처럼 그런 불명예스러운 바보 같은 짓도 없다.

일단 시작이 반이라고 무슨 짓을 해서라도 헤쳐나가야 그다음에 죽이 되든 밥이 되든 뭐가 되도 되는 것이지, 한사코 신세타령만 하면서 무작정 하늘만 쳐다보고 있으면 아, 감나무에서 감이 저절로 떨어지기를 하나? 하늘에서 쌀이 나오나? 밥이 나오나? 아니면 돈이 나오나? 항시 이것도, 저것도 아니고 어중간히 항상 머뭇거리기만 하니까 기어이 남들 눈에 별 하찮은 놈이란 낙인만 찍히는 것이다.

하여튼 간에 될성부른 나무는 떡잎부터 알아본다고 기껏 분수도 모르는 주제에 어디서 배워먹은 버릇이길래 감히 누구 앞이라고 오만방자한 나머지 두 눈 똥그랗게 뜨고 사람 얼굴은 뚫어져라 쳐다보고, 그야말로 제 버릇 남 못 준다고 다짜고짜 따지고 덤비는지 제 앞가림조차 구분 못 하는 인간이 일일이 꼬박꼬박 말대꾸하는 꼬락서니란. 그러니까 맨날 남한테 그딴소리만 듣고 사는 것이다.

그래도 끝까지 자존심은 살아서 여전히 주둥이만 둥둥 물에 뜨는 것을 보면 꼴에 죽기는 싫은지 누가 보면 꼭 기생 오라버니의 족제비처럼 생겨서 그것참 생긴 것 치고 머리는 텅텅 빈 게 반 영락없는 거지 팔자에 참 빌어먹기 딱 좋게 생겼다. 이런 타고난 복도 복이 없네그려!

남들은 다 제 살길 찾아 저만큼 노력하는데 오늘날 이날 이때까지 그동안 뭐 하나 번듯하게 갖춘 것도 없는 입장에서 남들처럼 잘 먹고 잘 살지는 못할망정 매사에 뭐가 못마땅해서 무슨 불평불만이 많은지, 온종일 땅을 파면 십 원짜리 동전 하나가 나오는지. 어럽쇼! 만만의 콩떡, 천만의 말씀이다.

그런데도 이내 말귀를 알아듣기는커녕 평소 하늘 높은 줄 모르고 함부로 미쳐서 날뛰다가는 언젠가 원숭이도 나무에서 떨어질 날이 있다고 하마터면 쥐도 새도 모르게 영원히 저세상으로 하직

하는 수가 생기니까 더 큰코다치기 전에 일찌감치 냉수 먹고 빈속이나 차리기 바란다.

만에 하나 혹시라도 그럴 일은 없겠지만 또다시 하룻강아지 범 무서운 줄 모르고 괜히 혼자서 잘난 척한답시고 천방지축 마냥 아무 데서나 설치고 여기저기 마구 기웃거리고 비웃다가는 그날이 네 마지막 제삿날인 줄 알고. 나는 그대로 맞아 죽을 자신이 있으면 어디 한번 네 마음 네 멋대로 아예 죽든지, 살든지 용케 잘 살아나 보시던지?

이상, 본인이 하고 싶은 말은 다 했으므로 앞으로 어디까지나 네 인생은 네 인생인 만큼 뭐든지 알아서 척척 혼자 잘 해결하리라 믿고 나는 이만 자리에서 물러나련다.

내 말 분명히 또박또박 잘 알아들었으면 부디 지금부터라도 제발 정신 차린 셈 치고 다른 사람들 앞에서 좀 착실하게 살아라. 도대체 사람 말귀를 어디로 알아들어 처먹었는지 알았냐, 몰랐냐? 이 웬수 덩어리 같은 놈아?

그래도 저 쌍놈의 새끼가!

누군가에게 책을 주다 보면

간혹 누군가에게 책을 주다 보면 그중에 어떤 사람은 "혹시 신춘문예 같은 데 나가 보실 생각 없으세요?"라고 제 딴에는 나를 무척 생각한답시고 다소 엉뚱한 말을 꺼내는 사람들이 있다. 물론 모르고 하는 소리다.

그때마다 "본디 신춘문예란 앞으로 작가가 되고 싶은 또는 작가 지망생을 위한 우리나라에 단 하나밖에 없는 제도로써 보다 다양한 생각과 폭넓은 사고를 배양하고 더욱 고취시키고자 해마다 각 신문사에서 매년 일월, 일일이면 주체하고 주관하는 열린 장으로 매우 엄격한 심사와 기준을 두고 여러 심사위원이 보는 앞에서 어쩌고저쩌고~" 일일이 말로 설명을 해야만 하는지 저 본인으로서는 꽤 난감하다가도 막상 가벼운 농담으로 여기고 그냥 웃고 만다.

단, 그런 데 관심이 없는 것은 본인이 결코 능력이 못 되거나 없어서거나 아니라 그럴 필요성을 전혀 느끼지 못하기 때문이다. 곧 능력이 없어서 못 하는 것과 능력은 있지만 그럴 필요성을 전혀 느끼지 못하는 것과는 엄연히 하늘과 땅만큼 천지 차이다.

나보고 신춘문예에 나가 보라는 말은 마치 우물 곁에서 숭늉을 찾는 격으로 염불보다 오직 잿밥에만 더 관심이 많은 사람이다. 베스트셀러가 다 베스트셀러가 아니고 꼭 글을 쓰는 사람만이 유명 작가가 아닌 것처럼 그런 사람이 제대로 된 책을 읽을 리가 없고 제대로 된 인생을 살 턱이 없다.

이번 기회에 그런 사람들을 위해서 한 가지 꼭 알려드리고 싶은 사항은 나는 지금껏 글이란 글은 단 한 번도 써 본 적이 없다. 그런데 뭐라고요?

이 말의 참뜻을 아는 사람이라면 내 말의 달린 의중을 십분 헤아리고 충분히 파악하고 알고도 남을 터, 자고로 고수는 고수를 알아보고 하수는 하수를 알아보는 법이다.

이렇게까지도 친절하게 말해 주었음에도 아직까지 잘 이해가 가지 않는 사람은 아니면 말고, 모르면 말고.

오늘은 여기까지!

일자무식

이 세상에 나보다 멍청한 사람은 아무도 없다. 그런 사실조차 모르고 언제나 내가 제일 잘난 줄만 알고 큰소리만 뻥뻥 치는 놈 치고 제대로 된 놈 하나 없고 제대로 된 사람 하나 없다. 그런 사람의 귀에 대고 아무리 '맹모삼천지교' 하고 백번 설명을 해도 전혀 말귀를 알아들을 리가 난무하다. 차라리 낫 놓고 기역 자를 가르치면 몰라도.

2부

위대한 백조

매우 아름다운 일화

내가 처음 다시 글을 쓰기로 마음먹었을 때였다. 그날도 나는 밤 늦도록 글을 쓰는 데 여념이 없었다. 다음 날이면 곧 글이 다 쓰이기로 되어 있었다. 나는 새벽 늦은 시간까지 뭔가 골똘히 생각하다가 이제 막 잠자리에 들려고 누웠다. 바로 그 순간 나의 귓가에서 누군가 흐느끼는 소리가 또렷이 생생하게 들렸다. 나는 그만 깜짝 놀라서 통 잠을 이룰 수가 없었다. 그 당시 나는 지방의 한 작은 도시에 머물고 있었는데 그날은 마침 집에서 며칠 동안 보냈다가 다시 그곳으로 돌아갈 예정이었다. 그리고 그곳에서 얼마 전에 알았던 그녀를 우연히 만났다. 나는 그녀에게 내가 쓴 글을 직접 읽어 보기를 권했다. 왠지 꼭 그래야만 할 것 같았다. 그녀가 천천히 글을 다 읽었을 때였다. 그녀는 갑자기 소리 내어 울기 시작했다. 그녀의 두 눈에 어느새 뜨거운 눈물이 주르륵 흐르고 있었다. 그렇게 단둘이 함께한 시간이 지나고 우리는 자연스럽게 헤어지고 나서 나는 원래 내가 있던 곳으로 돌아왔다. 그리고 다음 날 잠에서 깨어 비로소 나는 그 흐느끼는 듯한 소리가 바로 그녀의 가슴 속에서 나오는 매우 큰 슬픔이었다는 것을 문득 깨달았다. 나는 그때서야 〈안영한담(雁影寒潭)〉에 나오는 천의의회(天依義懷) 선사의 말이 떠올랐다. "기러기 머나먼 하늘을 나니 그림자 차가운 물에 잠기네.", "기러기 자취를 남길 뜻 없고 물은 그림자 잡아둘 마음 없네." 즉, 연못에 기러기의 그림자가 날고 있지만, 연못은 기러기가 날고 있는 것을 비출 의사가 없다. 왜냐하면 모든 것은 기획하지 않고 다만 자연스럽게 행해지고 있을 뿐, 그토록 섬세한 무엇인가가 있을 때만이 내면에 알 수 없는 어떤 것이 일어나기 때문이다. 나는 나중에서야 그녀가 유명한 음악가라는 사실을 뒤늦게 알았다.

인도의 무굴제국에 하리다스라는 인물이 살았다. 그는 음악의 대가였는데 그가 시타르를 연주하면 다른 쪽 시타르에서 똑같은 소리가 울리기 시작했다. 고도로 섬세한 대가의 손길이 차츰 진동에 의해서 반대편 시타르에 파장을 일으키는 것이다. 이러한 현상은 어디까지나 사실로 전해진다. 실제로 음악의 대가들은 종종 그러한 현상을 보여 줬다. 어느 날, 왕은 그의 이야기에 매우 흥미를 느끼고 당시 궁정악사였던 탄센과 함께 그의 스승이 살고 있는 오두막을 찾았다. 그들은 가까운 근처에 몸을 숨긴 채 하리다스가 곧 연주하기만을 기다렸다. 누구도 그의 음악을 방해해서는 안 되었기 때문에 다만 멀리 떨어져서 그 광경을 몰래 지켜볼 수밖에 없었다. 이윽고 모두가 잠든 시각 아무도 없는 새벽이 되자 드디어 하리다스가 홀로 연주하기 시작했다. 그러자 밖에 놔둔 시타르에서 마침내 공명한 선율로 울리는 것이었다. 마치 동일한 사람이 두 개의 시타르를 동시에 한꺼번에 연주하는 것과 같았다. 왕은 난생처음 보는 광경에 그 자리서 하염없이 기쁨의 눈물을 흘렸다. 환희의 눈물이 그의 볼을 타고 한없이 흘러내렸다. 돌아오는 길에 왕은 탄센에게 말했다. "나는 지금껏 당신보다 훌륭한 음악가는 그 어디에도 없다고 생각했소. 그런데 미안한 얘기지만 당신의 스승에 비하면 당신은 비할 바가 아니오. 어서 당신의 스승에게 돌아가시오. 그리고 더는 궁에서 쓸데없는 시간을 낭비하지 마시오." 그 것이 이른바 자연의 조화에 따른 화합의 법칙이다. 나는 지금도 그녀가 잘 있는지 무척 궁금하다.

과연 그자가

　어느 날 트럭을 몰고 부산으로 행차하던 중에 우연히 젊은 스님 한 분을 옆에 태우게 되었다. 나는 무척 반가운 마음에 서로 인사나 할 겸 그와 단둘이 대화를 나누던 도중에 자연스럽게 성철 스님의 이야기가 나왔다. 그의 중론은 성철 스님은 곧 부처가 아니라는 것이다. 대관절 부처님의 제자라는 사람이, 그것도 절에서 도 닦는 스님씩이나 되어서 오늘날 부처님이 뉘고 뉘신지도 몰라봐서야 과연 그자가 나를 낳아준 나의 부모 얼굴짝도 생판 모르는 놈과 무엇이 다르랴.

우연히 마당을 거닐다가

하늘을 우러러 한 점 부끄러움이 없기를. 티 없이 맑은 하늘 아래 나 홀로 서서 무사태평한 가운데 우연히 마당을 거닐다가 오늘따라 재수 없게 그만 아랫목에서 가래 끓는 소리에 불현듯 저도 모르게 한순간 가래침을 탁 뱉었는데 하필 달랑 한 떨기 한 송이 같은 꽃에 튀었다면 과연 상상이 가십니까? 주여! 이 몸을 채찍으로 다스려 온몸이 갈기갈기 찢기도록 마구 벌하소서. 아뢰옵기 황공하오나 이 몸은 저의 몸이 아니올시다.

같은 남자로서

　내가 언제 당신보고 돈을 벌어 오라고 했소? 내가 언제 이웃집에 가서 쌀을 구해 오라고 했소? 아니면 어디 가서 나 몰래 도둑질을 하라고 시켰소? 대체 무슨 불평불만이 많아서 왜 나만 보면 사사건건 트집은 트집이고 날이면 날마다 못 잡아먹어서 안달은 안달이고 또 사단인 게오? 입이 열 개라도 할 말이 있으면 꿍꿍이처럼 속 터지게 있지만 말고 대관절 무슨 영문인지 어디 한번 말을 좀 해 보시구려! 그대로 입을 잘못 놀렸다가 오늘 저녁은 당장 굶을 줄 알고 다시는 내 근처에 올 생각은 꿈에도 하든지, 말든지. 아예 얼씬거릴 생각도 말고 그런 줄 알고 일찌감치 발이나 닦고 한쪽 구석에 가서 얼른 조용히 처 자빠져 자기나 해, 이 빌어먹을 인간아? 순간 저 망할 놈의 여편네의 귀청 떨어지는 소리에 저도 모르게 그만 깜짝 놀라서 저 웬수 같은 년의 말이 참말로 미치고 팔짝 뛰게도 이내 심장 곳곳을 골백번도 더 난도질을 하듯 갈기갈기 찢다가도, 그래도 한때는 나를 사랑했고 그래도 한때는 내가 좋다고 좋아서 쫓아다닐 때는 언제고 이제 와서 뭐 잘못 먹은 년마냥 지랄은 지랄이고 환장은 환장인지. 그렇다고 도로 물릴 수도 없고

"홧김에 그냥 확 남모르는데 가서 생판 모르는 년이랑 실컷 바람이나 펴버릴까 보다. 썅!"

물론 같은 남자로서 충분히 이해가 갑니다. 그래도 웬만하면 꼭 참고 사세요. 나중에 늙어서 따듯한 밥 한 끼라도 제때 얻어먹으려면요.

더 큰 자기

마음은 참 이상하다. 마음이 한없이 너그러울 때는 뭐든지 인자하다가도 마음이 한없이 옹졸할 때는 뭐든지 인색하기 짝이 없다. 그래서 마음을 가리켜 항상 뒤죽박죽이라고 하는가 보다. 열 길 물속은 알아도 한 길 사람 속은 모른다고, 시도 때도 없이 변하는 게 마음이다.

그리고 보면 마음은 얼마나 변덕스러운가. 오죽하면 변덕이 죽 끓듯 한다고 하니 말이다. 어느 찰나에는 이랬다가도 바로 다음 순간이 되면 언제 그랬냐는 듯이 돌아서서 가는 것이 마음이다. 걷잡을 수 없는 것도 마음이고 종잡을 수 없는 것도 마음이다.

그런가 하면 제 잘난 멋에 마구 미친 듯이 껄껄 웃다가도 어느새 조용해지기도 하고 또 어떤 때는 온갖 근심 걱정에 노심초사하다가도 갑자기 슬퍼지는가 하면 어느 때는 오만상을 잔뜩 찌푸리다가도 이내 태연해지기도 한다. 이처럼 마음은 있다가도 없고 없다가도 있고 알다가도 모르는 것이 또한 마음이다.

한편 자기 자신을 아는 사람은 항시 마음을 갈고 닦고 힘쓰는 데 노력하지만, 자기 자신을 모르는 사람은 오직 감각의 욕구에 빠져 쾌락만 좇는 데 여념이 없다. 전자는 매우 지혜로운 사람이고 후자는 매우 어리석은 사람이다.

자고로 가장 높이 나는 새가 가장 멀리 본다는 말이 있다. 그만큼 내가 나를 더욱 알면 알수록 지금까지 보이지 않던 것도 한눈에 잘 보이게 된다는 뜻이다. 너무 현실에만 안주하지 말고 보다 높은 꿈과 이상을 가지고 살라는 말이기도 하다.

단지 나라는 조그만 생각에 갇혀서 내 안의 더 큰 자기를 못 보고 사는 것은 아닌지.

차(茶)와 소승과 만남

비가 오는 날, 나 혼자 조용히 집에 있으면 왠지 마음 한구석이 포근해진다. 그래서 비가 오면 누구나 보다 마음이 더 따듯해지는가 보다. 한동안 말없이 쏟아지는 빗줄기를 멀리서 바라보고 있으면 세상 온갖 찌든 시름들이 "쏴아아~ 쏴아아~" 하고 세찬 빗소리와 함께, 한데 떠내려갈 듯이 온몸에 세포 하나하나가 되살아나는 것처럼 이내 아기자기하니 훈훈해진다.

그런 시각, 펄펄 끓는 물에 주전자 가득 차(茶)를 따르고 그윽한 차 향기와 더불어 잠시 나만의 묵상에 잠기다 보면 더욱 정감 어린 운치에 어느덧 잔잔한 감동이 밀려와 입가에 저절로 흐뭇한 미소가 감돈다. 새삼 말할 수 없는 행복감에 이 세상 그 무엇도 부러울 것이 없다. 그리고 보면 행복은 곧 내 마음 안에 있다는 것을 깨닫게 된다.

바로 일기일회(一期一會)라 했던가. 일생에 단 한 번뿐인 만남으로 첫 번째 따르는 차(茶)의 맛과 두 번째 따르는 차(茶)의 맛이 그때그때 음미할수록 차(茶)의 향이 다르듯이 지금 이 시간이 가고 나면 다시는 돌아오지 않는다는 뜻이기도 하다. 내가 지금 이 순간을 얼마나 소중하게 다루고 여기는가에 따라 누군가에게는 더없이 소중한 순간으로 남을 수도 있고 누군가에게는 단지 스치고 지나가는 우연에 지나지 않는 것이다.

바쁜 현대인의 일상 속에서 늘 시간에만 분주히 쫓기고 살다 보면 간혹 나 자신이 누구인지마저 까마득히 잊고 살 때가 많다. 그런 현대인들을 위해서 오늘 이 자리에서 꼭 하고 싶은 말은 너무 욕심에만 지나치게 눈독 들이지 말고 차츰 나라는 생각에서 벗어나 겹겹이 쌓인 케케묵은 감정을 내려놓고 이렇듯 만감이 교차하는 가운데 다만 자연의 소리에 귀 기울이고 오롯이 차(茶)와 함께하는 시간을 통해서 각자 나름대로 참 나란 무엇인가 되짚어보는 시간을 가져 보았으면 하는 게 먼저 이 세상에 온 소승으로서 하고픈 말이다.

그런 뜻깊은 시간을 통해서 잃었던 삶의 활력을 되찾고 재차 살아가는 이유와 목적에 대해서 다시 한번 나를 돌아보는 계기가 되는 것만으로도 매우 큰 삶의 의의와 의미를 지니는 것이 아닌가 싶다.

고로 무엇은 그렇고 무엇은 그렇지 아니한가?

『반야심경』에 의하면 색즉시공(色卽是空) 공즉시색(空卽是色)이라고 하여 일체의 현상은 색, 수, 상, 행, 식이라고 하는 다섯 가지 오온에 의해서 생기고 다만 인연에 따라서 오고 가는 것일 뿐, 본래 모든 것은 텅 비어 있어서 마침 서로 뜻이 통한다는 말로 공(空)하다는 것이다. 따지고 보면 내가 나라는 생각도 본래 이것은 이렇고 저것은 저렇다는 식의 분별에서 비롯된 것이지 사실 네 마음, 내 마음이 어디에 따로 있는 것이 아니다.

그렇기 때문에 마음과 물질이 다르지 않고 번뇌와 해탈이 다르지 않고 중생과 부처가 다르지 않다. 즉, 색(色)이 곧 공(空)이고 공(空)이 곧 색(色)이다. 색즉시공 공즉시색! 이 말을 눈으로만 따라서 읽지 말고 다 같이 소리 내어 한 번 크게 따라서 읽어 보라. 색즉시공 공즉시색! 공즉시색 색즉시공!

또한 차(茶)를 마실 때는 가급적 나에 대한 생각을 버리고 눈으로는 색을 보고 코로는 향을 맡고 혀끝으로는 맛을 보면서 천천히 감상하듯 음미하는 것이 보통 기본이다. 이때 주의해야 할 점은 가능한 주변의 사물들과 하나가 되도록 최대한 상대방을 배려하는 것이 무엇보다 올바른 마음가짐이다.

예부터 다도란 것은 차(茶)를 만들고 마시기까지 과정을 중요시하는 문화로 이를 선(禪)에서는 하나의 수행법으로 삼았다. 그리하여 차(茶)와 내가 혼연일체가 되어 어느 순간 헛된 집착을 떨쳐버리고 궁극엔 우주 삼라만상이 사라진 경지에서 깊은 선정(禪定)에 드는 것을 어림잡아 삼매(三昧)라고 짐작해 봄이다.

우리가 비록 그러한 것을 일일이 깨닫고 미리 다 알 수는 없겠지만, 약 얼마 동안 주어진 짧은 시간만이라도 직간접적으로 몸소 체험하고 경험해 보는 것만으로도 앞으로 살아가는 데 있어서 많은 자양분과 삶의 원동력이 될 뿐 아니라 보다 지속해서 깨어 있고자 하는 바로 그런 노력을 통해서 더욱 심신이 단련되고 또한 정신이 맑아지는 가운데 점차 나 자신도 모르는 사이 그동안 세속에 찌든 마음의 짐을 털어버리고 어느새 가벼운 마음으로 인해 또다시 살아가는 이유가 됨으로써 하루하루가 남다르고 새로워지는 것이 아닐까?

『법구경』에 말하기를 "백 마디 아름다운 말도 나를 깨닫는 말 한 마디보다 못하고 비록 백 년을 살아도 나고 죽는 참된 이치를 모르면 단 하루를 살아도 도(道)를 아는 이만 못하다."라고 하였던 즉, 진리에 살고 진리에 죽는 것이 가장 고귀하고 고결한 삶이다.

자고로 목마른 자가 우물을 판다는 말이 있듯 본인 스스로 나 자신이 처한 상황이 실제로 어떻다는 것을 아는 자만이 비로소 살아생전에 어엿한 한 송이 꽃을 피우는 법이다.

부디 먼 길 가시는 그날까지 무사히 안녕히 귀환하시길 기원하고 희망하는바, 아무쪼록 언제나 신의 뜻이 함께하길 빌며 그토록 생사의 고통에서 두 번 다시 헤매는 일이 없도록 장차 그대의 가는 앞길에 숙연히 머리 숙여 두 손 모아 기도를 드릴 뿐이다.

오직 안으로 들어가는 길이 있을 뿐!

만약에

만약에 사람들이 앞으로 딱 하루밖에 살 수 없다면, 그럼 제일 먼저 사람들은 항상 머릿속에 무슨 상상을 할까? 설마 어떤 미친 놈이 나는 종로에 한 그루의 사과나무를 심겠다고 하진 않겠죠? 정답은 뻔할 뻔 자입니다.

『법구경』 중에서

때론 한순간의 실수가 영원히 가슴속에 상처가 될 수도 있다. 아무리 조그만 실수라도 그대로 가볍게 지나치지 말라. 그 작은 실수로 인해서 누군가는 밤새 울고 누군가는 다시는 헤어나지 못하는 법이다. 비록 나의 잘못이 아니라고 해도 다른 사람의 탓으로 돌리는 것이야말로 가장 비난받아 마땅하다.

참으로 나를 아는 사람은 남의 잘못에 대해서는 항상 너그럽게 이해하고 용서할 줄 아는 반면 나의 잘못에 대해서는 매우 엄격하지만, 그에 비해 나를 모르는 사람은 나의 잘못에 대해서는 그토록 너그럽게 인자하면서도 남의 잘못에 대해서는 무척 꾸짖고 비판하길 참 좋아할 뿐이다.

전자는 매우 지혜로운 사람이고 후자는 매우 어리석은 사람이다.

또한, 내가 나를 모르고 행할 때는 모든 것이 무의식적이기 때문에 단지 폭력적으로 변하지만, 내가 나를 알고 행할 때는 모든 것이 의식적이기 때문에 다만 수용적으로 변한다. 그래서 지혜로운 사람은 항시 온화한 기품이 느껴지는 데 비해 반대로 어리석은 사람은 오직 탐욕만 가득할 뿐이다.

『법구경』에 말하기를 악한 자도 악의 열매가 맺기 전에는 복을 받고 선한 자도 선의 열매가 익기 전에는 화를 받지만, 악한 자는 악의 열매가 무르익으면 반드시 벌을 받게 되어 있고 선한 자는 선의 열매가 무르익으면 반드시 복을 받는다고 하였다.

즉 내가 나를 모르고 행할 때는 그 모든 게 죄가 되지만, 내가 나를 알고 행할 때는 그 모든 게 죄가 되지 않는다. 하여 내가 나를 모르는 무지야말로 유일한 죄다.

그가 나를 때리고 욕했다. 그가 내 것을 빼앗았다. 차츰 이러한 생각을 품으면 그 원한은 끝이 없고 가라앉지 않지만, 그가 나를 때리고 욕했다. 그가 내 것을 빼앗았다. 차츰 이러한 생각을 버리면 그 원한은 끝내 가라앉는다.

설령 말로는 남을 용서하고 겉으로는 죄를 뉘우쳤을지 모르지만, 속으로 앙심을 품고 마음속에 계속해서 분노가 남아 있다면 진실한 용서라고 할 수 없다. 이렇듯 용서란 내가 남을 용서하기에 앞서 내가 먼저 나를 용서하는 것이다. 내가 나와 함께 남을 용서함으로써 본래 너와 내가 똑같다는 것을 아는 것이야말로 참된 용서다.

그러므로 용서란 내가 남을 용서하는 가운데 나를 용서하는 것이다. 용서란 과거의 잘못을 뉘우치고 다시는 어리석게 살지 않겠다는 나와의 굳은 맹세다. 즉, 과거의 나를 버리고 새로운 사람으로 거듭 태어나겠다는 뜻으로 마치 뱀이 묵은 허물을 버리듯 헌

옷에서 새 옷으로 갈아입는 것과 같다.

내가 나를 미워하지 않고는 누구도 용서할 수 없는 것처럼 내가 나를 사랑하지 않고는 누구도 사랑할 수 없는 법이다. 내가 나를 사랑하고 용서할 수 있는 만큼 다른 누군가도 똑같이 사랑하고 다 함께 용서할 수 있는 법이다.

용서란 곧 서로 상대방을 비추는 거울과도 같다.

내가 남을 업신여기고 핍박하면 나 또한 남에게 갖은 핍박과 업신여김을 당한다. 또 내가 남을 모욕하고 괴롭히면 나 또한 언젠가 남에게 그러한 모욕과 괴롭힘을 겪는다. 내가 남의 마음을 다치게 하면 나의 마음도 다칠 수밖에 없는 것처럼 상대방을 향해 비수의 칼을 꽂으면 나에게도 마찬가지로 비수의 칼이 꽂히게 되어 있다.

당장 좋은 일을 했다고 지금 당장 복을 받지는 않지만, 선한 자는 과거에 쌓은 선행으로 인해 미래에 복을 받고 당장 나쁜 죄를 지었다고 지금 당장 벌을 받지는 않지만, 악한 자는 과거에 저지른 악행으로 인해 미래에 벌을 받는다.

그 사실을 알면 남한테 잘못을 짓고 더는 죄를 범하지 않지만 그 사실을 모르면 은연중에 남에게 해악을 끼치고 죄를 범하는 것은 마치 가는 말이 고와야 오는 말이 곱듯이 당연한 이치다.

선한 자는 자신이 행한 복을 보고 이 세상에서 기뻐하고 저 세상에서도 기뻐하고 두 생애에서 다 같이 기뻐하지만, 악한 자는 자신이 지은 죄를 보고 이 세상에서 괴로워하고 저 세상에서도 괴로워하고 두 생애에서 다 같이 괴로워한다.

그리하여 마음이 가난한 자는 행복하다. 그는 마음에 아무것도 갖지 않기 때문이다. 그리하여 마음이 고요한 자는 행복하다. 그는 마음의 평정심을 잃지 않기 때문이다.

세상 사람들은 온갖 부귀영화를 위해서는 갖은 고생을 마다치 않고 죽을힘을 다해 노력하면서도 자신의 마음을 가꾸고 일구는 데에는 그야말로 소홀하기 짝이 없다.

무릇 어리석은 자는 죽음에 이르러 강물에 떠밀려가는 나뭇잎처럼 여기저기 마구 휩쓸려 가지만, 지혜로운 사람은 마치 뗏목을 타고 강을 건너는 사공처럼 마침내 생사의 수레바퀴에서 벗어나 저 피안의 강기슭에 이른다.

그것이 가고 가고 가고 아제 아제 바라아제다.

새벽닭

66

새벽마다 닭이 우는 소리는 나를 깨우치고 있다.
다만 내가 그것을 모르고 있을 뿐이다.

99

열정과 고뇌의 불멸의 화가

　누군가 만약 나에게 이 세상에서 가장 아름다운 사람이 누구냐고 묻는다면 나는 세상에서 가장 아름다운 사람은 언제나 꿈을 위해 사는 사람이라고 말하고 싶다. 매일 나만의 일 속에서 언제나 꿈을 갖고 노력하는 사람이야말로 진정으로 아름답다. 그런 사람은 누가 알아주든, 알아주지 않든 하루 스물네 시간도 모자란다. 그만큼 본인이 하고 싶은 일을 본인도 모르게 스스로 알아서 하기 때문이다. 마치 어린아이처럼 무언가에 홀려서 잔뜩 호기심을 가지고 오랫동안 한 가지 일에만 몰두하는 사람은 그 얼마나 아름다운가. 그대는 아마도 지상에서 가장 아름다운 사람일 것이다.

　문득 네덜란드의 화가였던 빈센트 반 고흐가 생각난다. 그는 그림을 그리는 데 자신의 온 생애를 불태웠다. 비록 아무도 그의 그림을 알아주지 않았지만, 그 어떤 노력의 대가나 보상을 바라지 않고 오직 순수하게 그림을 그렸다. 이 불운했던 천재는 살아있는 동안에 세상 사람들한테 단 한 번도 인정받지 못했다. 그의 그림은 시대를 훨씬 뛰어넘는 것이어서 당시에는 그의 그림을 알아주지 않았다. 가끔 천재들은 죽은 뒤에서 비로소 이 세상의 빛을 본다. 그러나 그 누가 죽어서 영광을 바랄 수 있단 말인가. 한편 그는 너무나 가난해서 일주일에 삼 일은 먹고 사 일은 굶는 식이었다. 그러다가 심지어 물감을 먹었다. 그가 얼마나 고뇌에 차서 비참했는가는 고흐가 동생에게 보낸 편지를 보면 알 수 있듯이 그는 편지에서 "빌린 돈은 꼭 갚겠다. 안 되면 나의 영혼이라도 팔아서 주겠다."라고 썼다. 한 번은 그의 동생이 그를 몹시 불쌍히 여긴 나머지 미리 사람을 시켜서 그의 그림을 사는 것을 부탁했다. "미안하지만 그에게는 비밀로 하고 가서 그의 그림을 몰래 사 가지고 오면 대신 비용은 충분히 드릴 테니 은혜는 꼭 잊지 않겠소."

실은 고흐는 아버지를 따라서 목사가 될 수 있었다. 목사가 되면 얼마든지 편하게 살 수 있는 길이 있었지만, 그럼에도 불구하고 그는 결코 자기의 뜻을 굽히지 않았다. 어느 날 그의 아버지는 이렇게 말했다. "네가 만약 나의 말대로 목사가 된다면 나는 뭐든지 기꺼이 도와줄 용의가 있지만, 만약 나의 말을 어기고 네가 곧 화가가 된다면 너한테는 미안하지만 나는 단 한 푼도 도와줄 수가 없다. 그러니 곰곰이 잘 생각해 보기를 바란다." 고흐가 말했다. "뭐라고요, 아버지? 도대체 지금 무슨 말씀을 하십니까? 제가 왜 아버지의 뜻에 따라 목사가 되어야 한단 말입니까? 저는 아버지처럼 목사가 될 만큼 미치지 않았습니다. 저는 분명히 화가가 되기로 마음먹었습니다." 목사가 되는 것은 정말 바보 같은 짓이었다. 결국 그는 아버지의 명을 거역

했기 때문에 앞으로 단 한 푼도 경제적인 지원을 받지 못했다. 그나마 동생이 보내 주는 생활비가 유일한 전부였다. 그의 집은 대대로 목사 집안이었다. 그의 아버지는 장차 집안의 대를 이어서 가문의 뜻을 받들기를 바랐지만, 고흐는 존경 따위는 전혀 아무런 관심이 없었다. 존경은 진정 가치가 있는 것인가.

보통 존경이란 남 앞에서 우러러 보이거나 남한테 나를 잘 나타낼 때 쓰는 말이다. 즉, 나란 사람임을 강조하기 위해서다. 나는 본래 이런 사람이기 때문에 당연히 존경받을 만한 가치가 있다고 생각한다. 그러나 만약 누군가 존경받기 위해서는 누군가 존경받을 때만이 가능하다. 그렇지 않고 소위 미개한 작자들은 나에게 이득이 된다고 생각하면 온갖 아부와 아첨을 떨다가도 막상 나한테 아무 이득이 없다고 판단하면 그 즉시 돌아서서 언제 배신할지 모르는 사람이다. 즉, 달면 삼키고 쓰면 뱉는, 그야말로 겉은 깨끗해도 속은 시커먼 아주 파렴치한 사람들이다.

바로 그렇기 때문에 무지한 군중은 항상 자기들만의 생각이 전적으로 옳다고 주장하면서도 이렇듯 한 개인에 대해서는 가만히 내버려두지 않는다. 왜냐하면 한 개인에 의해서 그들의 삶이 전부 거짓임이 모두 드러나기 때문이다. 그대를 둘러싼 부모와 교육, 사회와 문화, 도덕과 전통, 그밖에 종교와 같은 것들이 이와 같은 가식적인 위선 덩어리 속에서 군림한다. 사회는 결코 개인적인 사람을 좋아하지도, 절대로 용납하지도 않는다.

분명한 것은 누구나 나라는 사람이 존경받길 원하는 시점부터 나는 내가 아닌 다른 사람의 삶을 똑같이 따라서 살기 시작한다는 것이다. 누군가는 나의 부모님이 원해서, 누군가는 가까운 선생님이 원해서, 누군가는 동네 깡패가 원해서 실제로 내가 원해서 자기 스스로 자발적으로 사는 것이 아니라 단지 누군가의 힘에 이끌려 어쩔 수 없는 현실로 인해서 다른 사람의 꿈을 대신 안고 살아갈 뿐, 나만의 뚜렷한 목적의식을 갖고 사는 사람을 찾아보기란 아주 극히 드물다. 한번 그대 자신을 자세히 돌아보라. 나는 무엇을 위해 사는 사람인가. 나는 창조하는 사람인가, 아니면 소비하는 사람인가. 삶이 매번 하찮고 쓸모없는 소모품처럼 느껴지는 것은 어느 순간 내가 내 안의 꿈을 잃고 나만의 타성에 젖어서 나란 사람을 완전히 잃어버렸기 때문이다. 그것이 모든 사람이 처한 똑같은 상황이다.

고흐는 늘 태양을 그리고 싶었다. 그 이전에는 아무도 태양을 그린 적이 없었다. 온종일 들판에 서서 아침부터 저녁의 황혼 무렵까지 시시각각 변하는 빛을 따라서 여러 가지 색채를 갖고 다양한 실험을 했다. 마치 뜨거운 정열 아래 열정을 불태우듯 그림을 그리는 가운데 그리고 점점 무아지경의 황홀감 속에 빠져들었다. 무아지경의 황홀감 속에 빠져들수록 더욱더 새로운 해방감을 맛보았다. 뜨겁게 타오르는 불꽃 같은 열정 속에서 마침내 다양한 아름다운 작품들이 태어났다. 〈해바라기〉와 〈자화상〉 외에도 〈아를의 침실〉, 〈밤의 카페〉, 〈론강의 별이 빛나는 밤〉, 〈몽마르주의 일몰〉, 〈밀 밭길〉 등등, 그 밖에도 무수히 헤아릴 수 없이 수많은 작품 속에서 고흐는 마지막으로 동생 테오에게 편지를 썼다. "나는 단순히 아무 이유 없이 맹목적으로 살아가는 군중의 일부가 아니다."라고 말함으로써 앞으로 다가올 미래의 세대에게 다음과 같은 것을 지적하고 있다. "나는 원래 내가 목적했던 바를 다 갈구한 이상, 단지 목숨에 빌붙어서 삶을 구걸하는 자가 아니다. 그러니 내가 굳이 자살했다고 생각하지 말아다오. 부디 나를 용서해라." 사실 그것은 자살이 아니었다. 그는 삶을 예술로 승화시킨 인류 역사상 가장 위대한 화가였다.

나는 그만 절규하고 말았다. 어쩌면 고뇌의 삶을 살 수밖에 없었던 그토록 강렬하고 지극히 순수했던, 그래서 더욱 안타깝기만 했던, 차마 외로움과 긴 슬픔과 아픔 등 차가운 냉대와 냉소 속에서도 끝까지 굴하지 않고 홀로 당당하게 맞섰던, 비록 짧은 생애지만 자신을 구원하고자 했던 고흐의 삶을 돌아보면서 나는 같은 인간으로서 사람들이 참 너무하다는 생각을 했다.

우리는 겉으로는 온갖 잘난 척을 하면서도 정작 나보다 못한 사람을 보면 바로 헐뜯고 업신여기는 것도 모자라 아예 사람 취급도 하지 않는다. 속으로는 남을 깔보고 비웃을지 모르지만, 지금 본인들이 처한 상황이 실제로 어떻다는 것은 전혀 고려하지 않는다.

나는 글을 쓰는 내내 과연 무엇이 나를 위한 삶이고 만인을 위한 삶인지 내 곁에 다시 살아 돌아온 고흐 앞에 참으로 부끄럽지 않을 수가 없었다.

끝으로 고흐가 했던 말을 떠올려 보면서 잠시 나를 생각하는 시간을 통해 우리 모두가 나란 존재는 무엇을 위한 그런 존재인지, 다시 한번 나 자신 속의 거울을 들여다보고 좀 더 오랫동안 숙고하는 시간이 되었으면 하는 바람이다.

"내가 확신을 가지고 모든 것을 안다고 말할 수는 없지만, 그러나 밤하늘의 수많은 별들은 나를 꿈꾸게 만든다."

그는 마침내 별이 되었다.

나는 빵 원

어느 날 우연히 통장 정리를 하다가 나도 모르는 통장이 나왔다. 일명 VIP 통장이었다. 난생처음 보는 통장에 나는 속으로 이게 웬 떡인가 싶어 그 자리에서 만세를 불렀다. 나도 이제 드디어 VIP가 되는가 보다. 나는 그때까지만 해도 과연 VIP 통장이라는 게 뭔지, 사실 있는지도 몰랐다. 그런데 내가 은행에 돈을 쌓아놓고 사는 사람도 아니고 그렇다고 은행 실적이 좋은 편도 아닌데 내가 어쩌다 VIP까지 올라갔는지 모르겠지만 좌우지간 한 군데만 계속 거래하다 보니까 자연스럽게 등급이 올라간 줄만 알았다.

나는 호기심에 곧장 담당 은행에 전화를 걸었다. "○○은행이죠?", "네, 맞습니다. 무엇을 도와드릴까요?", "제가 얼마 전에 새롭게 VIP 통장을 발급받았는데요. 정말인지 한번 확인해 보고 싶어서요.", "아, 네. 고객님. 계좌 번호 좀 불러 주시겠습니까?", "네, 고객님. 잠시만요." 그러자 조금 있다가 그 여직원에게서 곧바로 대답이 왔다. "고객님?", "네!", "이게 말이죠….", "아니, 왜요?", 그것이, 고객님의 경우에는 아마도 저희 은행 측 누군가 직원의 실수로 뭔가 착오가 있어서 아무래도 중간에 잘못 나간 것 같다는 거였다.

본인도 무척 당황스럽다는 듯이 매우 죄송하다는 말투였다. "고객님께 본의 아니게 실례를 끼쳐 드려서 대단히 죄송합니다.", "뭐, 괜찮습니다."

나는 아무렇지 않은 듯 애써 태연한 척하면서 약간 머쓱해 가지고 최대한 실례를 무릅쓰고 다시 그 여직원한테 물었다. "그럼 죄송하지만, 제 통장에 잔액이 얼마나 되는지 좀 알아봐 주세요." 이어서 예의 그 은행원의 분명하고 또박또박한 어조로 "고객님께서 현재 보유하신 잔액은 총 0원이십니다." 나는 그만 안절부절못해서 얼른 알았다고 하고 재빨리 수화기를 내려놓았다.

내가 살다 살다 이렇게 '빵'을 많이 먹어 본 날은 그날이 처음이었다.

주인과 종

　뱃속에서 "꼬르륵~ 꼬르륵~" 하고 자꾸 소리가 날 때가 있다. 밥 달라는 신호다. 그러다가 빈속에 남의 속도 모르고 홧김에 독한 소주잔을 연달아 들이키며 달랑 김치 쪼가리에 변변치 않은 안주를 집어삼키면 자꾸만 더 크게 "꼬르락~ 꼬르락~" 아우성치는 소리가 야단법석이다. 뭐, 별수 있나? 제까짓 게 주인이 주면 주는 대로 먹어야지.

도저히 구제 불능인 인간

　이 세상에 꼭 나쁜 놈이 따로 있는 것이 아니라 단지 나밖에 모르기 때문에 나 외에는 그 누구도 눈에 보이지 않는 것이다. 그러므로 나쁜 놈이란 오직 나밖에 모르는 가운데 매우 이기적인 인간이란 말과 같다. 즉, 하나만 알고 둘은 모르는 단순히 무식하기 짝이 없는 그야말로 무지몽매한 사람을 일컫는다. 그런 사람의 경우, 대다수는 당하는 사람의 입장에 대해서는 전혀 고려하지 않는다는 사실이다. 만약 당하는 사람의 입장이 되어 최소한 단 한 번만이라도 상대방의 편에서 나를 되돌아보았다면 비록 피도, 눈물도 없는 그런 냉혈한일지라도 그토록 다른 사람의 인생을 무참히 짓밟고 송두리째 빼앗는 행위를 서슴없이 자행할 수가 있을까? 그런데도 온갖 악행을 저지를 때마다 매번 뻔뻔스러운 거짓말을 늘어놓는 것을 보면 양심의 가책이라고는 아예 털끝만큼도 찾아볼 수 없는 도저히 구제 불능인 인간이다. 그런 사람이 하는 말은 모두가 새빨간 거짓말로 어떻게 하면 순간 위기를 모면하고 벗어날까 하는 식의 허튼수작에 불과할 뿐, 설령 콩으로 메주를 쑨다고 해도 절대로 믿거나 속아서는 안 된다. 자칫 그런 사람의 말을 믿었다가 또다시 무슨 봉변을 당할지 아무도 모른다. 섣부른 동정은 금물이다.

가을 편지

국화꽃이 피었습니다. 지천에 만발한 국화꽃을 가득 넘치도록
한 아름 묶어서 말없이 당신의 품에 고이 안겨 드리면 어느새 국화
꽃 진한 향기처럼 귀하를 막론하고 이내 아름다운 사람이 되리라
내심 속으로 기대해 봅니다. 벌써 가을입니다. 올가을엔 꼭 못다
한 사랑이 이루어지길 두 손 모아 간절히 빕니다.

경험의 차이가 곧 깨달음

깨달음을 직접적으로 설명할 수 있는 말은 없다. 다만 경험을 통해서만 알 수 있다는 사실이다. 아무리 수많은 경전을 입에 침이 마르도록 달달 외워도 본인이 직접 경험하지 않는 이상 아무 소용이 없다. 경험하지 않고 말로만 아는 것은 진짜로 아는 것이 아니다. 그래서 깨달음은 무엇보다 경험이 소중하다고 말한다. 깨달음은 많이 알고 모르는가의 문제가 아니라 얼마나 체험하고 경험했는가의 차이다. 고로 못 배운 사람도 얼마든지 깨달을 수 있고 얼마든지 겸손할 수 있고 얼마든지 착해질 수 있다. 나는 못 배웠기 때문에 영원히 깨닫지 못하는 것이 아니라 나는 깨닫지 않기 때문에 영원히 무지한 것이다. 깨달음은 본래 처음부터 있는 것이지, 무엇을 또다시 새롭게 아는 것이 아니다. 즉, 눈을 크게 뜨면 그가 곧 부처고 눈을 감고 있으면 한낱 어리석은 중생일 뿐이다.

그런즉 달을 가리키면 달을 보아야지, 달을 가리키는 손가락만 보아서는 안 된다. 그런데 사람들은 달을 가리키면 달은 보지 않고 한사코 손가락만 쳐다본다.

붓다의 향기

삶에서 가장 먼저 우선적으로 해결해야 할 문제가 바로 의식주에 대한 기본적인 문제다. 곧 먹고사는 문제가 해결되지 않고는 삶도, 사랑도 없다. 꿈도 마찬가지다. 정작 가난하고 가난한 것만큼나 자신의 인생을 비참하게 만들고 그만큼 사람을 불행하게 만드는 것도 없다. 어느 정도 먹고사는 문제가 해결되어야 비로소 최소한의 삶을 영위할 수 있지, 손에 쥐뿔도 가진 게 아무것도 없는 형편에서 그밖에 다른 것은 아예 생각해 보려야 생각해 볼 여력이없다. 돈이 인생의 전부는 아니지만, 돈 없으면 못 살고 돈 없으면남한테 큰소리도 못 치는 게 결국 돈이다.

흔히 먹고 죽은 귀신은 때깔도 좋다고, 당장 먹고 죽을 쌀 한 톨없이 어디 가서 남 밑에 하소연해 봤자 오히려 없는 놈이라고 무시만당하고 괄시만 당하면 당했지, 애당초 남 앞에서 꺼내지 않는 것만못하다. 그렇다고 자존심을 팔 수도 없고 이대로 굶어 죽자니 억울하고 또 계속해서 살자니 눈앞은 캄캄하고 그럴 땐 아닌 게 아니라나도 어떡해야 좋을지 앞으로 살길이 막막하니 태산 같기만 하다.

한편 하늘이 무너져도 솟아날 구멍이 있다고 결코 누구나 죽으란 법은 없지만 그나마 내 나름대로 배운 손기술이라도 있기에 다행일 망정이지, 그런 재주마저 없었다면 나는 그동안 어떻게 되었을지도 모른다는 생각에 내심 속으로 할 말도 많고 무슨 설움도 많다. 행여나 그 누가 왜 아닐까. 그야말로 오도 가도 못 하는 신세가 되어 하루아침에 천 길 낭떠러지 길 속에 갇혀 그야말로 천근만근 억만금 같은 인생을 살지 않았나 싶다.

남들이 들으면 우스울지 몰라도 그간 별의별 고생을 겪어 보지 않은 사람은 차마 말로 다 할 수 없는 이 심정을 이루 헤아리지 못한다. 오죽하면 자다가도 밤새 뜬눈으로 펑펑 울었을까.

그래서 그런지 지금도 가끔 어렸을 때를 생각하면 본의 아니게 자꾸만 눈물이 글썽거린다. 엄마는 없고 아버지는 항상 술에 취해 거의 폐인이 되다시피 매일 인사불성이었다. 그때 내 동생이 아직 초등학교도 채 들어가기 전이었다. 이후로도 아버지는 아버지대로, 나는 나대로, 동생은 동생대로 우리 세 식구가 어떻게 살았는지 모르겠다. 겨우 목숨만 붙어있다 했으니 한마디로 처량하기 짝이 없는 반 영락없는 거지나 다를 바가 없었다. 매번 끼니를 굶기 일쑤여서 그때마다 돌아가며 꼬박꼬박 밥을 얻어먹던 날이 다반사였다. 지금은 비록 옛날보다 사는 게 훨씬 좋아졌지만, 그때만 해도 집집마다 가마솥에 군불을 때던 때라 우리는 추운 겨울이 오면 매일 얼음장처럼 차가운 방바닥에서 서로 끌어안듯 부둥켜안고 지냈다. 지금도 그때의 기억이 아직도 눈에 선하다. 늘 이러지도, 저러지도 못한 채 아버지의 손에 이끌려 이 집, 저 집 숱하게 떠돌기를 수도 셀 수 없을 만큼. 그렇게 장장 십수 년의 세월을 무턱대고 방황하고 나니 내게 남은 것이라곤 온통 상처투성이뿐이었다. 내게 삶이란 고통 그 자체였다.

사실 말이 나와서 하는 말이지만, 아마 나처럼 산 사람도 보기 드물다. 내가 한 번은 서울에 있는 남의 집에 세를 살았을 때였다. 하루는 술에 잔뜩 취해 그 길로 너무나 절망한 나머지 나는 완전히 만신창이 같은 폐허가 되어 그대로 방에서 어쩌다 비몽사몽간에 꼼짝없이 죽고 말았다. 내가 다시 깨어났을 때는 온몸이 돌처럼 딱딱하게 굳어서 나는 이미 심장마비를 일으킨 뒤였다. 그토록 깊은 절망 상태에 빠져 나도 모르게 저절로 죽었던 셈이다. 어느 날 아버지께 그 사실을 뒤늦게 말씀드렸더니 아버지는 나를 보고 놀라서 그만 입을 다물지 못했다. 세상천지 그 어느 누가 바보가 아닌 이상 그것도 한창 젊은 나이에 누가 나를 죽인 것도 아닌데 자발적으로 죽을 수 있겠냐고 내게 반문하겠지만 애석하게도 미안한 얘기지만 하필 마음이 죽으면 나의 육신도 따라서 죽게 되어 있다. 그렇다고 일부러 죽을 필요는 없다.

내가 여기서 한 가지 꼭 말하고 싶은 것은 나는 그대가 어떤 결정을 내리든 그대의 선택을 존중한다. 설령 그대가 원했든, 원하지 않았든지 간에 그 누구도 그와 같은 고통받는 삶을 강요할 수 없다는 것을 일찍이 어렸을 때부터 나 자신의 경험을 통해 그만큼 잘 알고 있기 때문이다. 말 그대로 세상은 지옥이나 다름없다. 나는 그런 그대를 백번 이해한다.

　막상 삶에서 배울 수 있는 것은 아무것도 없다. 단지 깊이 이해되어야 하는 어떤 것이 있을 뿐이다. 한번 그대 주변을 주의 깊게 돌아보라. 모든 사람이 나는 무엇인가를 위해서 열심히 산다. 하지만 그 무엇이 무엇인가는 정작 모르고 산다. 누구는 명예를 위해서, 누구는 권력을 위해서, 누구는 부와 성공을 위해서, 그리고 나는 점차 성공했다고 가정한다. 그러나 만약 죽음 뒤에 아무것도 기다리고 있지 않다면 평생을 쌓아 올린 것이 다 무슨 소용인가. 한낱 연기에 불과한 것을. 그러므로 죽음이 오기 전에 영원한 것을 찾지 않는다면 결국 삶은 실패로 끝날 수밖에 없다. 본질적으로 삶은 죽음의 특성상 반드시 실패하게 되어 있다. 언젠가 때가 되면 죽음과 함께 모든 것이 곧 사라지기 때문이다. 언젠가 사라지는 것은 단지 시간상의 차이만 있을 뿐, 사라지는 것은 그때나 지금이나 마찬가지다. 분명한 것은 우리가 누구인지 아무도 모른다는 사실이다. 그 점이 내가 다른 사람들과 사뭇 조금 다르다면 다르다. 따라서 지금부터 하는 이야기는 앞으로 나와 같은 사람들을 위한 나에 대한 나의 이야기다. 즉, 구도자에 대한 이야기다.

　단언하건대, 나는 지금껏 나 자신의 인생을 살아오는 동안 적어도 나를 능가하는 사람을 단 한 번도 만나본 적이 없다. 물론 이 세상에는 나보다 학식이 뛰어나고 훌륭한 사람들이 얼마든지 많다는 것은 나 역시 누구보다 잘 모르는 바가 아니다. 그러나 나는 어디까지나 나의 경험과 깨달음에 비추어서 말하는 것이지, 결코 책이나 경전에 쓰인 것을 말하는 것이 아니다. 그러므로 오늘의 이야기는 오직 나만의 경험에서 비롯한 매우 신비에 가까운 실존적인 현상이다. 곧 영원불멸에 대한 이야기다.

내가 우연히 어느 사찰에 갔을 때의 일이다. 그날 나는 이른 아침에 그날따라 나랑 같이 온 일행들과 아침 일찍 동행했는데, 그때 마침 스님께선 막 아침 공양을 마치고 제자들과 함께 절 내를 한 바퀴 둘러보고 계셨다. 스님은 마치 기다렸다는 듯이 내게 다가와 합장을 했다. 나도 스님께 공손히 합장을 했다. 그러자 옆에 있던 제자가 매우 의아해서 스님께 물었다. "어찌하여 스님께서는 저 젊은 사람한테 합장을 하십니까?" 도대체 무슨 뜻인지 잘 이해가 가지 않는다는 투였다. 그도 그럴 것이, 스님은 깨달은 사람이고 나는 깨닫지 못한 사람이기 때문이다. 보통 평범한 사람의 눈에는 특별한 것도 매우 평범해 보이고 보통 특별한 사람의 눈에는 매우 평범한 것도 특별해 보인다. 그것이 스승과 제자를 구분 짓는 방식이다. 곧 스승은 제자가 볼 수 없는 것을 본다. 이에 스님께서는 다음과 같이 말했다. "우리와 똑같은 사람이다!" 스님의 목소리는 나의 귀에 가까이 들릴 정도로 또박또박 분명한 어조로 말씀하셨다. 순간 나는 스님의 말뜻을 금세 알아차렸다. 즉 "나는 그에게 합장한 것이 아니라 본래 그의 안에 있는 불성에 합장한 것이다." 실제로도 스님께서는 그길로 나에게 눈길 한 번 주지 않았다. 사실 내가 스님을 보고 스승을 알아봤던 것이 아니라 스님께서 오기 전부터 이미 저 멀리서 나를 알아봤던 것이다. 나는 그만 고개를 떨구고 말았다. 왜냐하면 나는 그에 비해 너무나 초라했기 때문이다.

　석가모니가 아직 깨닫기 전에 전생에 있었던 일화다. 그가 일개의 구도자에 불과했을 때 당시 그가 살고 있는 도시에는 디팡카라가 그곳을 지나가고 있었다. 때마침 그의 앞을 부처가 지나고 있을 때였다. 그는 부처의 발 앞에 엎드려 자신도 모르게 절을 했다. 그런데 갑자기 부처님께서도 그에게 똑같이 경배를 했다. 그는 어리둥절한 나머지 몹시 당황해서 물었다. "제가 부처님께 절을 하는 것은 분명히 타당하지만, 무슨 연유로 부처님께서 저같이 하찮은 사람한테 절을 하십니까? 무슨 까닭에 제게 이렇듯 절을 하시는지 부디 말씀해주십시오." 이윽고 부처가 잠시 뒤에 넌지시 웃으면서 말했다. "너는 너의 앞날을 미리 내다볼 수 없지만, 나는 너의 앞날을 미리 꿰뚫어 보고 훤히 내다볼 수 있다. 너는 향후 4아승지겁하고 십만 겁이 지나 카필라국의 왕자로 태어나 장차 고타마라는 이름의 무상정등각자가 될 것이다. 그러니 어찌 너와 내가 다르다고 하겠느냐?" 고타마 붓다가 깨달은 것은 지금으로부터 약 이천오백 년 전에 있었던 일이다.

우리 중에 법정 스님이 말하길, 누가 나에게 왜 출가했냐고 묻는다면 아득히 먼 전생에서부터 지금의 나를 이 길로 이끌었다고 대중 앞에서 말한 적이 있다. 나 또한 오래전부터 그 같은 사실을 알고 있었지만 나에겐 출가하고 싶은 마음이 없었다. 바로 그러한 생각으로 인해서 나는 오히려 사람들과 이 세상에서 함께 숨 쉬며 살기를 원했다. 그렇지 않았다면 나는 벌써 출가를 했을지 모른다. 내가 혜안을 얻은 것은 나의 전생에서 행했던 일이다.

　나는 비록 깨달은 사람은 아니지만 제삼의 눈이 있는 지혜의 눈에서 죽는다면 다음 생에서도 역시 지혜의 눈에서 태어난다. 제삼의 눈에 해당하는 지혜의 눈은 정확히 두 눈썹 사이에 있는 영혼의 눈을 가리킨다. 영혼의 눈은 보이지 않는 신의 영역으로 제삼의 눈은 굳게 닫혀 있다가 일정한 나이가 되면 서서히 열리기 시작한다. 그래서 석가와 같은 사람들이 스물아홉 살의 나이에 출가에 이르는 것은 결코 우연이 아니다. 그 지점은 구도자로서 돌아올 수 없는 최후의 마지막 지점으로 그 지점에 이르면 다시는 후퇴가 불가능할 뿐 아니라 그때부터 그대 스스로 자력으로 삶을 거슬러 혼자서 가야 한다. 실제로 내가 만났던 사람 중에는 은연중에 그런 사람이 비교적 많았다.

　언뜻 보기에 나의 말이 무슨 뜻인지 아직은 잘 모르겠지만 언젠가 때가 되면 자동적으로 깨닫게 되어 있기 때문에 정말 우리에게 중요한 것은 내가 나를 아는 것 외에도 어떻게 세상을 있는 그대로 사랑하고 다 같이 올바른 길로 접어들 수 있냐는 것이다.

　앞에서 말했듯 나는 한때 극도의 절망 상태에 이를 만큼 몹시 좌절한 나머지 결국 죽음을 맞이할 수밖에 없었다. 그런 절망감이나 뼈에 사무치는 외로움이 없었다면 나 역시 나 자신의 인생을 되돌아보고 스스로 자문해 보지 않았으리라 여긴다. 나에겐 나를 아는 것만이 내 삶의 유일한 전부였다. 오늘이 아니면 내일, 내일이 아니면 모레, 설령 죽어도 좋다는 생각으로 나는 나 자신 속으로 한없이 파고들었다. 비록 아무도 나에게 관심이 없었지만 나는 절대로 포기하지 않았다. 그 결과 나에게 빛이 찾아오기 시작했다. 가령 바람이 몸을 통과하는 듯한 일들을 본의 아니게 직접 경험하게 된다. 그와 같은 깨달음을 통해 문득 새로운 삶의 진리가 무엇인지 안다. 그리고 나는 자유가 무엇인지 알았다. 지금껏 내가 맛보았던 자유를 다 합친 것보다 훨씬 값진 것이었다. 사실 그 이전의 자유는 결코 자유가 아니었다. 진정 무엇을 위한 자유가 아닌 무엇으로부터의 자유를 자유라고 일컫는가. 그러므로 끝까지 내면으로 가는 길을 고수하라. 내면으로 가는 길을 고수하기만 하면 마침내 올바른 길을 향해 가는 것이나 다름없다. 따라서 구도자에게 무엇보다 중요한 것이 나를 깨닫고자 하는 강한 열망과 확고한 신념이다. 그런 흔들리지 않는 확고한 신념이 있을 때만이 비로소 원하는 것을 얻고 성취할 수 있다. 그것이 수행자가 갖추어야 할 가장 기본적인 덕목이다.

　그러나 대부분의 사람은 무언가 한 가지 일에만 전념하고 열중하기보다 계속해서 쓸데없이 이리저리로 옮겨 다닌다. 항상 이것이 아니면 저것, 둘 중의 하나라는 식으로 매번 같은 곳에서 똑같은 실수를 되풀이한다. 미처 나 자신을 체험하기도 전에 또다시 엉뚱한 곳에서 헤매고 돌아다닌다. 최소한 한 분야에서 오랫동안 경험을 쌓아야만 삶의 일부가 되는 것이지, 이것저것 조금씩 해보다 마는 식으로 미지근하게 살면 결국 아무것도 배우고 아무것도 터득하지 못한다. 삶은 유기적으로 단기간 내에 되는 것이 아니라 지속해서 노력하는 가운데 어느 순간 한순간에 깨닫게 되어 있다. 그렇기 때문에 삶에서 가장 경계해야 할 대상은 삶의 온갖 쾌락이나 욕망 따위와 같은 추구하지 말아야 할 것이 아니라 정작 미지근하게 사는 태도다. 늘 머뭇거리고 무미건조하게 살 바에 차라리 실컷 저주라도 퍼붓는 것이 비굴하게 사는 것보다 백 배는 낫다. 적어도 나를 사랑하지 않는 것보다 죽도록 혐오하는 것이 오히려 훨씬 유익하다. 삶을 경멸해 본 자만이 진정 삶이 무엇인지 안다. 만약 금욕과 탐욕 둘 중에 하나를 선택해야 한다면 이왕이면 금욕을 선택하는 것보다 차라리 탐욕을 선택하는 것이 삶을 이해하는 데 더 큰 도움이 된다. 삶의 욕망이 강한 사람일수록 에너지가 넘치는 가운데 모든 열정을 다 쏟아부을 수 있다. 삶에서 가장 중요한 요소가 욕망이다. 욕망을 통해서 삶을 전체적으로 이해하게 된다. 그러므로 완전한 욕망 속에 완전한 사랑이 있고 완전한 사랑 속에 완전한 욕망이 있다. 마치 바닷물에 들어가면 본래 바닷물이 짠 것을 알 듯, 삶을 이해하기 위해서는 삶 속으로 깊이 파고드는 길밖에 그 외 다른 방법이 없다. 그것이 내가 이 세상을 선택했던 이유 중의 하나다. 정작 미지근하게 사는 것이야말로 삶에 뚜렷한 도움이 되지 못할 뿐 아니라 나에게 아무런 해결책도 제시하지 못하고 오히려 역행하는 결과를 초래한다. 나는 한번 술을 마실 때는 항아리째 통째로 마시는 것을 더 좋아한다. 잔에 따라서 조금씩 마시는 것은 본인의 성격상 도저히 맞지 않는다. 그만큼 모든 일에 최선을 다하란 뜻이다. 그리고 나면 더는 뒤에 아무런 미련도, 아무런 후회도 없다.

나는 나를 깨닫기까지 숱한 어둠 속에서 하루도 빠짐없이 길을 잃고 방황하듯 정처 없이 떠돌아다녔다. 나는 대부분 거의 안 가본 길이 없었다. 그야말로 비참하기 짝이 없을 정도로 삶의 온갖 쓰라린 경험과 좌절을 겪었다. 나는 매일 고통 속에서 한없이 절망하고 수없이 울었다. 내겐 살아있는 것 그 자체가 마치 지옥 같았다. 그토록 처절한 외로움과 절망 속에서 내가 끝까지 포기할 수 없었던 것은 유일하게 나를 알고자 하는 욕망, 즉 깨달음이었다. 왜냐하면 나는 진짜로 아무것도 가진 것이 없었기 때문이다. 내가 겪을 수밖에 없었던 고통은 말로 표현할 수 없을 만큼 천신만고 끝에 죽을 고비를 넘기며 나 스스로 뼈를 깎는 고통을 감수했다.

만약 죽을 수밖에 없는 운명이라면 내게 삶이 과연 무슨 의미가 있는가? 도대체 지금 여기가 어디란 말인가? 하물며 나처럼 미천한 사람도 한때 죽음을 무릅쓰고 갖은 고생과 역경을 마다치 않고 각고의 노력을 다하는데 세상에는 단지 한 줌의 잿더미에 불과한 한낱 어리석음으로 인해 인생을 헛되이 보내고 낭비하는 사람들이 얼마나 많은가. 그러므로 삶에서 지혜로움 못지않게 중요한 것이 크나큰 어리석음이다. 그 어리석음으로 말미암아 나에 대해서 조금씩 깨닫고 삶을 이해하게 된다.

다시 한번 말하지만, 인간은 단순히 부모에게서 태어나는 것만으로 인간이 되는 것은 아니다. 인간을 한마디로 정의하면 인간은 다른 동물에 비해 타인의 죽음을 통해서 나도 언젠가 결국 죽을 수밖에 없는 운명이란 것을 알고 그 죽음에 대한 자각으로 인하여 어느덧 새로운 빛을 탐구하기 시작하면서부터 차츰 내면의 길을 묻는 자이다. 그것이 인간에 대한 정의다. 그 이전에 인간은 아직 인간이라고 정의할 수 없다.

니체는 인간의 세 가지 변화에 대하여 『자라투스트라는 이렇게 말했다』에서 인간을 낙타와 사자와 어린아이에 비유했다. 언젠가 나의 책에서 말했듯 나는 인간의 각 단계에 대해서 말했다. 곧 화가와 시인과 노동자는 인간의 삼 단계를 뜻한다.

자칭 화가란 어떤 사람을 가리키는가. 화가란 마음의 붓을 가지고 내면의 그림을 자유자재로 그리는 사람이다. 화가가 되어 한 폭의 그림과도 같은 내면의 호숫가를 완성하는 날, 곧 머지않아 상상을 초월한 매우 신비한 일이 일어난다는 것을 어느 순간 깨닫게 된다. 그것은 우연한 기회에 찾아온다. 모두가 잠든 시각 홀로 깨어 있을 때 갑자기 머리 위에서 알 수 없는 미지의 새가 별안간 비상하듯 느닷없이 날개를 퍼덕이며 퍼드덕거린다. 마치 미래를 암시하는 듯한 무언의 계시가 일어난다. 그리고 어느 날 호숫가를 걷다가 실제로 그 일이 일어나는 것을 직접 경험하게 된다. 그와 함께 화가는 다시 시인이 되어 그 고요한 호숫가 위에 우아한 백조를 그림으로써 비로소 휘황찬란한 백조가 완성되는 순간 마침내 백조는 호숫가를 버리고 하늘 높이 훨훨 날아오르기 시작한다. 바야흐로 위대한 여정의 서막이 펼쳐지는 것이다. 그것이 내가 말한 화가와 시인과 노동자의 의미다. 곧 길 없는 길을 뜻한다. 예수가 갈릴리호숫가에 나아가 세례자 요한에게 세례를 받을 때 하늘에서 성령이 비둘기 같이 내려와 그의 머리 위에 머물렀다고 한 것은 바로 이를 두고 상징하는 말이다. 그는 장차 인류의 위대한 스승이 된다.

삶은 마치 학교와 같다. 먼저 그 과목을 알아야만 다음 과목으로 넘어가고 또 그다음 과목에서 그 과목을 알아야만 다음 과목으로 넘어가게 되어 있다. 앞에서 한 가지 과목도 제대로 배우지 못한 사람이 다음 과목을 알 수 없는 것처럼 제법 어리석을 대로 무지한 사람은 한없이 어리석은 나머지 자신의 행위가 무엇을 의미하는지 모른 채 그토록 생사의 고통에서 영원히 헤어나지 못하는 법이다. 그러므로 우선 마음을 갈고 닦는 것이 중요하다. 마음도 갈고 닦지 않고 기적이 일어나기만 바라는 것은 전혀 있을 수 없는 도저히 불가능한 일이다. 따라서 내가 이해할 수 없는 것을 아는 것이야말로 진정한 최고의 이해다. 『법구경』에 말하기를 백 마디 무익한 말도 지혜로운 사람의 유익한 말 한마디보다 못하고 비록 백 년을 살아도 영원히 나를 모르는 것보다 단 하루를 살아도 영원한 나를 아는 것이 보배로운 삶이라 했듯 저 피안의 삶을 아는 것이야말로 가장 고귀하고 값진 삶이다.

항시 깨달음이 일어날 때는 반드시 징후가 일어나게 되어 있다. 지금까지 경험하지 못한 전무후무한 일이 문득 예기치 않고 찾아온다. 낯선 방문객이 그대가 거주하는 사원을 말없이 두드린다. 누구나 한 번 진리를 힐끗 엿보면 그대는 더는 예전의 알고 있던 그대가 아니다. 붓다에게 일어난 일이 그대에게도 일어난다. 붓다와 똑같은 특성, 똑같은 향기를 그대의 몸이 서서히 지니기 시작한다. 언젠가 나에게 일어났던 일이 그대에게도 일어날 것이다.

보다 전체적으로 살라!

나방 한 마리

　이렇듯 무심하기 짝이 없는 밤중에 한동안 거실에 앉아 벽만 뚫어지게 멀뚱멀뚱 바라만 보고 있는데 웬 희미한 형광등 불빛 사이로 각종 벌레며, 하루살이며, 이따금씩 정체불명의 나방들도 수시로 사방팔방 왔다 갔다 한다. 그렇다고 모조리 퇴치할 수도 없고, 보이는 대로 족족 잡을 수도 없고, 괜히 나 혼자 짜증이 나 죽겠는데 때마침 눈앞에서 날갯짓을 퍼덕이며 나뒹구는 나방 한 마리. 대체 무슨 영문인지. 나도 무척 곤란한 지경에 난감하기만 한데 이왕에 같이 있어야 할 마당에 피차 서로 간에 피해는 주지 말자고 아무리 타이르듯 중얼거려도 내 말귀를 알아듣기는커녕 아랑곳하지 않고 제멋대로 활개를 치는 이상 나도 어쩔 도리가 없다. 단지 너희들도 살려고 태어난 죄밖에 없는데 하고 그냥 체념하는 수밖에. 단 내 앞에 얼씬거렸다가는 그대로 인정사정 안 봐줄 테니까 제발 내 눈에 띄지만 말아라.

무릇 예술이란

　예술의 본질은 어디까지나 아름다움을 추구하는 것이지만, 단순히 아름다움만을 추구하는 것을 가지고 예술을 예술이라고 보기는 어렵다. 무릇 예술이라고 하면 무언가 아주 독특하고 독창적이면서 나만의 그럴듯한 것을 말한다. 자칫 예술과 외설을 혼동해서는 안 된다. 예술과 외설도 구분 못 하고 동시에 무슨 예술을 한답시고 입만 열면 예술이 죽었다고 말하는 그들이야말로 오늘날 예술을 말살하고 묵살시킨 바로 그 장본인들이다. 자신의 무능력은 탓하지 않고 예술만 탓하려거든 그럴 바에 차라리 예술을 때려치워라.

글을 쓰는 데 있어서

글이란 쓰면 쓸수록 완벽해지고 보면 지금도 계속해서 보고 배우는 중이다. 하물며 나 같은 사람도 그런데, 처음부터 글을 쓴 사람은 두말하면 잔소리다. 얼마나 정성스럽게 써야 하는지 본인 스스로 통감할 때가 많다.

처음에는 나름대로 만족스럽게 보이다가 나중에 천천히 글을 다시 읽어보면 어느 부분이 잘못되었는지 문제점들이 제법 눈에 띈다. 그렇게 하나하나 고치다 보면 비로소 제대로 된 문장을 갖춘 한 편의 글이 되는 것이다.

글이라고 해서 대충 아무렇게나 쓴다면 보는 이로 하여금 점점 지루하고 따분하기만 할 뿐, 동시에 읽는 재미와 감동을 줄 수가 없다. 그런 재미와 감동이 살아있는 글이 좋은 글이다.

글이 지닌 장단점을 모르고 나만의 생각으로 글을 쓰는 것은 아직 글을 잘 모르고 쓸 때의 일이다. 우리가 흔히 읽는 글이 대부분 그런 글들이다.

그래서 글을 쓸 때는 매우 진실성에 가깝게 써야 한다. 단지 겉모양에만 치우쳐서 글을 쓰는 것은 단순한 손기술에 지나지 않을 뿐 진실하지 못한 글은 처음부터 쓰지 않는 것만 못하다.

비록 겉으로는 아무리 좋은 글이라도 진실성이 없다면 결국 얼마 지나지 않아 오래가지 못한다. 대중의 눈을 잠시 속일 수는 있어도 금방 탄로가 난다.

따라서 글을 쓸 때는 무엇보다 진실하게 써야 한다. 예를 들어, "아침 해가 떴습니다."라고 쓰면 그 글은 사실에 해당하지만, "아침 해가 빙그레 밝았습니다."라고 말하면 그 글은 곧 진실이 된다. 이처럼 글이란 사실에 바탕을 둔 것이 아니라 어디까지나 진실에 기초한 것이다.

정작 본인도 글을 잘 모르면서 무척 글에 대해 아는 것처럼 누군가 몰래 흉을 볼지도 모르지만, 앞으로 글을 쓰고자 하는 사람들을 위해서 짧은 식견이나마 도움이 되고자 내 나름대로 친히 몇 글자 적어보는 바이다.

그럼.

어쩌다가 그런

나도 모르게 어쩌다가 그런 끝내주는 맛있는 걸 먹을 때 "니미 씨부랄. 좆또, 존나게 맛있네."란 감탄사가 저절로 막 튀어나오는데. 흐미, 환장하게 환장하고 환장할 노릇에 "쉬팔. 기똥차게 다 처먹다가 뒈져도 모를 만큼 허벌나게 맛있구나!" 오리지날 19금이다.

꿈이 있는 인생

새삼 어느덧 나이를 먹고 보니 밖으로 돌아다니는 시간보다 나 혼자 조용히 지내는 시간을 더 좋아하게 된다. 그만큼 세상일에 관심을 갖기보다 조금은 더 무관심해진다. 그래서 나는 아무 할 일이 없을 때면 온종일 마당에 나가 나무들을 가꾸면서 나만의 시간을 보낼 때가 많다.

그런 시간에 물끄러미 나무들을 바라보고 있으면 나무마다 자라는 환경과 특징이 서로 조금씩 다르다는 것을 금세 알게 된다. 다 같은 나무라고 해서 나무에 맞는 환경을 고려하지 않고 대충 아무렇게 막 심었다가 보기에도 매우 이상할 뿐 아니라 나중에 잘못 심었다는 생각에 점점 보면 볼수록 이상하고 볼품없이 본때가 없다.

그리고 보면 사람도 이와 마찬가지다. 저마다 자기가 하고 싶은 일이 따로 있고 각자가 좋아하는 일이 정해져 있다. 다만 어쩌다 먹고사느라 어느 순간 꿈이란 꿈은 잊고 사는 것뿐이지, 처음부터 꿈을 갖지 않은 사람은 하나도 없다.

사실 나는 원래 화가가 되고 싶었다. 화가가 되는 것이 꿈이었던 만큼 워낙에 그림 그리는 것을 좋아해서 그런지 지금도 가끔 우연

2부

히 화방 앞을 지나다 보면 옛날 생각에 잠시 눈길이 멈추곤 한다.

이렇듯 꿈이란 나만의 타고난 소질이나 특기를 살리는 일이다. 그런 꿈이 있을 때 남보다 사는 게 재밌고 훨씬 신이 나면서 점차 웃음 띤 얼굴에 가득 생기가 돈다. 만약 그런 꿈이 없다면 내 인생은 메마른 사막처럼 매 순간 무미건조하고 삭막할 수밖에 없다. 지금 이렇게 글을 쓰는 것도 바로 그런 이유 때문인지도 모른다.

이제 와서 꿈을 돈 주고 살 수는 없지만, 꿈을 꾸고 사는 것만으로도 나에게 있어서만큼은 그 누구보다 즐겁고 행복한 가운데 무척 보람이 느껴지는 것은 내 인생에 대한 나만의 당연한 권리지만 그간 못다 한 꿈이 제법 크기 때문이다. 그런 꿈을 하나하나 이룰 때마다 꿈은 내 인생의 활로나 마찬가지다. 내게 꿈이 없는 인생은 감히 상상도 하기 어렵다.

비록 그러한 꿈이 언제 다 이루어지듯 소원성취할지 모르겠지만, 꿈을 꾸고 있는 이 순간만큼은 세상 그 무엇도 비교할 수 없을 만큼 아무것도 부럽지 않다.

결국 알기만 하는 사람은 좋아하는 사람만 못하고 좋아하는 사람은 즐기는 사람만 못하고 천재는 노력하는 사람을 이길 수 없고 노력하는 사람은 스스로 즐기는 사람을 이길 수 없다. 내가 아무리 가진 능력이 많아도 능력을 발휘하지 못하면 능력은 곧 있으나 마나 무용지물이다.

우리 주변만 보더라도 꿈을 위해 노력하는 사람보다 단지 눈에 보이는 물질에만 집착해서 마치 물질만이 전부인 양 황금만능주의에 빠져 살아가는 사람들을 보면 하나같이 생기 없는 얼굴들뿐이다. 그런 사람들은 꿈이 뭐길래 그리도 대단하냐고 물을지 모르지만, 누구나 자신이 원하는 곳에서 나만의 꿈을 간직하고 살 때가 사람은 누가 뭐래도 제일 행복하다.

만약 누가 나에게 꿈과 돈, 돈과 꿈 둘 중에 하나를 선택해야만 한다면 나는 꼭 꿈이라고 말하고 싶다. 돈은 필요하면 얼마든지 벌 수 있지만, 꿈은 결코 돈으로는 환산할 수 없는 어마어마한 가치를 지녔다.

인간은 언제나 꿈을 먹고 사는 유일한 존재이지 단순히 먹고 자는 동물에 비할 바가 아니다. 더욱 안타깝기만 한 것은 단지 먹고 살아야만 하는 어쩔 수 없는 현실 속에서 정작 나 자신의 꿈을 잃어버린 나머지 나만의 타성에 젖어서 어느덧 하루하루 무의미하게 살아가고 있다는 그야말로 안타까운 현실이다.

그런 안타까운 현실로 인해서 오늘날 내가 무엇 때문에 사는지 모른 채 막상 바쁜 시간에만 쫓겨서 매번 어디론가 끌려가고 있다는 강한 인상을 받는다.

과연 어떻게 사는 것이 올바른 선택이고 올바른 길인지, 각자 저마다 서 있는 곳에서 다시 한번 곰곰이 생각해 볼 일이다.

되도록 후회 없는 인생을 살기를 바라며 이왕이면 내가 할 수 있는 범위 내에서 가능한 본인의 꿈을 마음껏 펼치고 살았으면 하는 심정이다.

오늘따라 무럭무럭 자라나는 나무들을 멀리서 바라보고 있으니 왠지 마음 한 곳이 뿌듯하니 감개무량한 가운데 더욱 눈부신 햇살에 자꾸만 가슴이 설렌다.

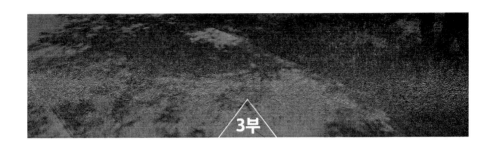

찰나의 순간 속에 영원이 깃들어 있다

누가 신을 말하는가

믿음은 종교의 문제가 아니다. 종교의 진짜 문제는 다른 데 있다. 가령 예수를 믿든, 부처를 믿든, 또 부지깽이를 믿든 믿는다는 데는 아무런 차이가 없다. 다만 예수라는 이름과 부처라는 이름과 부지깽이란 이름만 다를 뿐이다. 그런데도 오직 믿음만을 강요한다면 그것은 종교가 아니라 종교라는 이름으로 가장한 위선에 불과하다. 믿음을 강요하는 순간, 그대가 종교에 대해서 아무것도 모른다는 것을 말해 준다.

다음은 마더 테레사 수녀가 한 인터뷰의 내용이다.

"테레사 수녀님. 여기서 이루기를 바라는 것이 무엇입니까?", "사랑하고 사랑받는 기쁨입니다.", "그러려면 돈이 많이 들 텐데요.", "그렇죠, 많은 희생이 필요하지요." "가난한 사람들에게 그들의 운명을 견디라고 가르치십니까?", "가난한 사람들이 자신의 운명을 받아들이는 것은 매우 아름다운 일이라고 나는 생각합니다. 그것을 그리스도의 수난과 공유하는 것 말입니다. 나는 가난한 사람들의 고난이 세계에 많은 도움을 주고 있다고 생각합니다." 그녀는 말기 암의 참을 수 없는 고통을 겪고 있던 사람에게 가까이 다가가서 말했다. 마더 테레사는 입가에 미소를 지으며 카메라를 보면서 자신이 한 말을 되풀이했다. "당신은 십자가에 매달린 예수처럼 고통받고 있습니다. 그러니 예수께서 당신에게 입 맞추고 있는 것이 분명합니다." 그러자 환자가 대답했다. "그렇다면 그 입맞춤을 제발 멈춰달라고 말해주세요."

　그녀는 자신의 고해 신부에게 썼던 비밀편지에서 "대중 앞에 보여주는 자신의 미소는 가면이며 모든 것을 감추는 외투입니다. 저는 제 가슴이 하느님과 개인적인 사랑으로 교제하는 것처럼 사람들에게 말했습니다. 하지만 당신이 바로 그곳에 함께 있었다면 당신은 이렇게 말했을 거예요. 이런 위선자가 있나!"라는 식의 내용을 고백한 적이 있다. 그리고 그녀는 계속해서 사람들 앞에서 말했다. "나는 결코 대중을 구원하려고 하지 않는다. 나는 단지 한 사람을 바라볼 뿐이다. 나는 단지 한 사람만을 사랑할 수 있다. 한 번에 단지 한 사람만을 껴안을 수 있다. 만일 내가 그 사람을 붙잡지 않았다면 나는 오늘날 4만 2천 명을 붙잡지 못했을 것이다." 그러므로 당신의 가족이나 당신이 다니는 교회에서도 마찬가지다. 단지 한 사람, 한 사람씩 시작하는 것이다.

　도대체 지금 무슨 말을 하고 있단 말인가. 내가 자세히 구체적으로 설명하지 않아도 누구나 조금만 지성이 있는 사람이라면 그녀가 얼마나 삐뚤어진 신념의 지독한 에고이스트란 것을 곧 알게 된다. 이것이 오늘날 종교계가 직면한 상황이다. 그녀는 지난 50년 동안 똑같은 일을 반복하면서 사람들을 긁어모으는 한낱 보잘것없는 수집가였다. 이 땅에서 마더 테레사 같은 사람들이 계속해서 나오는 한 종교가 설 자리를 잃는 날도 곧 머지않았다. 그런 마더 테레사 수녀를 성녀라고 추앙하는 것을 보면 과연 누가 속고 누가 속이는지 모르겠다. 어리석은 군중은 속일 수 있어도 진실한 사람은 결코 속일 수 없다. 그야말로 어처구니없는 현실에 나로서 더 할 말이 없다.

또 한 사람 간디를 예를 들면 간디는 폭력에 맞서는 동시에 비폭력을 주장했다. 과연 폭력에 맞서 비폭력을 행사하는 것이 올바른 수단인가. 왜냐하면 비폭력은 또 다른 폭력을 낳기 때문이다. 가령 그대는 집에서 부부싸움을 한다. 그러다가 어느 한쪽이 일방적으로 입을 굳게 다물면 그때부터 무언의 침묵이 아닌 시위가 벌어진다. 이에 상대방은 곧 자신을 무시하는 처사로 받아들이고 또다시 큰 싸움으로 번진다. 비폭력은 곧 폭력의 다른 이름일 뿐이다. 소위 마하트마라고 하는 자들은 철저한 위선자다.

이 같은 사람들의 공통된 특성은 거짓이라는 가면 뒤에 숨어서 지금 자신들이 무슨 일을 벌이고 행하는지 모르고 일반 사람들과 마찬가지로 무지하다는 것 말고는 내면에 아무것도 갖고 있지 않다. 그런 이들이야말로 겉으로는 무척 친절해 보이지만 알고 보면 속에는 인간의 양면성을 가진 이중인격의 소유자다.

그런 자들의 유일한 장점이 있다면 남 앞에서 항상 웃음 띤 얼굴로 자비를 행하고 무척 친절한 미소를 베푼다는 점이다. 그래야만 본인들이 처음부터 목적하는 바를 얻을 수 있다는 것을 그들 누구보다 교묘하게 잘 이용하기 때문이다. 한번 마더 테레사나 간디의 얼굴을 자세히 관찰해 보라. 그들에게는 웃는 얼굴 말고는 그 외 아무것도 보이지 않는다.

실제로 웃음은 자신의 야망을 실현하기 위한 가장 손쉬운 방법이다.

나의 이해에 따르면 종교적인 성향이 강한 사람일수록 비지성적인 반면에 오히려 지성적인 사람일수록 더욱더 종교적이다. 종교는 그가 무엇을 믿는가가 아니라 무엇을 보는가에 달렸다. 즉, 신이 있고 없고의 문제가 아니라 신은 무엇인가라는 것이다.

최소한 신에 대해서 아무것도 모르는 사람은 꾸밈없이 단순하고 순수하기 때문에 비교적 선량한 마음을 갖고 있지만 자칭 신의 대리인이라고 자처하는 사람들은 대부분 맹목적으로 신을 믿고 따르는 가운데 기적이 행하기만 바라기 때문에 보통 사람들보다 내면이 아주 타락하기 쉽다. 소위 우상을 숭배하고 내세를 바라는 것처럼 혐오스러운 것이 없다. 그러므로 성직자들이야말로 가장 타락한 자들이다. 그들 자신도 신에 대해서 아무것도 모르면서 다른 사람들한테 신을 믿도록 가르치고 설교하기 때문이다. 겉으로 신의 대리인을 자처하고 행세하는 것보다 차라리 무지한 군중처럼 백지상태가 더 낫다.

하루는 나의 집에 신을 믿는 여자가 단독으로 찾아왔다. 그녀는 내 앞에서 한참을 떠들더니 나보고 신을 믿으면 영생과 함께 천국에 간다고 말했다. 그녀는 한동안 사명감에 젖어서 마치 신에 푹 빠진 사람처럼 보였다. 나는 슬리퍼를 질질 끌면서 말했다. "내가 신은 신(God)은 개(Dog)만도 못하다!" 마침 짱구가 옆에서 나를 보고 반갑게 꼬리를 살랑살랑 흔들었다. 그녀는 그 자리에서 기겁해서 아연실색했다. 그리고 나한테 욕설을 퍼부었다. 오직 어리석은 자만이 내가 무엇을 안다고 확신한다.

바로 그렇기 때문에 맹목적인 군중은 항상 자기들만의 생각이 전적으로 옳다고 주장하면서 나와 뜻이 정반대인 사람에 대해서는 일방적으로 배척하면서 무조건 한쪽 편만 든다.

보다 직설적으로 표현하자면 누구나 자신이 보고 싶은 것만 보고 누구나 자신이 믿고 싶은 것만 믿는다.

우리가 믿는 종교도 마찬가지다. 오직 자신의 신념을 상봉하는 것이지, 구체적인 믿음과는 아무런 연관성도 없을 뿐만 아니라 나아가 신의 존재 여부와는 거리가 멀다.

만약 신이 인간을 만들었다면 신은 또 누가 만들었는가. 신이 있기 위해서는 계속해서 그 위에 또 다른 신이 있어야만 가능하다. 결국 신이 인간을 만든 것이 아니라 인간이 신을 만들었다.

지금껏 인류 역사상 신의 이름으로 자행되지 않은 것들이 어디에 있는가. 수백 년에 걸친 전쟁과 대학살, 수많은 전쟁으로 인해 무고한 사람들이 아무 이유 없이 불에 타죽거나 처형을 당하고 간혹 돌에 맞아 죽었다. 실제로 중세 시대에 마녀사냥이 성행했다. 종교 재판을 통해 죄 없는 사람들을 무참히 학살하고 순결하지 못한 여성을 이단으로 몰아 곧바로 처형되었다. 단지 처녀가 아니라는 이유로. 이 얼마나 터무니없는 일인가.

그 당시의 종교 재판이 가톨릭 정통에 맞서 기독교의 교리에 따르지 않는 사람들을 이단으로 간주하고 그밖에 개신교와 이교도 무리를 탄압하고 특히나 돈 많은 과부를 마녀로 몰아서 전 재산을 빼앗는 것이 목적이었다면 오늘날의 종교는 사람들로 하여금 그들의 돈을 갈취하고 착취하는 경우가 많다. 왜냐하면 종교는 곧 하나의 사업이기 때문이다.

그중에서도 기독교는 가장 낡고 오래된 종교다. 기독교는 단순히 예수라는 이름을 빌린 것에 지나지 않는다. 예수를 그리스도라 칭한 것은 그가 당시 히브리어인 그리스어를 사용했기 때문이지, 신의 독생자란 뜻이 아니다. 예수는 문맹인이었으며 그는 십자가에서 죽지 않았다. 실제로 예수의 자손들은 유럽의 한 지방에 정착

하여 현재까지 아직도 그의 혈통이 이어지고 있다. 이에 신학자들은 오늘날 성경의 역사가 사실과 전혀 다르다는 것을 알았다. 그리고 그것은 아주 자연스러운 현상이다. 왜냐하면 믿음은 곧 가짜이기 때문이다.

　언젠가 나의 아버지 집에 교회 목사쯤으로 보이는 사람이 예배를 보러 왔다. 나의 아버지는 동네의 한 교회에 다니고 계셨는데 교회에서 꽤 유명인사로 소문난 분이실 정도로 순전히 재미 삼아 다니셨다. 나는 나의 아버지를 잘 안다. 그분은 무척 재미난 분이시다. 그날은 나도 그 자리에 함께 있었다. 그 목사로 보이는 양반은 같은 기독교 소속이지만 다른 교회에서 나온 종파였다. 그는 예배를 볼 목적으로 나의 아버지에게 교회를 옮기도록 설득하는 중이었다. 그와 나 사이에 대화가 오고 갔다. 나는 그에게 말했다. "당신은 예수 그리스도가 지금껏 인류를 구원했다고 생각하는가?" 그의 대답은 그렇다는 것이었다. 내가 말했다. "그렇게 생각하는 이유가 무엇인가?" 그는 성경책을 펴 가며 열심히 설명했다. 나는 다시 말했다. "성경책의 내용 말고 당신의 개인적인 생각이 궁금하오." 그는 나에게 말했다. "나는 성경을 수십 년간 연구한 학자요. 성경책에는 다만 그렇게 쓰여 있소." 그러면서 성경책 여기저기를 뒤적이며 앵무새처럼 똑같은 말만 계속 반복했다. 나는 하는 수 없이 그에게 말했다. "남의 집에 왔으면 조용히 차나 한잔 마시고 가는 것이 예의요. 그만 돌아가시오." 그는 마지막까지 대문을 나서면서도 무척 화가 난 듯이 나의 아버지를 붙들고 선택을 강요했다. "지금 다니는 교회요, 아니면 우리 교회요?" 그것이 종교가 지금껏 인류에게 해온 일이다.

그러므로 육체를 온갖 죄악으로 보는 행위는 수 세기 동안에 걸쳐 성직자들에 의해서 인간을 불구로 만들었다. 그 결과 인간은 신 앞에 항상 죄인일 뿐이다. 인간을 죄인과 동일시함으로써 신만이 절대적인 존재로서 모든 것을 용서할 수 있기 때문이다. 엄밀히 말해서 마음과 육체가 분리되어 내면에 갈등을 초래하기 때문에 전체적이지 못하고 여러 가지 정신분열증을 일으키는 것이다. 결코 이분법적인 것을 버리지 않는 한 인간은 늘 어리석은 상태로 무지할 수밖에 없다.

오늘날 현대 물리학은 물질이 사념으로 이루어졌다는 것을 발견했다. 물질은 에너지에 비례한다. 이에 아인슈타인은 물질은 에너지의 응고된 현상으로 동일한 것으로 보았다. "물질적 세계가 의식을 움직이는 것이 아니라 의식이야말로 현실 세계를 만드는 데 기본적인 역할을 한다(로버트 란자)." 곧 마음이 육체고 육체가 마음이다. 사실상 종교는 과학적이다. 여기에는 두 가지 가능성이 존재한다. 종교가 과학적이거나 과학이 종교적이거나 둘 중의 하나다. 그래서 동양에서는 많은 신비주의자가 나왔고 서양에서는 아인슈타인 같은 위대한 과학자가 탄생할 수 있었다.

둘 중의 어느 쪽을 선택하든 그대는 똑같은 결론에 이르게 되어 있다. 즉, 관찰자와 관찰되는 대상이 다르지 않다. 주체와 대상이 다르지 않기 때문에 나라는 실체가 없다. 이렇듯 관찰자가 사라진 경지가 바로 예수가 말한 신의 왕국이며 붓다가 담마라 부른 것이다.

진리는 어느 한 개인만의 것이 아니며 어느 한 종파나 집단에 속한 것이 아니다. 더욱이 우상을 숭배하는 것은 더더욱 아니다. 진리는 직접 체험하고 경험할 때 비로소 하느님의 말씀이 가슴에 와 닿고 부처님의 가르침이 더욱 귀담아듣는 것이지, 맹목적으로 신을 찬양하는 것이 아니다. 설사 신을 찬양한다고 하더라도 그것이 그대의 삶에 무슨 도움이 되는가.

신은 그대를 시험할지 몰라도 나는 그대의 지성을 신뢰한다.

비상을 꿈꾸며

가끔은 어디론가 멀리 떠나고 싶다. 아무도 없는 곳에서 조용히 나 혼자 살고 싶다. 누구의 간섭도 받지 않고 나만의 방식대로 그렇게 살고 싶다.

때론 세상이란 그 얼마나 온통 머릿속이 복잡하고 복잡하기만 한가.

그런 복잡한 세상 속에서 늘 이 사람, 저 사람과 부대끼다 보면 대체 나란 인간은 누구를 위한 존재인지 한낱 소모품 같다는 생각에 한순간 허탈해진다.

더욱이 매일 똑같이 반복되는 틀에 박힌 듯 찌든 일상에 젖어 매번 똑같은 일, 똑같은 생활에 이골이 나다 보면 삶의 염증에 곧 신물이 난다.

새삼스럽게 사는 게 뭔지 미처 나 자신을 돌아볼 겨를도 없이 까마득히 잊고 지낼 때가 많다.

그럴 때마다 아무리 벗어나려고 발버둥을 쳐도 누구 한 사람 발 벗고 나서서 도와주는 사람 없이 모든 것을 나 혼자 책임져야 할 입장에서 단지 허탈한 웃음만 날 뿐, 차라리 더 이상 아무도 찾지 않는 곳에서 이름 모를 사람이 되어 때 묻지 않은 자연과 더불어 영원히 함께 살고 싶다.

그동안 세속에 물든 나 자신으로부터 벗어나 나만의 사색에 잠겨 저 하늘을 훨훨 날아서 마음껏 자유로워지고 싶다.

비록 지금은 현실에 얽매어 매우 부자유한 몸일지라도 할 수만 있다면 내가 할 수 있는 범위 내에서 나만의 삶을 가꾸며 꾸리고 싶다.

그리고 보면 산다는 것은 오늘도 내가 혼자라는 것을 아는 것이다.

선비와 까치

참으로 알다가도 모르는 게 인연이라지만, 알면 알수록 더욱 모르는 게 인연이다. 막상 지내놓고 보면 인연보다 더 소중한 것이 없다란 생각에 한때 이렇게 만나는 것도 인연이고 저렇게 만나는 것도 인연이고 보면 이 세상에 인연 아닌 인연이 아닌 것이 없다. 그런 인연으로 인해서 우리의 삶이 한결 아름다운 것이다.

잠시 스치고 지나가는 인연일지라도 내가 인연을 얼마나 소중하게 여기고 생각하는가에 따라 그런 소중한 인연이 되기도 하고 때론 그냥 남남이 되기도 한다.

불교의 인연설에 따르면 한 번 옷깃을 스치는 데도 오천 겁의 무량한 세월이 걸린다고 한다.

그만큼 인연이 우리에게 소중하다.

우리가 만나는 인연 가운데도 태어날 때부터 미리 정해진 인연도 있지만, 앞으로 살면서 친구처럼 또다시 새롭게 만나는 인연도 있다. 이처럼 인연이란 필연에 따라 만나기도 하고 우연에 따라 만나기도 한다.

내가 과연 어떤 인연을 만나게 되는가에 따라 장차 내 인생의 운명도 조금씩 변하고 달라지는 것이다. 그런 인연을 가리켜 숙명 또는 필연적인 만남이라고 한다.

아무리 좋은 만남과 인연도 결국 남을 함부로 대하면 서로에게 줄곧 상처가 되지만, 내가 남을 지극정성을 다해 공손하게 대하면 남도 나를 지극정성을 다해 공손하게 대하는 법이다.

아주 먼 옛날에 한양으로 과거를 보러 가던 선비가 있었다. 산을 넘다가 자꾸 까치가 울어대는 것을 보고 이상하게 느낀 선비가 주위를 돌아보았다. 그런데 그때 마침 나무 둥지에서 구렁이가 어린 새끼들을 막 잡아먹기 일보 직전이었다. 선비는 다급한 마음에 곧장 활을 쏴서 구렁이를 죽였다. 이윽고 날이 저물어 어두워지자 선비는 하는 수 없이 묵을 곳을 찾아 근처의 민가를 찾던 중에 저 멀리서 희미한 불빛이 보였다. "거, 참 귀신이 곡할 노릇이군! 이런 깊은 첩첩산중에 불빛이 다 있다니." 선비는 무언가에 홀려 그 낯선 불빛을 따라 속히 바쁜 발걸음을 재촉했다. 그리하여 어느새 한 허름해 보이는 외딴 움막에 당도했다. "이리 오너라! 이리 오너라! 게 아무도 없느냐?" 그러자 안에서 조금 있다가 웬 하얀 소복 차림의 아낙네가 매우 다소곳이 나오는 것이었다. "이 깊은 밤중에 어인 뉘신지요?", "이 몸은 한양으로 과거를 보러 가는 선비올신데, 가던 길에 그만 길을 잃고 오도 가도 못 하는 신세가 되어 어쩌다 불빛이 보이길래 예까지 이리로 오게 되었소. 이것 참 송구하지만,

누가 안 된다면 하룻밤이라도 좋으니 신세를 졌으면 하고." 초면에 실례를 무릅쓰고 하룻밤 묵어가기를 청했다. 처음에 여인은 상중이라 정중히 거절했지만, 벌써 앞이 캄캄한 밤중인 데다 사방에 뭇 짐승들이 우글대는 상황에 무슨 봉변을 당할지도 모르고 칠 흙같이 어두운 터에 이대로 거절할 수도 없는 노릇인지라 "정 그러시다면 누추하지만 안으로 드시지요." 선비는 무슨 까닭에 인적이 드문 외딴곳에 그것도 여인의 몸으로 흰 소복을 입고 있는지 그간의 자초지종을 죽 들어보니 오늘 남편이 산에 먹을 것을 구하러 대낮에 사냥을 나갔다가 갑자기 죽는 바람에 이렇듯 초상을 치르는 중이라는 거였다. 이내 여인은 흐느끼면서 부엌에서 정성껏 마련한 음식을 들고 가져왔다. "시장하실 텐데 어서 드시지요." 그렇게 장장 얼마나 깊은 시간이 흘렀는지, 그대로 단잠에 곯아떨어져 꼭두새벽이 무르익을 무렵 문득 이상한 낌새에 선비가 비로소 정신을 차렸을 때였다. 선비는 잠에서 깨어나자마자 그 자리서 혼비백산하여 기절초풍했다. 아니나 다를까. 천년 묵은 구렁이가 온몸을 칭칭 휘감고 당장 통째로 잡아먹을 듯이 혓바닥을 날름거리며 군침을 집어삼키고 있었다. 비몽사몽간에 선비가 정신을 차릴 새도 없이 천년 묵은 구렁이가 위에서 무섭게 노려보며 말하기를, 어제 점심경에 남편이 산에 먹을 것을 구하러 나갔다가 웬 놈이 쏜 화살에 죽고 말았는데 그자가 바로 지금의 선비로 이 몸의 철천지원수고 그리고 선비가 죽인 구렁이는 원래 나의 남편으로 "네 놈을 기어이 제사상에 바쳐 억울하게 죽은 남편의 한을 풀 겸 기필코 원한을 꼭 갚겠다!"라는 뜻이었다. 선비는 그제서야 모든 내막을 알았다는 듯이 손발이 백번 싹싹 닳도록 간곡히 살려달라고 무척 애걸복걸 간청했지만, 이에 천년 묵은 구렁이는 오히려 눈 하나 깜빡아랑곳하기는커녕 더욱더 무서운 기세로 군침을 흘리며 또다시 말하기를 "만약 동이 트기 전에 이 절의 종루의 종이 세 번 울리면 기꺼이 네 놈의 목숨을 살려주겠다." 선비는 속으로 아예 꼼짝달싹 못 하는 지경에 별안간 난데없이 종이 세 번씩이나 울릴 리가 없는고로 "이제 나 죽는구나!" 하고 졸지에 죽을 운명에 처해 잔뜩 겁에 질린 채, 어서 빨리 죽기만 기다리고 있었다. 어느덧 서서히 동이 트기 시작하자 천년 묵은 구렁이는 때마침 기다렸다는 듯이 한 입에 꿀꺽 집어삼킬 태세로 이내 보란 듯이 선비를 향해 마구 쏜살같이 달려들었다. 바로 그때 어디선가 종소리가 땡! 땡! 땡! 하고 연달아 세 번을 울리는 것이었다. 천년 묵은 구렁이는 분하고 분한 마음에 하는 수 없이 선비를 풀어주고 곧바로 용이 되어 하늘로 승천했다. 곧장 날이 밝자마자 선비는 허겁지겁 서둘러 종소리가 난 절로 황급히 찾아가 보았다. 그 절에 있는 종루의 종 앞에는 까치들이 머리가 깨져서 피를 흘린 채 바닥에 죽어 있었다.

예부터 까치가 자신을 구해준 대가로 선비에게 은혜를 갚았다고 하는 우리나라의 설화에서 비롯되었다.

비록 하찮고 보잘것없는 미물일지라도 함부로 살생해서는 안 된다는 교훈을 통해 지난 나의 업보에 따라 그에 대한 죗값을 치를 수밖에 없다는 것으로 필시 자업자득에 이르게 됨을 비유적으로 말하고 있다.

이 이야기에서 보는 것처럼, "아니 땐 굴뚝에 연기 나랴."라는 말이 있다. 즉, 어떤 결과가 나타나기까지는 그전에 꼭 원인이 있어야만 한다는 뜻으로 언젠가 남에게 좋은 일을 행하고 선행을 베풀면 나도 언젠가 반드시 복을 받게 되어 있고 내가 남을 해치고 악행을 벗 삼으면 나 또한 언젠가 화를 당하고 도리어 벌을 받게 되어 있다는 이 모두가 우리네 권선징악에서 비롯된 인과응보에 따른 결과가 아닌가 싶다.

하물며 말 못 하는 짐승도 자신을 구해준 은혜는 결코 잊지 않는데 날이 갈수록 사리사욕에만 눈이 멀어 매일 하루가 다르게 변해가는 인간들 앞에 과연 참다운 인연이 오늘날 우리에게 시사하는 바가 무엇인지. 아, 돌아보면 돌아볼수록 한순간 모든 것이 허망하기만 하여 참으로 안타까운 마음에 몹시 쓸쓸하지 않을 수 없다.

또한, 한 치 앞도 모르는 인간의 어리석음으로 말미암아 점점 메말라가는 각박한 세상에 살지라도 어디까지나 남남 간의 애틋한 정을 통해 앞으로 더욱 소중한 인연의 끈을 이어갔으면 하는 뜻에서 오늘의 이야기를 교훈 삼아 부디 오래오래 다 같이 행복하기를 간절히 비는 바이다.

마지막으로 위의 이야기를 끝으로 마치 '콩' 심은 데 '콩'이 나고 '팥' 심은 데 '팥'이 난다는 속담처럼 평소에 선행을 쌓고 자비를 베풂으로써 수많은 공덕으로 인해 내세에 또다시 좋은 업보를 만나 참된 인간으로 거듭 태어나길 바라며 각자가 저마다 참다운 인연이란 무엇인지 다시 한번 돌아보는 계기가 되었으면 하는 바람이다.

　끝.

성공이란

제아무리 참기로 유명한 놈도 언젠가 급하면 바지에 똥을 싸게 마련이다. 이 말인즉, 끝까지 참고 견디는 놈이 무조건 이긴다는 뜻으로 결국 마지막에 웃는 자가 최후의 승자다. 다시 말해 일단 오래 버티는 놈이 장땡이다. 최소한 이것만 알아도 어디 가서 남한 테 따로 굶어 죽을 일은 없다. 고로 성공이란 놈은 곧 오랜 기다림 끝에서 찾아온다는 것을 꼭 명심하라.

이 몸의 문학을 폄하하려거든

누군가 자기의 생각을 글로써 표현하는 것은 결코 쉬운 일이 아니다. 자기의 생각을 글로 나타내기까지는 많은 시간과 엄청난 노력이 필요하다. 그만큼 글을 쓰는 것이 어렵다. 누구나 쉽게 글을 쓰고 아무나 쓰면 이렇듯 밤을 꼬박 새우며 고민하면서까지 글을 쓰는가 싶다. 그런데도 쓰는 사람의 고통은 모르고 단지 수박 겉핥기식으로 제멋대로 마구 떠벌리는 사람들을 보면 대개는 본인이 알고 있는 것에 비해서 전부 머리가 텅텅 빈 사람들인 경우가 대부분입니다. 그런 사람들을 위해서 저자는 오늘부로 말이 통하는 사람들에게 한해서만 꼭 글을 쓰기로 하였으니 괜히 아는 척 말고 떠드실 바에 이 몸의 문학을 폄하하려거든 우선 눈부터 씻고 자신의 마음을 한번 들여다보시기 바랍니다.

비록 동물의 세계일지라도

　간혹 〈동물의 왕국〉과 같은 자연 다큐멘터리를 시청하다 보면 바로 옆에서 불쌍한 동물이 다른 포식자한테 잔인하게 잡아먹히는 것을 보면서도 그대로 촬영에만 임하는 사람들을 보면 참으로 미개하기 짝이 없다. 그러면서 동물의 세계에서는 얼마든지 있을 수 있는, 흔히 생존 경쟁이라는 말로 그들만의 방식을 따라야 하기 때문에 우리 인간이 개입할 문제가 아니라는 식의 발언을 할 때마다 나는 속으로 "무엇이 인간다운 것인가?"라고 되묻고 싶다. 그럼 위험천만한 주인을 보고 위험으로부터 죽음을 무릅쓰고 뛰어든 개는 개가 죽을지도 몰라서 주인을 위험에서 구하나? 뻔히 죽어가는 동물을 보고도 아무런 방법도 구하지 않고 단지 멀리서 그냥 구경만 하는 행위는 비록 약육강식이 존재하는 잔인한 동물의 세계일지라도 그것은 곧 자연의 질서를 위배한 미덕이 아니라 폭력이라는 이름으로 가장한 만행일 뿐이다.

원리 원칙 같은 소리 좋아하시네

 줄곧 사회생활을 하다 보면 항상 원리 원칙을 앞세워 일일이 하나하나 따지기를 무척 좋아하는 사람들이 비교적 숱하다. 매번 자기들만의 원리 원칙을 들어 곧장 주장을 펴지만, 그런 사람들치고 제법 머릿속에 든 것에 비해 남의 기분 따위나 감정에 대해서는 전혀 고려하지 않는 경우가 대부분이다. 기껏 본인의 주제 파악은커녕 분수도 모르고 남을 가르친답시고 지레 잘난 척만 할 뿐 그런데도 원리 원칙만을 고수하는 것을 보면 차라리 말 못 하는 짐승보다 못하다는 생각이 어느 순간 부지불식간에 든다. 이참에 그런 종류의 사람들에게 딱 한 마디 고하자면 "원리 원칙 같은 소리 좋아하시네. 먼저 사람이 돼라." 왜, 떫냐?

찌는 듯한 무더위

날씨가 제법 후텁지근한 게, 젠장, 우라질 놈의 덥기는 왜 이리 더운지. 아무리 선풍기 바람에 연달아 부채질을 해도 이놈의 더위 는 좀처럼 가실 줄 모르고 점점 푹푹 찌기만 하는데 이참에 에어 컨이라도 하나 설치를 하든지 해야지, 갈수록 푹푹 찌는 듯한 더위 에 이러다가 정말 타죽는 것은 아닌지 괜한 걱정거리에 푸념만 늘 어놓고 보니 막상 별것도 아니란 생각에 뚜렷하게 특별한 수단도 없고 어느새 등에 땀만 뒤범벅이 되어 주르륵 흐르는데 그야말로 죽을 지경에 체면상 달랑 빤스 바람으로 마구 돌아다닐 수도 없 고, 영락없는 불볕더위에 쪄 죽느니 한바탕 등목이라도 해야 할 망 정인지. 꼴에 과부 팔자 홀아비가 알아준다고, 옆에 등 밀어줄 사 람도 없는데 이럴 땐 곧바로 삼십육계 줄행랑이 최고라고 동구 밖 다리 밑에 가서 졸졸졸 흐르는 시냇물 소리에 돗자리 깔고 누워 실컷 낮잠이나 한숨 때리는 게 상책이다.

술에 대한 생각

　우리가 인생을 논할 때 빼놓을 수 없는 것이 곧 술이다. 술이란 누구랑 어떻게 마시는가에 따라서 때론 즐거운 것이 될 수도 있고 무척 해로운 것이 될 수도 있다. 그만큼 술이 개개인의 인생에 미치는 영향이 지대하다.

　술이라고 해서 당장 기분 좋게 마시다 보면 어느새 고주망태가 되어 기어이 사람 얼굴도 몰라보는 지경이 된다. 이렇듯 사람 간에도 지켜야 할 예의가 있듯 술을 마실 때도 그에 따른 예법이 있다.

　술을 마시는 데 있어서 최소한 서로 예의를 갖추고 예법을 지키는 것이 올바른 기본 예의이지만, 정작 기본적인 예의는 고사하고 무턱대고 혼자 마시는 것은 상대방에 대한 예의가 아닐 뿐 아니라 술에 대한 정도가 아니다. 그런 사람을 가리켜 안하무인이라고 한다.

　일찍이 술을 접해 본 사람으로서 술을 마실 때는 비교적 천천히 마주하듯 마시는 편이 좋다. 그래야만 술이 지닌 효능을 알고 차츰 내 몸이 어떻게 반응하는지 보면서 나중에 본인이 알아서 스스로 자중하게 된다.

　아무리 술이 좋아도 마치 술에 술 탄 듯 물에 물 탄 듯 마시는 것은 그야말로 독이 되면서 오직 무식한 사람들만 하는 행위다.

　나 역시 술에 대해서 잘 모르는 바가 아니지만, 나도 한때는 술로 인해서 방탕할 정도로 몹시 타락할 대로 타락했던 만큼 내 나름대로 술의 특성을 많이 안다고 자부한다.

　술은 본디 마시면 마실수록 취하는 법이다. 제아무리 왕년에 한 가닥 했던 사람이 아니라 그 누구라도 술 앞에서는 결코 장사가 없다.

　그리고 보면 술이란 인생의 좋은 벗이 되기도 하지만 경우에 따라서 마시지 못할 독약 같은 것이기도 하다.

　그래서 예로부터 술독에 한 번 빠지면 아예 코가 석 자라고 한다.

　그것만 보더라도 술이 실생활에 미치는 영향이 얼마나 큰지, 일찍이 술을 접해본 사람이라면 본인이 말 안 해도 그 사람의 인생을 좌우하는 경우가 많다.

　실례로 옛날 어르신들은 굳이 안주 없이 젓가락만 노래 삼아 하루에도 몇 번씩 술로 세월의 낙을 삼았다가 결국 제 명에 못 살고 일찍 돌아가신 분들이 꽤 많다.

　좌우지간 어쩌다 술 얘기를 꺼냈는지 모르겠지만, 하필 술을 마실 때면 가급적 몸이 상하지 않는 범위 내에서 되도록 조금씩 마셨으면 하는 게 이내 소원이다.

　자고로 술안주는 이왕이면 똥집이 최고다!

　그럼 소인은 이만.

3부

예술은 곧 상상력

   글을 쓰는 사람에게 제일 중요한 것이 상상력이다. 상상력이 없으면 아무리 글을 써도 초등학교 수준밖에 미치지 못한다. 당연히 글을 쓰는 사람이라면 누구나 상상력이 풍부하다고 볼 수 있다. "저, 혹시 상상력을 갖고 계신다면 저랑 함께 그런 예술가가 되실 생각은 없으신지요?" 상상력이 풍부한 사람일수록 예술가가 될 확률이 크다.

결혼에 대하여

　예부터 결혼을 가리켜 인륜지 대사라고 한다. 그만큼 결혼이 우리네 인생에서 차지하는 비중이 크다. 세상의 반은 남자고 나머지 반은 여자이고 보면 그 많은 사람들 중에 나만의 짝을 찾는 것은 그야말로 하늘의 별 따기보다 어렵다.

　옛날만 해도 한번 결혼을 하면 헤어질 줄 모르고 살았는데 요즘은 너도나도 이혼하는 세상이다 보니 도대체 결혼이 뭐길래 이렇듯 쉽게 헤어지는지 모르겠다.

　누구나 알다시피 한 해에 이혼하는 부부만 십만 쌍이 넘는다고 한다. 세 쌍 중에 한 쌍이 이혼하는 꼴이니 꼭 결혼해서 함께 사는 것도 이제 옛날 말인지 오래다.

　이런 실정이다 보니 자연히 결혼에 대해서 매우 부정적으로 바라보는 시각이 많다.

　더욱이 결혼에 대한 아무런 준비도 없이 무작정 좋아하는 마음만 갖고 살다 보면 서로에 대한 실망감이 커질수록 나중에 속았다는 생각에 실패할 확률이 크다. 한마디로 급한 마음에 결혼만 했다가 일찍이 초만 치르고 마는 셈이다.

　그렇기에 무턱대고 결혼만 하면 된다는 생각으로 너무 일찍 서둘러서 결혼하기보다 이왕에 결혼해서 함께 사는 마당에 아무래도 보다 신중하게 이것저것 따져 보아야 한다는 것이 필자의 생각이다.

막상 결혼해서 함께 살다 보면 지금까지 꿈꾼 결혼과는 정반대로 나의 이상과 전혀 다르다는 것을 실감하게 된다. 곧 연애는 환상이고 결혼은 현실이다.

먼저 결혼에 대해서 알아보기 전에 결혼은 단지 사랑만으로는 살 수 없다는 것이다. 사랑만 갖고 살기에는 현실적으로 매우 모순되고 동떨어질 뿐 아니라 나만의 달콤한 환상에 지나지 않는다. 이를테면 사랑 외에도 그 밖의 실생활에 따른 필요한 것이 많다. 가령 앞으로 살 집이라든가 장차 자녀 계획이라든가 각종 모임이나 행사, 집안의 크고 작은 대소사와 같은 여러 가지 요소를 한꺼번에 따져 보아야 한다.

달랑 물 한 그릇만 떠 놓고 치르는 것이 결혼이라면 굳이 이것저것 따질 필요가 없겠지만, 결혼은 단순히 많은 사람이 보는 가운데 예식장에서 식만 올린다고 되는 것이 아니다.

많은 사람이 결혼하자마자 등을 돌리는 것은 정작 결혼이라는 환상에 젖어서 일단 결혼만 하면 된다는 생각으로 어느덧 나의 잘못된 결혼관에서 비롯되었다고 해도 과언이 아니다.

이에 필자는 과연 결혼은 누구랑 언제 어떻게 하는 것이 가장 바람직하고 좋은지 내 나름대로 결혼한 사람으로서 그간의 토대를 경험 삼아 이미 결혼을 했거나 아직 결혼을 안 했거나 혹은 앞으로 결혼을 앞둔 사람이라면 한 번쯤 귀담아들어 볼 법하다.

왜냐하면 우리들이 생각하는 결혼과 본인인 제가 생각하는 결혼과는 다소 차이가 나기 때문이다.

무엇보다 결혼은 본인들이 서로가 좋아서 하는 만큼 내게 맞는 배필감을 구하는 것이 중요하다. 나한테 어울리는 배필감을 구해야만 오랫동안 알콩달콩 재미나게 오순도순 살 수가 있다. 그런 이후에 나머지 필요한 살림살이는 앞으로 살면서 차근차근 하나씩 준비하면 된다.

그렇다면 어떤 배필감이 나에게 좋은 배필감일까?

답은 간단하다. 나를 잘 이해하고 나를 많이 사랑하고 나를 많이 아껴주는 그런 배필감이 좋은 배필감이다. 이 말은 나 역시 상대방을 많이 좋아하고 사랑하는 가운데 똑같이 존중해야 한다는 뜻이다. 즉, 나는 항상 받기만 하면서 반대로 주지 않으면 그런 결혼은 하나 마나 있으나 마나다.

그런데 우리는 보통 결혼할 때 보면 나에게 어울리는 사람을 고르기보다 항상 나보다 좋은 배필감을 찾는 데만 잔뜩 혈안이 되어 유독 눈독을 들인다. 만약 나보다 좋은 배필감을 원한다면 나 역시 그에 맞는 좋은 배필감이 될 필요가 있다.

따라서 좋은 배필감을 구하기 전에 좋은 배필감이 되는 것이 먼

저다.

예를 들어, 아무리 고운 꽃이라도 향기가 없는 꽃은 벌들이 찾아오지 않는 것처럼 누군가 결혼할 만반의 준비가 갖추어져 있어야만 비로소 나에게 맞는 좋은 배필감이 나타나게 되어 있다.

나는 그런 좋은 배필감이 못 되는 가운데 오직 상대방한테만 좋은 배필감이 되라고 말하는 것은 무조건적인 희생만을 강요하는 것이나 마찬가지다.

실제로 이혼하는 부부들을 보면 서로가 헤어지고 싶어서 이혼한다기보다 어느 한쪽이 일방적으로 배척하면서 상대방을 무시하는 경우가 많다. 계속해서 악순환만 되풀이하다가 줄곧 상처만 주면서 서로 피해를 본 끝에 그러다가 헤어지면 그만이기 일쑤다.

이에 결혼이란 단순히 부부가 함께 사는 것만이 전부가 아니라 두 사람이 함께 힘을 합해서 가정이란 울타리 속에 공동체 의식을 갖고 서로의 인생과 미래를 위해서 제2의 인생을 만들어 가는 것이다.

나의 경험에 따르면 결혼은 꼭 시기를 정해놓고 반드시 누군가와 억지로 꾸며서 결혼하는 것보다 서서히 나의 인연이 나타날 때쯤 제법 꾸미지 않고 자연스럽게 하는 것이 좋다.

실례로 곧 결혼할 때가 되면 어느 날 마음속의 거울을 통해 갑자기 미래에 있을 배우자의 얼굴이 나타난다. 불현듯 나의 배우자가 누군지 알게 된다. 그 거울 속에 보이는 사람이 장차 나와 결혼할 사람이다.

내가 바로 그랬다.

그러나 대부분의 사람은 정작 나의 배필을 만나기도 전에 섣부르게 결론을 내린 나머지 비교적 이른 상태에서 너무 쉽게 모든 것을 결정하는 실수를 범하고 만다.

그 결과 서로의 성격 차이를 극복하지 못하고 피차 쌍방 간에 갈등으로 인해서 결국 얼마 못 가서 파국을 맞고 만다.

이내 본인의 관점에서는 결혼은 단지 서로가 좋아하는 감정만으로 사는 것이라기보다 가급적 서로가 이해하는 범위 내에서 조금씩 양보하면서 되도록 서로의 성격에 맞춰가며 사는 것이 그나마 결혼 생활을 잘 유지할 수 있는 비결이다.

내심 보기에 안타까운 것은 서로가 좋아하는 사람들끼리 결혼해놓고 막상 결혼해서 매일 싸우는 부부들을 보면 처음부터 결혼은 너랑 나랑 단둘이 싸우기 위해서 결혼했다는 생각에 그런 이들에게 결혼은 오히려 구속에 가깝다. 말 그대로 결혼이 무덤에 가까운 것은 이처럼 맹목적인 사랑으로 인해서 매번 똑같은 방식대로 나만의 틀 속에 상대방을 가두고 구속하기 때문이다. 한편으로 그것이 결혼이 지닌 속성이다.

나는 결혼이란 관행적으로 하기보다 차츰 시간에 지남에 따라 나에게 맞는 사람과 하는 것이 올바르다고 본다.

이왕이면 결혼하는 마당에 대충 누군가를 만나서 단숨에 결혼하기보다 주변의 여러 사람을 비교하고 이 사람, 저 사람 충분히 만나본 끝에 서로의 장단점을 파악하고 난 뒤 필연적으로 나에게 어울리는 사람과 하는 것이 무엇보다 훨씬 바람직하다.

단지 겉모습에 반해서, 단순히 마음에 든다는 이유만으로 무턱대고 결혼하다 보면 언젠가 다른 사람을 만나 볼 기회를 놓치고 나중에 꼭 후회하는 경우가 생긴다.

그러므로 내가 누군가를 만나서 사랑하고 결혼하기 전에 내가 누군가를 사랑하고 사랑받을 자격이 있는지 우선 물어보는 것이 급선무다.

그런 이후에 결혼해도 아직은 때가 늦지 않는다. 결혼은 꼭 서둘러서 한다고 좋은 것이 아니기 때문에 어느 시점에서 누구랑 어떻게 하는가가 중요하다. 물론 그렇다고 평생 늙을 때까지 마냥 앉아서 기다리란 말은 아니다.

옛 속담에 백지장도 맞들면 낫다고, 황급히 서둘러서 결혼하기보다 좀 더 시간의 여유를 갖고 신중하게 고려해 본 다음 나만의 확고한 생각이 들었을 때 뚜렷한 주관을 갖고 필경 나의 몸과 맞는 사람과 하는 것이 가장 이상적인 결혼이다.

이만 결혼에 대한 요약을 끝으로 본인이 마지막으로 하고 싶은 말은 결혼을 하고, 안 하고는 본인의 자유지만 어디까지나 본인이 좋아서 선택한 이상 결국 어떤 사람을 만나서 결혼하는가는 전적으로 자기의 선택에 달렸다.

앞으로 결혼할 생각이 있다면 무엇이 나를 위한 올바른 결혼인지 부디 신중하게 생각해서 다시 한번 이것저것 따져서 머릿속에 잘 궁리하기 바란다.

참고로 내가 누구랑 결혼하는가에 따라 장차 태어날 아기의 운명도 다르다. 결혼은 두 사람 간의 운명뿐 아니라 앞으로 태어날 사람의 운명까지 함께 짊어지는 일이다.

이상 결혼에 대한 내 생각을 말했다.

지나가는 한 말씀

 사람은 누구나 실수를 할 수가 있다. 그러나 만약 계속해서 같은 실수를 반복한다면 잘못은 실수에 있는 것이 아니라 잘못을 저지른 사람에게 있다. 이와 마찬가지로 매번 똑같은 문제가 지속적으로 발생하면 잘못은 사람에게 있는 것이 아니라 바로 그러한 문제에 잘못이 있다. 그런데 문제는 고치지 않고 줄곧 사람만 탓한다면 문제는 영원히 풀리지 않는다. 즉, 문제를 해결하기 위해서는 반드시 그 원인을 알아야만 한다는 뜻이다. 이에 비추어 보았을 때 우리 속담에 밑 빠진 독에 물 붓기 격이라는 말이 있다. 예를 들어, 아무리 장사를 해도 파리만 날린다면 결국 물건에 흠이 있는 것이 아니라 주변에 사람들이 잘 모이지 않는다는 결론이다. 그래도 나는 끝까지 사생결단을 내서라도 꼭 한밑천 뽑겠다면 굳이 말릴 필요는 없지만 자칫 본전 생각에 장사는커녕 오히려 더 크게 망하는 수가 있음을 미리 알려 드립니다. 부디 신중에 신중을 기하여 그런 불상사를 겪는 일이 없도록 항상 주위의 돌아가는 사정에 따라 장차 무엇이 나를 살리는 지름길인지 사전에 위험요소를 파악해서 보다 위기를 잘 감지하시기 바랍니다. 제 말씀 무슨 뜻인지 아시겠습니까? 이상 김 아무개가 알려 드렸습니다. 그럼, 이 몸은 바빠서. 이만 수고하세요. 에헴!

사라하의 노래

　삶을 이해한다는 것은 결코 쉬운 일이 아니다. 삶을 이해하기 위해서는 삶 속으로 깊이 파고드는 길밖에 다른 방법이 없다. 삶 속으로 뛰어들 때만이 진정 삶이 무엇인지 안다.

　첫째, 남성은 단지 남성이 아니고 여성은 단지 여성이 아니다. 남성 속에도 여성이 있고 여성 속에도 남성이 있다. 처음 본 남자와 여자가 사랑에 빠짐으로써 남자의 내면에도 실제 여자가 존재하고 여자의 내면에도 실제 남자가 존재한다. 즉, 모든 남성과 여성은 각기 다른 남성이면서 동시에 여성이다.

　그래서 고대로부터 탄트라(Tantra)는 신성에 도달하기 위해서는 각 남녀의 원초적인 사랑을 통해서만 보다 완전한 합일에 이를 수 있다는 것을 이미 수 세기 동안에 걸쳐 탄트라 수행자들에 의해 적어도 오천 년 전부터 알고 있었다. 성은 단순히 남녀를 뜻하고 상징하는 것이 아니라 이렇듯 남녀 간의 진실한 사랑을 바탕으로 한 신을 위한 헌신이면서도 신에 이르는 첫 번째 관문이다.

　남자와 여자가 눈을 마주치는 것도 키스고 남자와 여자가 서로

포옹을 하는 것도 키스고 남자의 성기와 여자의 성기가 만나는 것
도 키스다.

　일반적으로 보통 탄트라는 섹스의 요가로 알려져 있다. 그러나
섹스는 단지 겉으로 드러난 외부적인 행위에 지나지 않을 뿐, 섹스
그 자체가 목적이 아니다. 섹스는 도화선이다. 섹스는 남녀 간의
사랑의 불을 붙이는 촉매 역할을 한다. 가령 수억 마리의 정자 중
에서 살아남은 것이 바로 그대와 나다. 그 어떤 동물도 인간만큼
섹스를 좋아하는 동물은 없다. 동물은 오직 번식기 때만 교배를
한다. 섹스는 인간만이 누릴 수 있는 전위이며 유희. 인간의 섹
스 행위 속에는 다양한 형태의 오르가슴이 존재한다. 그리고 정열
적이고 매우 지적인 사람일수록 성욕이 강하다. 한 번 섹스의 쾌
락을 맛보면 섹스보다 더 큰 즐거움이 없다는 것을 경험하게 된다.
사랑의 에너지가 넘치는 젊은이를 감당할 수 있는 방법은 없다. 섹
스는 지극히 자연스러운 현상이다. 그 때문에 종교는 지금껏 섹스
를 억압해 왔다.

　실제로 인도의 카쥬리호에는 사원 전체에 수많은 남녀 조각상들
이 반나체의 전라 상태로 각 사원마다 외부에 세워져 있기로 유명
하다. 무수한 조각상들이 실오라기 하나 걸치지 않은 채 남녀가
한 몸으로 뒤엉켜 갖가지 섹스의 행위를 마치 눈앞에 살아 숨 쉬

는 것처럼 다양한 형태의 오르가슴의 포즈를 취하고 절묘하게 조각되어 있다. 그야말로 매우 적나라할 정도로 충격적일 만큼 퇴폐적인 묘사와 정교한 형상들이 곳곳에 서로의 육체만을 탐닉하고 있는 것처럼 보이지만 사실상 섹스의 행위는 억눌린 성욕에 대한 욕구불만이 아니라 인간의 억압된 성욕에 대한 원초적인 성욕을 상징하는 제도적인 장치다. 그러한 다양한 방편을 통해서 더 이상 성욕에 구애받지 않는 상태에 이르러 마음의 정화 과정을 거쳐 비로소 내면의 나와 마주하고 점점 사원의 내부 깊숙이 안으로 들어가면 그곳에는 텅 빈 공간만이 있을 뿐 오직 명상만이 존재한다. 인간의 성을 다각적인 방법으로 수행하고 체험함으로써 마침내 올바른 명상을 터득하는 것이 사원 속에 담긴 뜻이다.

그대의 몸은 신이 거주하는 사원이다.

탄트라는 곧 의식의 확장을 의미한다. 탄트라는 남녀 간의 교합에 의한 성적 욕망에서 비롯되어 여러 가지 방편과 수행에 따른 엑스터시를 통해 어느 순간 해탈에 이르게 됨으로써 절대적인 진리에 이르는 것을 말한다. 이처럼 성욕이 변형되어 초월한 것이 사랑이다. 그것이 탄트라가 지금껏 수많은 사람에게 잘못 오해된 점이다.

왜냐하면 탄트라는 단순히 성적인 행위가 목적이 아니라 그동안 억눌린 성욕을 바탕으로 억압된 집착에서 벗어나 보다 근본적인 차원에서 어떻게 하면 참된 명상에 이를 수 있는가가 목적이었기 때문이다. 즉, 인간의 원초적인 성을 이해하고 성을 뛰어넘어 초월한 것이 탄트라의 핵심이다. 그리하여 최후에는 내가 신과 하나가 되는 체험을 직접 경험할 수 있냐는 것이다. 따라서 음양의 조화속에서 남녀 합일을 이룬 가운데 정확히 중도에 머무르는 것이 곧 탄트라의 비결이다.

탄트라는 실로 엄청난 노력을 갖고 인간의 의식을 각성시킴으로써 라홀라에서 사라하에 이르기까지 내면에 하나의 지도를 완성했다. 그리고 그것은 오늘날 티베트로 건너가 티베트 불교의 시초가 되었다. 내가 아는 한 탄트라는 성에 반대하지 않는 유일한 종교다.

어느 날 사라하가 명상에 들어 있는데 그 명상 속에서 시장 바닥이 나타나고 이어서 시장 바닥 한가운데서 화살을 만들고 있는 여인의 비전이 보였다. 사라하는 곧장 명상에서 깨어나 급히 시장으로 달려가 보았다. 시장에는 아까 그 비전에서 보았던 여인이 정말로 시장 한가운데 앉아 열심히 화살을 만들고 있었다. 그녀는 한쪽 눈을 감고 마치 미지의 과녁을 향해 활시위를 당기는 시늉을 취하고 있었다.

"비천한 여자가 시장에서 화살을 만들고 있군요?"

그녀의 앞에는 어느새 전신에 황금빛 노란 가사 자락을 두른 한 젊은이가 서 있었다. 젊은이의 모습에서는 그윽한 성자의 모습이 풍기고 있었다.

그녀는 크게 웃으면서 말했다. "당신은 너무 냄새를 피우고 있군요. 부처의 가르침은 말속에 나타나 있는 것이 아니라 오직 상징과 행동으로밖에 표현되지 않습니다."

사라하는 그녀의 웃음소리에서 생생하게 살아있다는 느낌을 받았다. 난생처음 그 누구에게도 느껴보지 못한 생명력이 그녀에게 흐르고 있었다. 지금껏 어디에서도 맛보지 못한 전혀 인위적으로 다듬어지지 않은 생동감이 철철 넘치고 있었다. 그 순간 사라하는 자석처럼 이끌려 강한 열망에 사로잡히고 말았다.

"자, 나를 따라오시오."

사라하는 그녀를 따라서 화장터에서 살기 시작했다. 매일 시체들이 불타는 곳에서 함께 춤을 추며 노래를 불렀다. 어느덧 사람들은 사라하에게 매료되어 그의 주위에 하나둘씩 모여들기 시작했다. 사라하의 이름을 모르는 사람이 없을 정도로 온통 주변에 소문이 퍼졌다. 사라하를 통해서 불같이 뿜어져 나오는 강렬함이 점점 날이 갈수록 사람들을 더욱더 환희에 흠뻑 빠져들게 만들었다. 화장터는 곧 축제의 장으로 변하기 시작했다. 이에 소위 학식 있는 자들은 사라하가 완전히 미쳤다고 생각했다.

　당대 최고의 브라만 대학자이자 『베다』에 통달했던 사라하는 모든 가식적인 것을 버리고 춤과 노래를 통해 비로소 내면에 있는 중앙에 화살을 명중시켰다. 사라하는 일체의 행위를 버리고 명상마저 버린 채 중도를 터득했다.

　그리고 그곳에서 왕과 왕비를 위한 각각 40송이의 게송과 80송이의 게송을 지어 바쳤다. 그것이 사라하의 노래다.

　　<사라하의 노래>

　　고요한 수면에 바람이 세차게 불면
　　물결이 파도치듯 일어나듯이
　　왕께서는 한 사람인 사라하를
　　가지각색의 잡다한 사람으로 여기지만

　　그것은 어리석은 사팔뜨기가
　　한 개의 등불을 두 개의 등불로 보고 있는 것이니
　　보는 자와 보여지는 자가 둘이 아니며
　　보는 자와 보여지는 자
　　양쪽 모두 다 마음의 작용일 뿐이라오

　　집 안에 등불이 불 밝혀져 있을지라도
　　어리석은 자는 여전히 어둠 속에서 살고 있는 것 같이

온 세상이 진리로 충만해 있지만
사람들은 망상에 현혹되어 진리로부터 멀어졌나니

모든 강물들이 바다에서 만나 하나가 되듯이
모든 것들이 하나의 진실에 의해서 밝혀지듯이
한 태양이 떠오르면
아무리 깊은 어둠이라도 곧 사라지리라

구름이 바다에서 일어나
비가 되어 대지를 적시지만
바다는 저 하늘과 같이
줄어들거나 불어나는 일 없이 그대로 남아있네

다시없는 이 진정한 행복의 길을 버리고
그대들은 다른 길로 걸어가고 있는가
감각적인 것들이 주는 기쁨만을 추구하고 있는가
소중한 것은
그대의 입속에 그렇게 가까이 있지만
그대가 그것을 바로 마시지 않는다면
곧 사라져 버린다네

남자와 여자가 만나서 얻는 육체적인 쾌락을 갈망하여
어리석은 자들은 그것을 궁극적인 즐거움이라고 여기지만
그것은 자신의 집을 떠나는 자가 문 앞에 서서
육체적인 환락을 말로 희롱하는 것과 같다네

어떤 이들은 내면의 열을 불붙여
그 열을 목구멍으로 상승시킨 것을
목젖을 울려 줄곧 재잘거리지만
이런 종류의 성적쾌감은 곧 혼란이며
정신적인 이완을 기쁨으로 여기는 눈먼 믿음으로
자기 스스로 수행자라고 여기는 어리석은 바보일 뿐이라네

사념이 없는 것이야말로 가장 올바른 진리라네
그리고 마음마저 사라져야 완전한 진리의 마음에 합칠
수 있네
이것이 성취며 지극한 덕에 이르는 길이라네
벗님들이여 이 지극한 덕 속에 깨어 있을지니

탄트라에서 가장 중요한 것이 첫 번째가 여성이고 두 번째가 바로 시장이다. 탄트라는 음양의 조화 속에서 그에 따른 여러 가지 수행 방법을 통해 한때 각성에 이르는 길을 말한다. 여성만이 탄트라를 전체적으로 받아들일 수 있다.

그렇기 때문에 탄트라는 현명한 여인의 조력자가 필요하다.

따라서 섹스는 궁극적인 방편을 위한 도구일 뿐 서로 음양의 조화가 완벽하게 일치할 때만 에너지는 점차 이완되면서 차츰 진동으로 울리기 시작한다. 마찬가지로 누군가의 도움 없이도 내적인 성교에 이르면 온몸에 세포 하나하나가 깨어 있는 것처럼 이와 같

은 현상을 직접 경험할 수 있다.

　탄트라는 크게 시바(Shiva)라는 남성성과 삭티(Shakti)라는 여성
성으로 나뉘는데, 시바라는 남성 원리와 삭티라는 여성 원리에 의
해서 완전한 합일에 이름으로써 최종적으로 이원성이 사라진 경지
에서 깨달음의 정수를 얻는 것이 탄트라의 열쇠다.

　그러므로 탄트라를 이해하기 위해서 가장 먼저 알아두어야 할 것
은 그 어떤 인위적인 것도 그대를 가로막는 장벽일 뿐이란 사실이다.
탄트라는 기본적으로 온갖 가식적이고 위선적인 것을 모두 한쪽으
로 치워야만 가능하다. 오직 순수한 마음으로 모든 것을 받아들이
고 더욱 수용적으로 변하고 열려있을 때 또한 원초적인 감각에만 충
실할 때만이 탄트라는 비로소 그대에게 도움을 줄 수 있다.

　왜냐하면 인간은 그동안 수많은 정신분열증을 일으킬 만큼 너
무나 획일화된 문명에 길들여진 나머지 다시 원래의 자연 상태를
회복하지 않고는 탄트라를 이해한다는 것은 사실상 불가능에 가
깝다. 신은 결코 길들여지지 않은 야생화와 같다.

　먼저 경전으로 들어가기 전에 한 가지 들려주고 싶은 우화가 있
다. 어느 날 병 속에 들어있던 계란이 부화해서 병아리가 되었다.
그리고 먹이를 줄 때마다 병아리는 점점 자라서 밖으로 꺼내지 않
으면 결국 죽을 수밖에 없다면 어떻게 병 속에 든 병아리를 죽이

지 않고 꺼낼 것인가.

위의 이야기는 나라는 생각의 차원에 대한 문제가 아니라 나의 존재에 대한 심오한 물음이다. 바로 '나는 누구인가?'라고 묻는 것이다. 즉 무념무상의 상태에서 지금 여기에 존재하는 것을 말한다. 지금 이 순간 여기에 존재할 수 있다면 수수께끼는 저절로 풀린다. 나의 참된 존재를 깨달을 때만이 자신의 실체를 곧바로 들여다볼 수 있다.

삶은 논리적인 것이 아니다. 논리적인 마음은 계속해서 끊임없이 생각한다. 논리적인 마음을 멈추지 않는 한 병 속에 든 병아리를 꺼낼 방법은 없다. 그대는 지금껏 바깥으로 단 한 번도 나와 본 적이 없기 때문이다. 설령 지적으로 알았다고 해도 진짜로 깨달은 것이 아니다. 그러나 의식의 각성에 이른 사람은 순간적으로 '병아리는 밖에 있다.'라는 것을 곧 알아차린다. 왜냐하면 처음부터 병아리는 병 속에 들어있지 않았기 때문이다.

> 고요한 수면에 바람이 세차게 불면
> 물결이 파도치듯 일어나듯이
> 왕께서는 한 사람인 사라하를
> 각양각색의 잡다한 사람으로 여기지만

마음은 이분법적이다. 마음은 항상 내면에 갈등을 일으킨다. 마음은 둘 중의 하나, 이것이 아니면 저것, 계속해서 그런 식으로 존재한다. 마음은 쉴 틈이 없다. 마음은 생각을 먹고 산다. 그것이 마음이 지닌 속성이다. 항상 똑같은 생각이 머릿속에 꼬리에 꼬리를 물고 따라다닌다. 그러나 관점은 핵심이 아니다. 관점에는 관점에 따른 또 다른 관점이 필요하다. 매번 똑같은 문제만 반복할 뿐 근본적인 해결책이 못 된다. 계속해서 복잡한 문제만 일으킬 뿐이다. 그대는 그런 사실을 자각해 본 적이 없는가. 한 가지 문제를 해결하면 그에 따른 또 다른 문제가 생기고 또 다른 문제를 해결하면 그 위에 또 다른 문제가 발생한다. 문제는 계속해서 더 복잡한 문제만 만들어 낸다. 그래서 철학자들은 한 가지 문제에 대해서만도 수백 개가 넘는 답을 만들어 냈다. 논리는 계속해서 더 많은 논리를 필요로 한다. 문제는 관점에 있는 것이 아니라 각도에 있다. 각도가 변해야만 삶을 바라보는 시각이 변한다. 탄트라는 곧 각성의 길이다. 마음이 허구라는 것을 아는 것이 참된 명상이다. 한번 그대 자신의 마음을 샅샅이 찾아보라. 나의 마음을 찾으면 찾을수록 마음은 그 어디에도 존재하지 않는다는 것을 발견하게 된다. 이처럼 마음은 늘 불합리하고 모순적일 수밖에 없다. 그것이 또한 마음이 존재하는 방식이다. 한편 마음에서 행해지는 모든 것이 실은 이미 낡은 것이다. 기껏해야 기존의 방식에서 약간의 변화만 주었을 뿐 그것은 전혀 새로운 것이 아니다. 전혀 새로운 것은 언제나 미지의 영역에 속한 것이다.

왕께서는 한 사람인 사라하를
각양각색의 잡다한 사람으로 여기지만

　왕은 이 세상을 대표한다. 왕은 일반 사람들보다 매우 지성이 뛰어난 사람이다. 사라하는 한때 왕의 스승이며 온 나라가 존경하는 불교 승려였다. 분명히 왕의 눈에 사라하는 미친 것처럼 보인 게 틀림없다. 아마도 왕은 속으로 '나의 스승이었던 자가 거지가 되어 나타났구나!'라고 생각했을지 모른다. 왕은 사라하에 대한 의구심으로 가득 차서 자신의 눈을 의심하지 않을 수가 없었다. 사라하는 왕을 보고 말했다. "여기 나를 보라! 나는 더 이상 과거의 내가 아니다. 그리고 나란 사람도 없고 너란 사람도 없다. 나는 완전히 변형되었다." 사라하는 부분에서 전체가 됨으로써 이제 더 이상 나라는 사람은 어디에도 없다고 말한다. 마음은 단지 나를 가두는 감옥일 뿐, 한낱 그림자에 지나지 않는다. 육체는 곧 감옥이다. 사라하는 육체라는 감옥에서 벗어나 마침내 성 밖으로 빠져나왔다.

그것은 어리석은 사팔뜨기가
한 개의 등불을 두 개의 등불로 보고 있는 것이니
보는 자와 보여지는 자가 둘이 아니며
보는 자와 보여지는 자 양쪽 다 마음의 작용일 뿐이라오

　즉, 관찰자와 관찰되는 대상이 둘이 아니다. 관찰자와 관찰되는

대상이 둘이 아니기 때문에 관찰자와 관찰되는 대상이 다르지 않다. 인도의 저명한 명상가 지두 크리슈나무르티는 이를 가리켜 "관찰자는 관찰 대상이다."라고 말함으로써 관조를 통한 고유한 각성에 이르는 길이라고 말했다. 오늘날 물리학은 물질의 본질이 사념으로 이루어져 있다는 것을 발견했다. 물질은 에너지의 응고된 현상이다. 물질과 의식이 동일하다. 즉, 마음과 육체가 다르지 않고 육체와 마음이 다르지 않다. 곧 마음이 육체고 육체가 마음이다.

어느 날 장자가 하루는 꿈속에서 나비가 되는 꿈을 꾸었다. 다음날 장자가 뭔가 깊은 생각에 잠겼다. 이에 제자들이 가까이 다가가서 물었다. "스승님. 무엇 때문에 계속 고민하고 계십니까?" 장자가 말했다. "실은 어젯밤 꿈속에서 내가 나비가 되는 꿈을 꾸었다. 한 마리의 나비가 되어 하늘을 훨훨 날아다녔다. 그런데 막상 꿈에서 깨니 나비가 아니라 장자였다. 과연 장자가 나비가 되는 꿈을 꾸는 것인지, 나비가 꾸는 꿈이 장자인지 어느 것이 사실인지 모르겠다." 다시 말해서 꿈과 현실이 다르지 않다. 좀 더 정확히 말하면 "김희성은 김희성이 아니라 김희성이라는 사람의 꿈을 꾸고 있는 사람의 김희성이 김희성이다."라는 뜻이다. 즉, 꿈이 현실이고 현실이 꿈이다. 왜냐하면 마음은 곧 실체가 없기 때문이다. 나라는 참된 존재는 있지만, 주인이 잠깐 집을 비운 사이 마음이란 자가 내 꿈속에 들어와 살고 있다는 말이다. 곧 관찰자가 사라진 경지가 예수가 말한 신의 왕국이며 붓다가 담마라 부른 것이다. 그것이 바로 본래의 마음, 곧 무심이다.

> 집 안에 등불이 불 밝혀져 있을지라도
> 어리석은 자는 여전히 어둠 속에서 살고 있는 것같이
> 온 세상이 진리로 충만하건만
> 사람들은 망상에 현혹되어 진리로부터 멀어졌나니

　보통 대부분의 사람은 마음과 육체를 동일시하기 때문에 내가 나라는 생각을 가지고 있는 한 나의 참된 실체를 깨닫기가 어렵다. 내가 나라는 생각으로 인해서 내가 누구인지 한 번도 찾아보지 않는다. 곧 무의식이 집착이다. 모든 것은 단지 습관이다. 기계적으로 숨을 쉬고 기계적으로 섭취하고 기계적으로 말하고 움직인다. 인간은 말 그대로 움직이는 로보트다. 그래서 아리스토텔레스 같은 사람은 인간은 생각하는 동물이라고 말했다. 동물들도 낮 동안 생각한다. 그에 비해 인간은 동물보다 조금 더 복잡하게 생각하는 것이 다를 뿐이다. 인간은 말 그대로 생각하는 동물에 지나지 않는다. 그래서 또한 데카르트는 "나는 생각한다. 고로 존재한다."라고 말했다. 이 말은 반쪽의 진리에 불과하다. 생각하기 위해서는 내가 나를 알아야 하기 때문이다. 왜냐하면 생각 자체는 형체가 없기 때문에 겉으로 보이는 그림자에 지나지 않는다. 그런데 어떻

게 그림자가 존재할 수 있는가? 그대 스스로 그런 사실을 자각하지 못하는 한 새로운 진리를 깨달을 수 없다는 것을 명심하라. 인간은 동물의 얼굴을 한 사람에 불과하다. 내가 인간을 동물에 불과하다고 말할 때 그대는 가슴 깊은 곳에서 상처를 받는다. 내가 그대의 인격에 상처를 주기 때문이다. 그러나 그대가 상처받는 것은 그대의 에고 때문이지, 그대의 존재 그 자체는 상처를 받지 않는다. 나는 동물이라는 것을 순수히 자각하고 받아들이는 순간 그대는 처음으로 인간의 내면을 관찰하기 시작한다. 그 참 나를 아는 것이 구도의 길이다. 그러므로 인간은 동물성으로부터 시작해야 한다. 가면 속의 얼굴을 벗고 순수한 얼굴로 거울 속의 나를 들여다보는 것이 명상의 전부다. 그 명상 속에 보이는 얼굴이 나의 진짜 얼굴이다. 가령 누군가는 신을 믿고 누군가는 신을 믿지 않는다. 그러나 그것이 나와 무슨 상관인가. 신을 믿고 안 믿고는 그대에게 달린 문제지 나에게 달린 문제가 아니다. 진짜 문제는 과연 신은 무엇인가 하는 것이다.

한번 사람들의 얼굴을 자세히 관찰해 보라. 모든 사람이 죽은 사람처럼 의무적으로 살아간다. 그들에게는 생기 있는 웃음이 없다. 육체적으로 살아갈 뿐 영혼이 없다. 영혼이 없는 사람을 어떻게 살아있는 사람이라고 말할 수 있는가. 어쩌면 인간은 걸어 다니는 유령인지도 모른다. 그래서 대부분의 사람은 살아있어도 이미 죽은 것이나 마찬가지다. 다만 시키면 시키는 대로 로보트처럼 움직일 뿐이다. 가만히 있으면 무엇인가 잘못되어 가고 있다고 생각한다. 계속해서 더 빨리 서둘러서 움직여야만 한다. 그래야만 사람들의 눈에 제법 살아있는 것처럼 보이고 무엇인가 아주 중요한 일을 하는 사람처럼 보인다. 그래서 아무도 쉬지 못한다. 잠시도 가만히 있지 못하고 숨 쉬는 것조차 잊어버렸다. 계속해서 바쁘게 움직일 때만 무언가 제대로 돌아가고 있다고 생각하면서 무척 바쁜 인생을 살고 있다고 생각한다. 그래서 또한 노인들은 더 아름답다. 인간은 기계적인 테두리를 벗어나지 않고는 결코 자유로운 속박에서 벗어날 수 없다. 기계적인 낡은 습관을 버릴 때만이 무의식적인 삶에서 벗어나 마음껏 자유를 누리고 만끽할 수 있다.

이렇듯 보다 의식적인 가운데 어느 순간 마음의 간격이 조금씩 멀어지기 시작한다. 마음의 간격이 멀어질수록 그 좁은 공간 사이로 전혀 다른 차원의 문이 열린다. 나와 마음과의 사이에 공간이 점점 멀어지면 멀어질수록 어느새 보이지 않던 사물들이 조금씩 눈에 보이기 시작한다. 더욱 의식적으로 깨어 있을수록 바로 그 작은 틈 사이로 문득 새로운 진리가 무엇인지 알게 된다. 가령 바람이 몸을 통과하는 듯한 현상이 어느 순간 직접적으로 일어난다. 그러나 그대가 준비되어 있어야만 그런 일들이 가능하다. 준비란 모든 것을 받아들일 만큼 가슴이 활짝 열려있다는 뜻이다. 기꺼이 나 자신의 에고를 버리고 새로운 것을 받아들일 수 있는 매우 수용적인 상태를 의미한다. 그러므로 끝까지 내면으로 가는 길을 고수하라. 내면으로 가는 길을 고수하기만 하면 마침내 올바른 길로 가는 것이나 다름없다. 설령 중간에 길을 잃어버린다고 해도 잘못될 염려는 아무것도 없다. 내면에서 그대를 끌어당기기 때문이다. 만약 나의 말이 사실이 아니라면 당장 나의 목을 베도 좋다. 나의 이해에 따르면 삶의 욕망이 강한 사람일수록 다른 사람들보다 사회를 통해 깨달을 가능성이 높다. 사라하가 본 그 비전 속에서 여인이 시장 한가운데 나타나 화살을 만들고 있었던 이유도 그런 뜻이다. 즉, 시장 속에 있되 시장 속에 있지 말라는 의미다. 그것이 바로 시장이 뜻하는 바이다.

구름이 바다에서 일어나
비가 되어 대지를 적시지만
바다는 저 하늘과 같이
줄어들거나 불어나는 일 없이
그대로 남아있네

진리는 단 한 번도 태어난 적이 없다. 만약 진리가 태어나서 죽을 수 있다면 진리는 가짜다. 곧 영원불변한 것이 진리의 특성이다. 마찬가지로 바다는 본래 끝이 없다. 설령 한 바가지의 바닷물을 퍼 올린다고 해도 바다 그 자체는 결코 줄어들거나 불어나는 일이 없다. 오직 어리석은 자만이 내가 무엇을 할 수 있다고 생각한다.

마더 테레사는 전 세계를 돌면서 가난한 빈자들을 돕는다는 구실로 그녀만의 선교 활동을 벌였다. 자금이 필요한 곳이라면 독재자든, 나치든, 살인마든 가리지 않고 후원금을 모으는 데만 열을 올렸다. 정작 그녀가 돌보고 있는 보호소에는 매일 수많은 환자가 제대로 된 의약품이나 비상약도 없이 가난과 고통은 언제나 하느님의 축복이란 말속에 그대로 방치되어 결국 죽음을 맞이할 수밖에 없었다. 그녀는 이 소외되고 가난한 소위 병든 자들에게 아무런 관심이 없었다. 심지어 환자들이 제대로 치료받는 것조차 원하지 않았다. 그녀의 관심은 오직 자신의 명성에 걸맞은 선교 사업을 전 세계적으로 알리는 데만 관심이 있었을 뿐이다. 많은 사람이 병상에 누워 제대로 된 치료도 못 받고 힘없이 죽어갈 때, 막상 그녀는 죽음이 가까이 오자 목숨을 연장하기 위해 서구의 최고급 병실에서 치료를 받는 와중에도 죽음을 몹시 두려워했다. 나는 그녀가 진리에 대해서 아무것도 모르고 있다고 확신한다. 그녀가 인류에게 단 하나 공헌한 것이 있다면 지난 수십 년간 계속해서 똑같은 일을 반복했다는 것이다. 나는 마더 테레사 수녀처럼 어리석은 여자를 결코 그 어디서도 본 적이 없다.

　속칭 신의 대리인이라고 자칭하는 자라면 최소한 예수가 보인 간단한 기적은 행할 수 있어야 한다. 그러면 사람들은 신을 보지 않고도 하느님께 열광하고 누군가 꼭 강요하지 않아도 대부분의 사람이 누구나 전부가 절대적으로 믿는 것이 분명하다.

소중한 것은
그대의 입속에 그렇게 가까이 있지만
그대가 그것을 바로 마시지 않는다면
곧 사라져 버린다네

　그렇다. 진리는 하나다. 지금 이 순간 깨어있지 않는다면 진리는
영원히 찾아오지 않는다. 이 말은 진리를 알기 위해서는 매 순간
깨어 있어야 한다는 말과 같다. 만약 우연히 길을 걷다가 혹시 예
수와 마주칠지라도 항상 내가 깨어 있지 않고서 금방 내 옆을 예
수가 막 스치고 지나갈지라도 행여 그가 누구인지 어떻게 알아볼
것인가. 그렇기 때문에 사라하는 깨닫기 위해서는 어디로든지 갈
필요가 없다고 말한다. 진리를 알기 위해서는 전체적으로 살아야
한다는 말과 같다. 즉, 순간순간 깨어 있을 때 비로소 진리를 맛보
고 경험할 수 있다. 곧 찰나의 순간 속에 영원이 깃들어 있다. 그것
이 또한 중도가 가리키는 의미다. 그러나 수많은 사람은 신은 항
상 하늘나라 어딘가에 있다고 상상하면서 교회나 절 같은 사원에
가야만 있다고 믿는다. 모든 사람이 앵무새처럼 흉내 내기만 바빠
서 계속 똑같은 질문만 거듭 반복할 뿐, 어리석은 사람은 자신의
행위가 무엇을 의미하는지 모른 채 단지 무의식적으로 습관적인
가운데 불필요하니 살아갈 뿐, 나만의 뚜렷한 목적의식을 갖고 사
는 사람은 극히 찾아보기 드물다.

그래서 예수는 또한 멸망에 이르는 문은 넓어서 그리로 들어가는 자가 많고 생명에 이르는 길은 좁고 험해서 찾는 자가 오직 극소수에 불과하다고 말했다. 즉, 많은 사람들이 가는 길의 정반대의 길이 옳은 길이다. 그런데 사람들은 정작 나를 살리는 생명의 길이 아닌 항상 죽음의 반대편으로만 간다. 그토록 소중한 것은 그대의 입속에 가까이 있는데 말이다.

> 남자와 여자가 만나서 얻는 육체적인 쾌락을 갈망하여
> 어리석은 자들은 그것을 궁극적인 즐거움이라고 여기지만
> 그것은 자신의 집을 떠나는 자가 문 앞에 서서
> 육체적인 환락을 말로 희롱하는 것과 같다네

탄트라는 성이라는 가장 낮은 차원에서 깨달음이라는 가장 높은 차원에 이르기까지 성적인 에너지에 의한 전적인 행위의 예술이다. 탄트라가 더욱 놀라운 것은 인간의 의식과 신체 사이에 완벽한 조화와 균형을 이루었다는 점이다. 곧 탄트라는 생리학적인 측면에서 가장 진보한 과학이면서 동시에 가장 위대한 혁명이다. 그것이 내가 오늘날 탄트라를 설명하게 된 배경이다. 탄트라는 곧 음양의 완벽한 조화를 뜻한다. 그러므로 먼저 조화로운 사람이 되도록 노력하라. 조화로운 사람일수록 내면으로 들어가기가 쉽다. 음양의 완벽한 조화 속에서 중도에 머무는 것이 탄트라의 원리다.

좀 더 구체적으로 말하면 내면에는 각각의 서로 다른 유형의 남자와 여자가 존재한다. 남자는 깊은 곳에서 내면의 여자와 만나야 한다. 여자는 깊은 곳에서 내면의 남자와 만나야 한다. 즉, 낮과 밤이 만나고 빛과 어둠이 만나고 동시에 해와 달이 만난다. 견우와 직녀가 만나서 영원한 사랑에 흠뻑 취해서 서로의 가슴속에 녹아들어 마치 한 방울의 물방울이 바다에 스며들 듯 드디어 부분에서 전체로 탈바꿈되어 삶을 초월한 것이 깨달음이다. 이렇듯 이원성이 사라진 곳에서 마침내 에고가 사라짐으로써 이른바 해탈이라고 불리는 초월의 경지가 니르바나다.

바로 그렇기 때문에 "신은 항상 너희 안에 있다."라고 말한 예수의 말은 정확히 이를 말한다. 그에 비해 평범한 사람들은 줄곧 엉뚱한 곳을 찾아서 헤매고 돌아다닐 뿐 신은 항상 집 안에서 그대가 오기만을 기다리고 있는데 그것은 마치 집을 떠나는 자가 문앞에 서서 달콤한 말로 여인에게 애정을 속삭이는 것과 같다.

어떤 이들은 내면의 열을 불붙여
그 열을 목구멍으로 상승시킨 것을
목젖을 울려 줄곧 재잘거리지만

이런 종류의 성적 쾌감은 곧 혼란이며
정신적인 이완을 기쁨으로 여기는 눈먼 믿음으로
자기 스스로 수행자라고 여기는 어리석은 바보일 뿐이라네 사실상 인간의 육체는 몸과 마음과 또한 영혼의 삼 단계로 되어 있다. 기독교에서 말하는 성자와 성부와 성신은 바로 우리의 몸과 마음과 영혼을 뜻한다. 그리고 그 영혼 속에는 순수한 빛이 존재한다. 탄트라 비전에 의하면 인체는 쿤달리니(Kundalini)라고 하는 산스크리트어의 바퀴를 뜻하는 차크라(Chakra)로 된 각각의 명칭에 따라서 각 차크라는 물라다라(Mundalini)와 스와디스타나(Svadhisthana), 마니푸나(Manipura)와 아나하타(Anahata), 비슈다(Vishuddha)와 아즈나(Ajna) 그리고 사하스라라(Sahasrara)에 이르기까지 총 일곱 개의 층으로 이루어져 있다. 각 차크라는 우리 몸에 위치한 오라(Aura)로 된 에너지 센터로써 차크라마다 위치한 센터에 따라 또다시 항문과 생식기 및 복부, 가슴, 목, 인당, 정수리에 이르기까지 첫 번째 물라다라센터에서 아즈나센터까지 각 단계별로 여섯 단계를 통과해서 마지막 사하스라라에 이르러 탄생과 죽음의 수레바퀴가 완성된다. 그것이 바로 탄트라의 지도다.

먼저 탄트라의 지도를 알기 위해서는 매우 주의 깊은 각성이 필요하다. 보통 일반 사람은 너무나 깊이 잠들어 있기 때문에 무슨 일이 일어나는지 모른다. 당시의 나로서도 설명할 수가 없었다. 왜냐하면 미처 그대가 준비되어 있지 못했기 때문이다. 그러나 이제는 말할 수 있다.

기본적으로 성 에너지는 이완될수록 점점 위로 올라가게 되어 있다. 더욱 깨어 있을수록 성 에너지는 보다 높은 차원으로 올라

간다. 더욱더 의식이 깨어 있으면 깨어 있을수록 주의 깊은 각성이 일어날 때마다 에너지는 새로운 빛으로 넘치는 가운데 이렇듯 의식과 신체 사이는 상호 밀접한 관계에 있다. 그러므로 복잡한 사고 작용이 원활해야만 내면의 센터가 제 기능을 발휘하게 된다.

그대가 한 가지 꼭 이해하고 넘어가야 하는 것은 무엇이나 강요에 의해 억지로 행하는 것은 그대의 내면을 파괴하기 시작한다. 예를 들어, 부모와 교육, 사회와 문화, 도덕과 전통, 종교와 같은 것들은 그대의 삶 전체를 가리는 눈가리개 같은 역할을 한다. 그래서 탄트라는 인공적이고 문명적인 사람들보다 오히려 원초적이고 때 묻지 않은 자연적인 사람들을 위한 것이다.

오늘날 많은 사람들이 회복 불능 상태인 것은 지극히 부자연스러움으로 인해서 내면이 심각하게 파괴되었기 때문에 그에 맞게 다양한 방편들이 개발되었다. 그중에 대표적인 수행 방법 중의 하나가 요가 수행이다. 만약 물라다라 센터가 막혀있으면 손상된 센터를 다시 회복해야만 스와디스타나 센터를 여는 것이 가능하다. 물라다라 센터에서 에너지가 이완되어야만 스와디스타나 센터와의 사이에서 첫 번째 만남이 일어난다. 첫 번째 만남은 거의 느껴지지 않을 정도로 흐름이 미묘해서 본인도 모르는 사이에 저절로 일어난다. 첫 번째 만남이 이루어지고 나면 에너지는 자연스럽게 마나푸라 센터와 아나하타 센터 사이에서 두 번째 만남이 일어난다. 두 번째 만남은 가슴 뒤에서 존재한다. 마치 절정의 오르가슴

3부

속에서 순간 환희의 기쁨을 맛보는 것과 같다. 나의 경험에 따르면 그 경험은 대낮의 밝은 빛 속에서 일어난다. 첫 번째 만남이 무의식 속에서 일어났다면 두 번째 만남은 약간 더 의식적이다. 그리고 세 번째 단계인 비슈다 센터와 아즈나 센터와의 만남 속에서 완전히 깨어나기 시작한다. 따라서 내면에는 총 세 쌍의 남녀가 존재한다. 일단 첫 번째 만남이 이루어지고 나면 첫 번째 만남에 의해서 두 번째 만남이 일어난다. 두 번째 만남이 이루어지면 두 번째 만남에 의해 세 번째 만남은 더욱 자연스럽게 일어난다. 여기까지는 남녀의 이중성이 남아 있지만, 마지막 사하스라라는 절대적인 삼매의 경지다. 그러므로 네 번째 만남은 더 이상의 만남이 아니다. 그대는 다시는 태어나지 않는다.

이 경문에서 말하는 것은 다섯 번째 단계인 비슈다 센터를 말한다. 그리고 비슈다 센터는 목에 있다는 것을 기억하라. 비슈다 센터는 얼마든지 추락할 수 있는 위험을 가지고 있다. 그러면 처음부터 다시 시작해야 한다. 그러나 여섯 번째 단계에 이르면 다시는 추락하지 않는다. 그대가 혜안을 얻었다는 것은 다섯 번째 단계를 넘어섰다는 것을 의미한다. 그것이 오쇼가 말한 돌아올 수 없는 지점을 뜻한다.

자, 이제 경문을 보기로 하자.

어떤 이들은 내면의 열을 불붙여
그 열을 목구멍으로 상승시킨 것을
목젖을 울려 줄곧 재잘거리지만
이런 종류의 성적 쾌감은 곧 혼란이며

따라서 다섯 번째 단계에 있는 비슈다 센터에 해당하는 지점에 이르면 성 에너지가 갑작스럽게 팽창하기 시작한다. 성 에너지가 목구멍까지 가득 차서 올라오면 목구멍이 생식기처럼 변해서 섹스보다 몇 배는 강한 쾌락을 느낀다. 섹스에 비해 비슈다 센터는 언제든지 오르가슴을 경험할 수 있다. 섹스는 단 한 번으로 끝나지만, 비슈다 센터는 그대가 원하면 얼마든지 오르가슴 속에서 희열을 경험할 수 있다. 하지만 그것은 매우 위험천만한 일이다. 일단 한 번 경험하면 충동을 억제할 수가 없다. 계속해서 쾌락에 대한 욕구를 느낀다. 혀로 목젖을 뒤로 넘겨서 만지작거리는 행위는 곧 자살 행위다. 그것은 인간의 욕망에 대한 최후의 마지막 유혹이다. 그 때문에 많은 요가 수행자가 그 지점에서 추락하는 것이다. 예수가 사탄의 유혹에 빠지고 붓다가 마라의 유혹에 든 곳이 바로 그 지점이다. 그대가 만약 그 지점을 넘어서면 성 에너지는 아즈나 센터에 있는 제삼의 눈을 통해서 어느덧 서서히 열리기 시작한다. 바야흐로 유계의 세계가 눈 앞에 펼쳐진다. 그리고 마침내 마귀의 유혹을 물리치고 비로소 성스러운 성자의 차원으로 들어가게 되어 있다.

사념이 없는 것이야말로 가장 올바른 진리라네
그리고 마음마저 사라져야 완전한 진리의 마음에 합칠
수 있네
이것이 성취며 지극한 덕에 이르는 길이라네
벗님들이여 이 지극한 덕 속에 깨어 있을지니

깨달음은 본래부터 있는 것이지, 무엇을 새롭게 아는 것이 아니다. 무엇을 또다시 새롭게 아는 것은 마음의 속임수다. 깨달음은 즉각적인 것이다. 한순간 번갯불처럼 번뜩이는 것을 단박에 깨닫고 사로잡는 것이다. 더 이상 말로 표현할 수 없는 것을 손에 부여잡는 것이다. 그렇기 때문에 깨달음을 직접적으로 설명할 수 있는 길은 없다. 오직 상징과 비유를 통해서 전달하는 것이 가능하다. 그러므로 지적인 이해는 순전히 오해다. 수많은 말과 이야기는 하나의 우화에 지나지 않는다. 아직 잠에서 깨어나지 못한 사람들을 위해 아름답게 지어낸 언어적인 유희에 불과하다. 그대는 깨닫거나 깨닫지 못하거나 둘 중의 하나다. 성철 스님에 따르면 깨달음이 일어날 때 천 개의 태양이 떠오른다고 한 것은 바로 정수리 천장에 있는 천 개의 연꽃잎을 말한다. 천 개의 연꽃이 활짝 피어서 개화한 것이 깨달음이다. 마치 인간은 한 송이 꽃과 같다. 태초에 성을 씨앗으로 분류한다면 사랑은 그 씨앗의 열매에 해당한다. 그래서 붓다는 자신의 깨달음을 진흙 속에서도 물들지 않는 연꽃에 비유했다. 삶은 성욕이란 욕망에서 비롯된 더없이 숭고한 사랑이라는 이름의 다른 이름이다.

사라하의 노래는 총 일반인들을 위한 180송이의 게송과 왕비와 왕을 위한 80송이의 게송과 40송이의 게송으로 이루어져 있다. 사라하의 노래는 단순히 지적인 호기심을 위한 것이 아니라 새로운 가슴으로 새벽을 염원하기 원하는 사람들을 위한 깨달음의 정수로 오늘날 밀교 문학에 있어서 〈마하무드라의 노래〉와 더불어 현존하는 가장 위대한 가르침이다.

또한, 사라하는 최초로 탄트라 불교를 정립한 인물로서 대승불교의 창시자인 나가르주나의 스승이기도 하며 탄트라 불교의 역대 제4대 조사로서 그에 버금가는 사람이 없을 정도로 인류에게 지대한 공헌과 막대한 영향을 주었다. 뿐만 아니라 탄트라 비전은 말 그대로 이 세상에 종교 아닌 종교를 제창함으로써 지금껏 인간의 뿌리 깊은 원초적인 성을 바탕으로 그야말로 전혀 다른 종류의 조화를 창조했다. 그런 탄트라야말로 불교의 역사에서 선(禪)과 함께 빼놓을 수 없는 양대 산맥으로 마치 히말라야봉우리의 만년설처럼 때 묻지 않고 순수한 지상낙원이다.

나는 앞으로 탄트라가 미래에는 그 어떤 종교보다 가장 중대해지리라고 확신한다. 탄트라 비전은 곧 다가올 미래를 위한 새 인류에 대한 희망의 메시지이며 영원한 깨달음의 보루이자 장차 나와 나의 사람들에 대한 이야기다. 진실로 용기 있는 자들에게 더없이 소중한 사라하의 노래를 바친다.

"위대한 백조."

이 세상의 모든 부모에게

나는 우리 아버지보다 재밌는 사람을 본 적이 없다. 그만큼 아버지는 유머 감각이 넘친다. 가끔 추석이나 설날 같은 명절 때가 되면 가족들이 다 모인 자리에서 아버지의 농담 한마디에 안 웃는 사람이 없다. 지금은 비록 많이 늙으셨지만, 그래도 농담만큼은 여전하시다. 단 불같은 성격은 탈이다.

그래서 그런지, 지금도 아버지는 조금만 화가 나면 불같이 화를 내신다. 그런 아버지로 인해서 나는 어렸을 때만 해도 아버지가 참 무서웠다. 결국 참다못한 어머니가 건디지 못하고 어느 날 갑자기 집을 뛰쳐나갔다.

그 뒤로 어머니는 우리를 보러 왔지만 잊을 만하면 아버지는 또다시 폭언에 폭행을 일삼았다. 안된 말이지만, 그 당시 나는 '아버지만 아니었다면 우리 집이 이렇게까지 망하지 않았을 텐데…' 하고 아버지를 속으로 무척 원망했다.

새삼 이제 와서 내가 이런 이야기를 서슴없이 꺼내는 이유는 만에 하나 부모들의 잘못된 선택으로 인하여 자칫 자식들의 인생마저 쑥대밭으로 비참해지기 때문이다.

이 자리를 빌려서 세상 부모들께 바라는 바가 있다면 가급적 자식들을 위해서라도 되도록 서로 이혼만은 삼갔으면 좋겠다는 생각이다.

설령 두 사람 간에 꼭 이혼해야 하는 경우가 생기면 최소한 자녀들이 의무교육을 마칠 때까지만이라도 기다렸으면 하는 바람이다. 자녀들이 의무교육을 마치기도 전에 부부들끼리만 일방적으로 갈라서는 것은 비록 어쩔 수 없는 피치 못한 경우라도 곧 자식들의 인생에 씻을 수 없는 상처를 준다.

막상 본인들은 당연하다는 듯이 헤어질지 모르지만, 세상에서 제일 불쌍한 아이들이 바로 부모한테서 버림받은 아이들이다. 이제 막 부모 밑에서 자랄 나이에 저 혼자 우두커니 지내는 아이들을 보면 점점 불쌍하다는 생각에 보는 내내 가슴이 아프다.

일찍이 나 또한 어렸을 때부터 부모한테서 갖은 학대와 폭력에 수많은 시달림을 받았기 때문에 누구보다 그런 아이들의 심정을 잘 안다. 그래서 나는 앞으로 자식을 낳고 싶은 생각이 추호도 없다. 그만큼 나 자신이 너무나 고통받고 자랐기 때문에 아마도 은연중에 그런 생각을 갖게 되었는지도 모른다.

자고로 부모란 하루아침에 자식만 낳는다고 해서 누구나 다 부모가 되는 것이 아니라 마땅히 부모로서의 역할과 책임을 다할 때 비로소 오늘날 똑바른 부모가 되는 것이지 세상에는 겨우 자식만 낳고 책임지지 못하는 그런 부모보다 그렇지 못한 부모가 얼마나 많은가.

이참에 그런 철없는 부모들을 향해서 한마디 고하자면 내가 낳은 자식이라도 자식은 결코 부모의 소유물이나 전유물이 아니다. 자식들 또한 자식들 나름대로 자식들만의 독립된 인격을 가진 엄연한 한 개인이다.

단지 부모라는 생각에서 내 자식을 내 마음대로 해도 좋다는 생각은 큰 오산이다. 더군다나 사랑이라는 이름으로 자식들을 마치 훈계하듯 가르치는 행위는 자식들을 위한 교육이 아니라 부모들이 처음부터 교육을 잘못 배웠기 때문이다. 부모의 그늘에서 벗어나지 못하는 아이는 점차 자라면서 삐뚤게 성장한다.

특히나 부모들의 못다 한 꿈을 위해 자식을 희생시키는 부모들이란 대개의 경우 자식의 인생을 위한다기보다 결과적으로 자식의 인생을 망치는 결과를 낳는다. 분명히 부모의 인생이 따로 있고 자식의 인생이 따로 있다.

이에 훌륭한 부모라면 무조건 내 자식을 감싸고 보호하기보다 오히려 "내 자식은 못나서 그저 그렇습니다."라며 남 앞에서 한없이 나를 낮추고 말하는 가운데 비로소 그 부모 밑에 건전한 자식이 되고 온전한 인간이 되는 것이지 한사코 부모들의 인생은 비참하기 짝이 없는데 자식들의 인생을 걱정하는 것은 전혀 잘못된 생각이다. 자식들의 앞날을 미리 걱정하기에 앞서 우선적으로 부모들 자신들의 인생부터 먼저 걱정해야 한다. 미안한 말이지만 부모의 기대가 크면 클수록 그 자식은 또한 부모의 기대에 만족하기 위해 본의 아니게 잘못된 길로 갈 수밖에 없다. 부모의 인생을 위한 한낱 소모품으로 전락하기 때문이다. 분명히 부모의 인생이 따로 있고 자식의 인생이 따로 있다. 결국 부모들의 인생을 위하는 길이 곧 자식들의 인생을 위하는 길이다. 오직 훌륭한 부모 밑에서 훌륭한 자식이 나온다.

그러므로 참된 사랑이야말로 진정한 교육이다.

간혹가다 자식을 위한다는 핑계로 함부로 폭력을 행사하는 부모들을 보면 단순히 폭력을 넘어서 급기야 학대로 발전해 결국 자식의 인생을 폭력으로 물들이는 것이나 다름없다. 장차 부모한테서 학대받고 자란 사람은 갈수록 마음이 황폐해져 결국 피해망상에 시달린 채 심지어 자기 자신을 학대하고 자학한 나머지 사회생활에 적응하는 데 실패할 뿐만 아니라 나중에 결혼을 해서도 자기 자식들한테까지 안 좋은 영향을 끼치고 똑같은 악순환을 되풀이하는 가운데 갖은 악습과 병폐의 온상을 낳는 모순을 반복하기 마련이다.

그런 사람일수록 사회에 불신을 품고 복수심에 불타서 주변 사람들에게 엉뚱한 피해를 끼칠 뿐 아니라 그 결과 더 큰 사회 문제로 이어지는 경우가 많다. 그만큼 부모들의 무책임한 무관심이 자식들의 인생을 스스로 망치는 결과를 초래한다.

나의 경우만 보더라도 그런 부모 밑에서 자란 덕분에 그로 말미암아 오랜 시간 동안 길거리에서 나 혼자 방황하듯 깊은 수렁에 빠져 더 큰 마음의 상처와 병이 들 수밖에 없었다. 비록 지금은 내 나름대로 노력 끝에 정신을 차렸지만, 그에 따라 남모르는 가운데 희생과 고통의 눈물을 삼키고 그야말로 보이지 않는 곳에서 혹독한 대가를 치를 수밖에 없는 이유다.

그리고 보면 아직도 우리 주위에는 나를 비롯해 그런 잘못된 환경 속에서 자란 탓에 과거에 겪은 마음속 깊은 상처로 인해 여전히 고통받고 사는 사람들이 비교적 부지기수다.

혹시라도 그 같은 경우의 사람이 있다면 계속해서 나를 회피하듯 밖으로만 피하기보다 가급적이면 정신을 차리고 되도록 과거의 그림자에서 벗어나 더욱더 나만의 뚜렷한 목적의식을 갖고 부단히 노력하는 가운데 원만한 사회생활을 유지하는 것이 가장 바람직하다고 생각한다.

하물며 짐승도 제가 낳은 새끼는 알아보는 법인데, 말로만 부모라고 떠들면서 겉으로만 부모인 척하는 부모 주제에 하필 자식을 버리는 부모는 그 어떤 말로도 용서받지 못할 행위다. 이 세상에 자식을 버리고 나가서 잘되는 부모는 세상천지 단 한 명도 없다. 평생 자식을 버렸다는 죄책감에 시달려 이웃 사람들한테 손가락질을 받을 것이 뻔한 게 그런 부모는 설령 나를 낳아 준 부모라도 천벌을 받아 마땅하다.

다시 한번 거듭 말하지만, 부모란 단지 자식만 낳는다고 되는 것이 아니라 부모들 스스로 부모로서의 역할을 다하고 책임을 다해야만 그나마 부모라도 올바른 부모라고 말할 자격이 있다.

오늘날 아이들이 제대로 성장하지 못하는 배경은 사실상 부모들의 잘못된 교육관에서 비롯되었다고 해도 과언이 아니다. 지나친 관심이 아이들의 미래를 망치는 경우처럼, 오히려 더욱 극성스러운 부모들로 인해서 대부분의 어린아이가 정상적으로 성장하지 못한 데에는 전적으로 부모들의 책임이 크다.

비록 나처럼 불우한 환경 속에서 자란 아동들에게 이내 사람이 마지막으로 전해주고 싶은 말이 있다면 그럴수록 끝까지 용기를 잃지 말고 언제 어디서나 늘 꿋꿋하게 살기를 누구보다 진심 어린 마음과 눈물 어린 심정을 담아 가슴속 깊이 따듯한 위로와 격려의 말을 전하고 싶을 뿐이다.

우리가 그런 부모 밑에서 태어난 것은 우리가 그런 부모를 똑같이 흉내 내고 똑같이 따라서 똑같이 보고 배우고 자라라는 뜻이 아니라 그런 못난 부모들을 통해서 나중에 나만이라도 제대로 된 사람이 되어 다시는 그런 부모가 되지 않기 위해서다.

부디 어리석은 부모들을 용서하고 이다음에 커서라도 보란 듯이 성공해서 남 앞에서 꼭 훌륭한 사람이 되어 사회에 환원할 수 있는 사람이 되기를 간절히 바란다.

맹세코 정신 바짝 차리고 살면 아무리 못 배운 가정일지라도 부모 없는 자식이라고 결코 남한테 함부로 놀림을 당하고 아무도 나를 쉽게 깔보고 업신여기지 못한다.

이 말이 내 말의 전부다.

소위 댁 같은 사람

　아무리 똑똑한 척을 하고 잘난 척을 해도 이 몸이 보기에는 단순히 본인이 아는 정도로밖에는 보이지 않는데, 어쩌자고 아무 대책도 없이 계속해서 엉뚱한 말씀만 자초하시는지. 정녕 본인의 뜻이 그렇다면 죄송하지만 과연 사람의 얼굴에는 눈이 몇 개나 달렸는지 혹 아십니까? 소위 그것도 모르면서 어찌 소인 같은 도인은 말로 가르친답시고 이렇듯 앞뒤 분간도 못 하고 한참을 앞서서 납서시는 겐지요. 정작 소인은 댁이 누구인지 감히 있는지조차 잘 모르겠는데 말씀입죠? 이제 아시겠슴!

독서의 의미

독서란 본디 글을 읽는 사람마다 마음의 양식이 되지만, 무조건 책을 많이 읽는다고 누구나 마음의 양식이 되고 독서가 되는 것은 아니다. 책을 많이 읽는 것도 중요하지만 어떻게 읽는가가 더 중요하다.

아무리 책을 많이 읽어도 나에게 별로 도움이 되지 않는다면 모를까 책을 읽어서 꼭 나쁜 것은 하나도 없다. 책을 읽어서 잘못 읽었다는 사람보다 책을 읽어서 오히려 마음이 풍요롭다는 사람이 훨씬 더 많다.

정작 책을 읽어도 무슨 뜻인지 모르고 읽는다면 책은 있으나 마나 아무 소용이 없다.

그래서 책을 읽을 때는 대충 눈으로만 따라서 안으로 읊조리듯 읽기보다 그 안의 뜻을 되새기면서 한 글자씩 따라서 정성스럽게 읽다 보면 어느새 책이 나의 가슴에 와닿고 비로소 온전한 나만의 정신이 된다.

그럴 때 책이 지닌 내용이 제법 나의 머릿속에도 쏙쏙 잘 들어오고 오랫동안 기억에 두고두고 남는다.

지금은 비록 책을 읽는 사람보다 책을 읽지 않는 사람이 많지만, 간혹 책을 읽는 사람을 보면 세상에서 책을 읽는 사람이 가장 아름답다. 그만큼 책이 지닌 가치는 크다.

오늘날 시중에는 하루에도 수없이 많은 책이 매일 홍수처럼 쏟아져 나오지만 정말로 나에게 필요한 책이 어떤 책인지 찾아보기 힘들다. 온갖 간행물이 마구 뒤섞여 나오는 탓에 어떤 책이 필요한 책이고 불필요한 책인지 분간하기 어려울 정도다.

다 같은 책이라고 해서 대충 건성으로 아무 책이나 시시한 책을 읽기보다 이왕이면 나는 되도록 고전을 더 많이 읽어 보기를 권한다.

내가 읽어 본 책 중에도 비교적 고전이 꽤 많다. 그런 고전을 많이 읽어 봄으로써 그동안 마음의 양식이 되기도 하지만 좀 더 훌륭한 사상을 접할 수 있는 계기가 된다.

꼭 고전이 아니더라도 그런 훌륭한 책을 읽다 보면 책 속에 길이 있다는 것을 어렴풋이 발견하게 된다.

그런데 요즘 책을 만드는 사람들을 보면 단지 상술에만 눈이 멀어 겉표지는 그럴싸하게 포장하면서 안에 든 내용물은 빈껍데기처럼 그야말로 속 빈 강정인 경우가 많다. 그런 책들은 하나같이 지루하고 따분하기만 할 뿐, 막상 읽고 나면 책의 값어치를 못 한다는 생각이 든다.

그에 비해 좋은 책이란 언제 어디서나 읽어도 좋을 만한 그런 책이 좋은 책이다.

나 또한 책을 좋아하는 사람으로서 어쩌다 마음에 드는 책이 있으면 가끔 생각날 때마다 한 번씩 꺼내 보게 된다. 그런 책은 여러 번 읽어도 좀처럼 잘 질리지 않는다.

좋은 책은 항상 읽을 때마다 매번 새로운 느낌과 풍부한 감동을 주지만, 단순히 읽는 재미를 떠나서 삶의 지혜를 일깨우고 자각하는 동안에 한층 의식 수준이 높아질 뿐만 아니라 독서를 통해서 다양한 생각과 지식과 같은 여러 가지 교양과 덕목을 배울 수 있는 기회가 된다.

일찍이 책을 읽는 습관이 얼마나 중요한지는 어렸을 때부터 책을 많이 읽어 본 사람이라면 누구나 쉽게 알 수 있는 사실이다.

특히나 청소년기에 다양한 책을 많이 접하고 마음의 양식을 쌓음으로써 독서가 지닌 역할을 꾸준히 몸에 익히는 것이 중요하다. 책 속에 있는 교양을 통해서 나도 모르게 조금씩 마음의 문이 열리고 어느덧 자기 자신을 정화하는 과정에서 올바른 생활의 지혜를 터득하고 더욱 영혼을 고양하고 고취시키는 가운데 장차 뜻깊은 인생을 살아가는 데 도움이 되는 것은 독서가 지닌 가장 큰 장점이다.

책을 읽는 사람과 책을 안 읽는 사람은 그만큼 생각하는 기초부터 남다른 사고방식의 차이가 있을 뿐만 아니라 나아가 그 사람의 인격을 형성하는 데 매우 중요한 역할과 뚜렷한 주관을 갖는 계기가 된다.

책을 많이 읽는다고 남보다 부자가 되는 것은 아니지만, 마땅히 태어난 인간이라면 누구나 책을 읽는 것은 당연한 이치다. 그런데도 책을 소홀히 하고 등한시하면서 막무가내로 읽지 않는다면 이미 인간이기를 포기한 기타 다른 동물과 하나도 다를 바가 없다.

자신의 몸을 위해서는 하루 삼시 세끼 꼬박꼬박 밥을 챙겨 먹으면서 자신의 영혼을 살찌우는 일에는 소위 소극적인 사람들을 보면 같은 인간으로서 참으로 한심하단 생각이 저절로 든다.

분명 책을 읽고, 안 읽고는 그 사람의 자유지만, 책을 읽지 않는 이상 인간이라고 하기보다 차라리 동물에 가깝다. 우리들의 인간이 동물과 전적으로 다른 것은 단순히 책을 읽는 데서 비롯되었다고 해도 과언이 아니다. 왜냐하면 동물은 태어나서 죽을 때까지 단 한 번도 책을 읽지 않는 까닭이다.

꼭 책을 읽지 않는다고 해서 누가 나의 얼굴에 침을 뱉고 뒤에서 몰래 손가락질할 사람은 주위에 아무도 없지만, 책을 읽지 않는 것에 대해서 전혀 부끄러움을 모르는 사람이 있다면 그 사람은 아직도 인간과 동물의 차이점을 구분할 줄 모르는 매우 무식하기 짝이 없는 그야말로 무지몽매한 사람이다.

그런 면에서 하루에 최소한 삼십 분씩만이라도 책을 읽는 습관을 몸에 가지도록 노력하라.

앞으로 독서를 하는 과정에 있어서 인생의 보탬이 되는 가운데 일취월장하기를 바라며 더욱 독서의 경험이 풍부해지면 개인적으

로 수많은 책 가운데 그중에서 니체의 책 중에 『자라투스트라는
이렇게 말했다』란 책을 읽어 보기를 추천한다.

내가 제일 감명 깊게 읽은 책이다.

이상!

나의 아내의 비상한 재주

　나의 아내는 선천적으로 냄새를 맡지 못하는 후각 기능을 앓고 있다. 자연스럽게 주방에서 음식을 차리다 보면 내게 꼭 확인을 부탁할 겸 가끔 음식이 상했는지 물어볼 경우가 종종 발생한다. 그러면 나는 나의 예리한 후각 기능을 발휘해서 갖가지 음식이 상태에 대해서 자세히 친절하게 설명을 해 준다. 그러다가 간혹 본인도 모르게 상한 음식을 밥상에 나올 때도 있다. 오늘도 식탁에는 꽤 먹음직스러운 상한 돼지고기가 한 접시 푸짐하게 나왔다. 내가 이에 말문이 막혀 정중하게 아내 앞에서 아래와 같이 한 말씀 아뢰었다. "당신은 아주 음식을 상하게 하는 별난 재주가 있어?" 나의 말에 아내는 그 자리서 배꼽을 잡고 웃었다.

남자와 여자

　내가 너의 귀에 대고 '사랑'이라고 나지막이 속삭이면 그러면 너는 또 나의 귀에 대고 '사랑'이라고 나지막이 속삭인다. 말자, 숙자, 영자, 계숙이는 지금 어디서 무얼 하고 있을까? 아, 계숙이가 보고 싶다. 계숙아! 그렇다. 계숙이로부터 사랑은 시작되었고 계숙이로부터 사랑은 떠나갔다. 그길로 계숙이는 다시는 내 곁에 영영 돌아오지 않았다. 이것이 정녕 사랑이란 것이란 말이더냐!

　이상에서 보는 바와 같이 남자는 그 여자가 나의 첫사랑이기를 바라고 여자는 그 남자가 나의 마지막 사랑이기를 바란다. 즉, 남자는 결코 떠나간 여자를 잊지 못하고 여자는 결코 곁에 있는 남자를 잊지 못한다. 그러니까 한마디로 있을 때 잘하란 뜻이다. 괜히 어영부영 부엉이처럼 눈만 깜빡거리지 말고. 자고로 앵무새는 몸으로 울었다.

종교인들에게 보내는 메시지

매일 하루하루 힘겹게 살아가는 사람들을 보면 자꾸만 한없이 불쌍하단 생각이 든다. 단지 먹고살기 위해 목숨을 부지하는 사람들을 보면 과연 삶이란 무엇인지 나 자신을 되돌아보지 않을 수가 없다. 점점 그런 가운데 나도 모르게 저절로 엄숙해진다. 오늘 하루도 바쁜 생활 속에서 이렇듯 의무감에 저마다 분주히 돌아가는 판국이다.

그리고 보면 인간이란 얼마나 단순한 동물인가. 그야말로 먹고사는 생계수단이 전부인 사람들에게 삶이란 곧 자기 선택이 아닌 나를 위한 희생일 따름이다.

그런 인간의 모습으로 인해서 사람은 누구나 나서 늙고 병들고 죽는다. 그 네 가지 생로병사의 고통을 아는 것이 이른바 깨달음의 시작이다. 그리하여 석가는 끝내 왕국을 버리고 구걸하면서 살았다.

어느 날 싯다르타 왕자가 백마를 타고 궁궐 밖으로 구경을 나가게 되었다. 첫날, 동문에서 등이 굽어서 지팡이를 든 노인을 만나고 늙음에 대해서 생각하고 둘째 날, 남문에서 온몸이 뼈만 앙상해서 길거리에서 신음하는 사람을 보고 이에 만병의 근원이 병듦에 있음을 알고 또다시 셋째 날, 서문에서 상여 행렬이 나가는 가운데 대성통곡하는 것을 보고 인간은 누구나 귀천에 상관없이 언젠가 죽을 수밖에 없는 운명이란 것을 깨닫는다. 그리고 넷째 날, 북문에서 머리를 깎고 승복을 입고 구걸하는 사람을 보고 싯다르타는 그길로 출가하기로 결심했다. 결국 인간의 근본적인 고통은 나고 늙고 병들고 죽는다는 바로 날 생(生), 늙을 노(老), 병 병(病), 죽을 사(死), 즉 생로병사에 있다는 것을 알고 그 고통의 원인에서 벗어나고자 하는 것이 출가의 원칙이다.

석가모니는 이 세상에 처음으로 불교를 세운 사람이다. 불교는 기타 다른 종교에 비해 절대적인 신을 믿는 것이 아니라 인간의 깨달음을 목표로 점차 수행을 통해 해탈에 이르는 종교로 궁극적인 열반을 말한다. 기독교가 신을 믿는다면 불교는 원래 무신론이다. 불교가 다른 종교보다 특별한 것은 그만큼 깨달음이 심오하기 때문이다. 불교에 버금가는 종교는 사실상 도교밖에 없다.

나는 가끔 석가가 깨달음을 얻었을 당시를 머릿속에 떠올려 보곤 한다. 석가가 보리수나무 아래서 새벽별을 보고 깨달음을 얻었을 때 때마침 천상의 제석천을 비롯해 범천왕이 그의 발 앞에 엎드려 경배를 하고 중생에게 가르침을 펼 것을 간곡히 부탁했다고 전해진다. 오늘날 부처님이 이 세상에 오신 것은 모든 중생을 구제하기 위해서가 아니라 우리 모두가 다 같이 깨달아 있기 때문이다. 즉, 눈을 크게 뜨면 그가 곧 부처고 눈을 감고 있으면 어디까지나 어리석은 중생일 뿐이다.

꼭 불교의 가르침을 따르지 않더라도 신을 믿고, 안 믿고는 개개인의 문제지만 종교에서 가르치는 진리는 모두가 똑같다. 종교마다 서로가 믿는 신이 다르지만, 예수님이나 부처님께서 말씀하신 진리는 곧 하나다.

그런 의미에서 보면 백인이나 흑인이나 피부색만 다를 뿐, 백인이라고 피가 더 하얗고 흑인이라고 피가 더 검은 것이 아니라 피의 색깔은 원래 빨간색인 것처럼 예수님께서 말한 사랑이나 부처님께서 말씀하신 자비도 결국 이와 같은 맥락이다.

오늘날 종교가 타락한 것은 진리의 말씀에 의존하지 않고 교회나 절 따위의 사원만 늘리기에 바빠서 정작 하느님이나 부처님의 말씀은 뒤로하고 소위 맹목적인 신도들이 판을 치는 가운데 급기야 타락한 나머지 오히려 종교적인 사업만 번창하기 때문이다.

성경의 말씀 중에도 있지만, 기도란 본래 하느님이 안 볼 때 아무도 모르게 기도하는 것이지, 밖으로 큰 소리로 떠들면서 마치 주문을 외듯 부르짖는 사람들을 보면 과연 하느님을 위하고 나를 위한 기도인지 의구심이 들지 않을 수 없다.

나는 기독교도, 불교도 아니지만 그런 사람들을 볼 때마다 한없이 측은하다는 생각이 하염없이 든다. 따지고 보면 기독교인이나 불교인이나 불과 어리석은 것은 마찬가지다.

나에겐 그런 사람들보다 평소에 보이지 않는 곳에서 묵묵히 기도하고 실천하는 사람들이 더 보기 좋다. 그런 종류의 사람들이야말로 참다운 종교인이 아닐까 하는 생각을 해 본다.

종교란 본래 자기만의 신앙생활에 따른 영적 체험을 통한 깨달음의 과정이지, 무조건 신을 믿고 떠받들면서 맹목적으로 신을 부르짖고 찬양하는 것이 아니다. 진리란 곧 직접 체험하고 경험할 때 비로소 참다운 종교인이 되는 가운데 무엇보다 하느님의 말씀이 와닿고 부처님의 가르침이 더욱 귀담아듣는 것이지 매일 의무적으로 교회나 절 같은 사원에 다니는 사람들을 보면 참으로 안타깝기 그지없다.

마지막으로 이 자리를 빌려서 종교인들에게 부탁하고 싶은 말이 있다면 종교인이라는 허울 좋은 생각에 빠져 오랜 전통에만 얽매어 매달리지 말고 그동안 낡은 관습을 버리고 답답한 틀에서 빠져나와 새롭게 길을 개척해가는 지혜로써 나 스스로 길을 열어갈 수 있는 그런 참다운 종교인이 되기를 바라는 것이 여기 서 있는 사람의 마지막 당부의 말이다.

참된 종교인은 경전에 얽매이지 않고 직접 진리를 체험하고 경험하는 사람이다. 그런 사람에게 경전은 형식에 지나지 않는다. 곧 나를 여의는 것이 훌륭한 지혜다.

이렇듯 나를 실천하는 가운데 앞으로 깨닫는 삶을 통해서 또다시 나만의 길을 새롭게 개척하는 부디 그런 참다운 종교인이 되기를 거듭 바란다.

합장.

3부

국화꽃 향기를 맡았는가

네 어린아이의 곳감을 탐하지 말라

시작은 이렇다. 내가 아직 태어나기도 전에 우리 아버지의 아버지의 할머니의 할머니의 할아버지께서 살아계셨을 때에 의하면 그때만 해도 호랑이가 담배 피우던 시절에 갑자기 호랑이가 나타나서 "어흥! 곳감 하나 주면 안 잡아먹지롱!" 하고 말했다는 것이다. 그러다가 우는 아이들을 보면 몰래 잡아먹었다고 한다. "어떻게 호랑이가 담배를 피워요?", "너 호랑이가 담배 피우는 것 봤어, 못 봤어?", "못 봤어요.", "그것 봐. 그러니까 호랑이가 담배를 피웠다고 해도 못 믿는 거야. 짜샤!"

당신이 만약 위의 상황이라면 어떻게 어린아이에게 원하는 대답을 주고 다 같이 사이좋게 곳감을 나눠 먹을 수 있냐는 것이다. 즉, 어린아이에게 아무런 관념도 심어주지 않고 어린아이는 어린아이의 본성대로 남아 있어야 하고 어른은 어른의 본성대로 남아 있어야 하는가가 이 이야기의 핵심이다. 솔직히 말해서 어른들보다 멍청한 아이는 이 세상에 단 한 명도 없다. 네 어린아이의 곳감을 탐하려거든 차라리 꽃뱀을 탐해라.

돈이란

돈은 버는 것보다 쓰는 것이 더 중요하다. 이 말을 뒤집어 보면 아무리 돈을 많이 벌어도 중간에 관리를 못 하면 밑 빠진 독에 물 붓기 격이란 말이 있듯 아무 소용이 없다는 이야기다. 즉, 다시 말해 개같이 벌어서 정승처럼 쓰는 사람이 있는 반면에 그야말로 정승처럼 벌어서 개같이 쓰는 사람도 있다. 그래서 가난한 사람의 눈에는 부자가 더 지독해 보이고 부자의 눈에는 가난한 사람이 더 흥청망청해 보인다.

화자와 독자

글을 쓰는 데도 요령이 있듯이 글을 읽는 데도 요령이 있다. 글에 담긴 요령을 모르고 읽으면 그만큼 글의 감칠맛이 떨어진다. 이 말은 글을 쓰는 화자도 독자가 되어야 하고 글을 읽는 독자도 화자가 되어야 한다는 뜻이다. 글을 쓰는 화자도 독자를 모르고 글을 읽는 독자도 화자를 모르면 글은 쓰나 마나, 읽으나 마나다. 그래서 좋은 화자는 좋은 독자의 본보기가 되고 좋은 독자는 좋은 화자의 본보기가 된다. 그런데 막상 말하는 사람도 화자를 모르고 듣는 사람도 독자를 모른다. 즉, 다시 말해서 아무리 좋은 화자도 좋은 독자 없이 좋은 화자가 못 되고 아무리 좋은 독자도 좋은 화자 없이 좋은 독자가 못 된다. 그렇기 때문에 좋은 화자는 좋은 독자를 필요로 하고 좋은 독자는 좋은 화자를 필요로 한다. 나의 글 중에 「모처럼 인생 선배로서 하는 말」의 경우가 그중의 좋은 예이다. 좋은 글은 항시 화자가 듣고 독자가 쓴다.

나의 남편 되시는 분께서

어느 날 나의 아내분께서 점잖게 애교를 떨면서 갑자기 능청스럽게 입가에 이상야릇한 미소를 머금고 나를 부르는 것이었다. "여보, 오늘따라 내 목소리가 왠지 꾀꼬리 같지 않아요?" 곧바로 내가 말했다. "꾀꼬리 같은 소리 참 좋아하시네. 제발 돼지 멱따는 소리나 그만 좀 작작 해?" 따봉! 도로아미수풀 아무관심보살.

구루

다양한 삶의 경험을 통해서 마침내 노년에 이른 사람의
흰 머리칼은 히말라야 봉우리의 만년설과 같다. 그런 노인
이 가는 길 앞에는 하늘에 떠가는 구름도 엎드려 존경을
표한다. 우리는 그런 노인을 가리켜 구루 또는 선생님 혹은
스승이라고 부른다.

– 라빈드라나트 타고르

이 세상의 수많은 길 중에

이 세상에 길은 많다. 그러나 길은 누가 언제 어떤 식으로 가는 가에 따라 다르다. 누구나 가는 길이 다 길이 아니고 아무나 사는 인생이 다 인생이 아니다. 이 세상의 길은 정해져 있다. 다만 내가 가야 할 길이 정작 어디인지 잘 모르고 있을 뿐이다. 따라서 무슨 일을 하며 사는 것이 중요한 것이 아니라 과연 어떻게 사는 것이 가장 인간답게 사는가가 중요하다.

그런 투철한 사명감이 있을 때 비로소 나다운 인간적인 삶을 사는 것이지, 아무런 삶의 목적도 없이 맹목적으로 산다고 해서 누구나 인간적이고 모두가 인간적인 삶을 사는 것이 아니다.

최소한 인간으로서 가져야 할 덕목이 있어야만 자기 나름대로 인간이라고 말할 자격이 있는 것이지, 단순히 태어나서 사는 것만으로 나를 인간이라고 말하기는 어렵다.

삶을 한마디로 요약하면 삶은 목적에 따라 자아실현과 자기만족을 위해 행복을 추구하는 가운데 무엇보다 참된 삶의 의미가 있다. 결국 삶이란 자아실현의 완성에 있다고 해도 과언이 아니다.

이처럼 삶은 자아실현의 완성에 있음에도 불구하고 대부분의 사람은 자아실현의 꿈을 실현하고 실천하기보다는 단지 먹고사는 현실에만 급급해서 겨우 하루하루 살아가기에만 여념이 없다.

오직 극소수의 사람들만이 뚜렷한 목적의식을 갖고 산다. 다시 말해서 나만의 인생에 역점을 둔 사람보다 타인의 삶에 중점을 둔 사람들이 많다는 뜻이다.

그런 가운데 개개인의 창의성을 강조하기보다는 사회의 특성상 누구나 획일적인 가운데 서로가 모방하면서 흉내 내기만 바쁘다. 그러므로 대다수의 행복이야말로 우리가 가장 경계해야 할 대상이다. 즉, 대부분의 사람들이 가는 길의 정반대의 길이 옳은 길이다.

바로 그렇기 때문에 어리석은 군중은 개인적인 사람을 좋아하지 않는다. 왜냐하면 개인적인 사람이야말로 전적으로 자신의 세계를 추구하기 때문이다.

만약에 누군가가 매우 엉뚱한 사람이라면 그는 곧 개인적인 사람과 마찬가지다. 따라서 현자에게는 바보도 때론 현자처럼 보이고 바보에겐 때론 현자도 바보처럼 보인다.

이에 관해 아주 재미난 이야기가 있다. 어느 날 태조 이성계가 무학대사와 대신 신료들이 함께 모인 자리에서 서로 주거니 받거니 농담을 즐기고 있었다. 이때 이성계가 무학대사에게 "대사는 어찌 돼지처럼 생겼소?" 그러자 무학대사가 "임금님은 어찌 부처님처럼 생겼소?" 이성계가 재미없다는 듯이 "하하하. 대사! 나는 대사를 돼지라고 욕했는데 대사는 나의 어디가 부처님 같다는 말씀인 것이오?" 이에 무학대사 왈, "실은 그게 아니라 돼지의 눈에는 모든 것이 다 돼지로 보이고 부처님의 눈에는 모든 것이 다 부처님으로 보입니다."라고 한, 한바탕 박장대소한 이성계와 무학대사 사이에 있었던 꽤 유명한 일화다.

그만큼 어리석은 자의 눈에는 지혜로운 사람도 어리석어 보이고 지혜로운 자의 눈에는 어리석은 사람도 지혜로워 보인다. 비록 겉으로는 바보처럼 보이고 행세하는 사람일수록 안으로는 지혜롭고, 속으로는 남보다 똑똑하고 많이 안다고 자부하는 사람일수록 지혜로운 사람에 비해 무지하기 짝이 없다.

그것이 바로 지혜로운 사람과 어리석은 사람의 차이다.

가령 세상을 정복한 왕이라도 천하를 손에 얻은들 참 나를 모르면 수많은 승리에도 불구하고 진정한 승리가 아니며 비록 가난한 탁발승에 불과할지라도 참 나를 아는 것이야말로 진정한 승리다. 누가 진정한 왕이고 진정한 거지인가.

그래서 소크라테스는 배부른 돼지보다 배고픈 인간이 낫다고 말했다.

이것이 또한 오늘날 우리들이 처한 실제상황이다. 그러므로 끝까지 내면으로 가는 길을 고수하라. 내면으로 가는 길을 고수하기만 하면 마침내 옳은 길을 향해 가는 것이다.

이 세상에 내가 나를 아는 것 말고 그밖에 다른 길은 없다. 오직 나를 아는 길이 유일한 길이다.

내가 바로 그 증거다!

소승과 한 미모의 여성

    어느 날 보기 드문 미모의 아름다운 한 여성분께서 소승보고 고맙게도 만나자는 제안을 했다. 그러면서 본인은 누구보다 인연을 소중하게 여기고 생각하는 사람으로 언제쯤 괜찮은 시간에 자기를 만나러 오겠냐고 대뜸 말하는 것이었다. 뜻밖의 제안에 어찌 소승이 같은 남자로서 감히 거절할 수 있으랴만 막상 이 몰골에 남루한 차림으로 달려갈 수도 없고 나는 최대한 상대방 여성분의 비위를 거스르지 않는 범위 내에서 되도록 가까운 빠른 시일 내에 꼭 한번 찾아뵙겠다고 정중히 사과의 말씀을 드렸다. 그리고 약 일주일 정도 있다가 때마침 그녀가 있는 곳을 지나가던 찰나에 곧바로 그녀에게 연락을 취했다. "안녕하세요? 김 아무개입니다. 죄송하지만 아마 오늘 중으로 몇 시쯤이면 계신 곳에 곧 도착할 것 같습니다. 혹시 몰라서 미리 메모를 남깁니다." 이윽고 조금 뒤에 얼마 있다가 비로소 기다리고 기다렸던 그녀에게서 드디어 한 통의 답장이 왔다. "저 지금 외국 나가서 영원히 오래 있다가 옵니다." 그녀는 무언가 나한테 단단히 뿔이 나서 매우 몹시 화가 난 상태였다. 나는 별수 없이 속으로 아쉬움을 삼키며 그녀에게 마지막으로 편지를 썼다. "갑자기 그 나이에 영국으로 유학이라도 떠나신 단 말씀인가요?" 오늘도 소승의 옆구리께는 참 시립지 말이지요. 실화다.

적반하장

　나는 가끔가다 아주 가까운 사람에 한해서는 나의 글을 한번 읽어 보라는 뜻에서 오직 성의를 갖고 어쩌다 드물게 보여 줄 때가 있다. 그런데 막상 전부 좋은 말만 썼다는 둥, 어디서 많이 본 글이라는 둥, 남의 글을 그대로 베꼈냐는 둥 오히려 온갖 잘난 척을 하면서 나는 죽을힘을 다해 그동안 힘들게 공들여 쓴 줄도 모르고 별안간 뜬금없이 허무맹랑한 소리를 제멋대로 씨부렁거리면 한순간 그만 땅바닥에 털썩 주저앉고 싶을 정도로 마구 한숨이 나는 가운데 그냥 김이 팍 샌다. 과연 그렇게 말하는 사람한테 내가 배 아파서 낳은 자식을 보고 "그럼 넌 네 자식을 나 몰래 주워왔냐"고 물으면 정말 기분이 어떨까?

행운아

　제아무리 폭력은 금물이라지만, 간혹 나보다 교양 있는 사람이 어중간한 사람의 못된 버르장머리를 고칠 겸 한순간 공중에 무턱대고 뺨을 때리는 것은 순전히 자비에서 비롯한 행동이다. 그런데도 단지 맞았다는 이유만으로 끝내 억울하고 원통하다면 아직도 자비의 뺨이 충분하지 못한 결과다. 때론 윗사람이나 나이 든 양반이 때리는 뺨은 보약과 다름없다. 그런 그대는 행운아다.

고뿔

밤중에 누가 와 있는지 마침 문을 열고 나가보니 대문밖에 안개가 자욱하다. 온통 희뿌연 안개 속에 가로등만 외롭게 쓸쓸히 서 있다. 갑자기 누군가 등 뒤에서 부르는 듯한 소리에 돌아보니 찬바람만 쌩하니 내 옆을 막 스치고 지나간다. 도대체 어디를 저렇게 혼자서 급하게 가는 것일까. 왠지 모를 뜻밖의 손님에 마음 한 곳이 휑하다.

이렇듯 을씨년스러운 가운데 구천을 떠도는 영혼도 차디찬 밤이슬을 피할 길이 없는데 산목숨인들 오죽하랴만 오늘따라 길거리를 떠돌고 있을 죽은 불쌍한 영혼들을 생각하니 춥고 배고픈 사람들이 자꾸만 더 생각난다.

아닌 게 아니라 온몸에 뼈마디가 좀처럼 들쑤시는 날에는 평상시 잘 보이지 않던 것들도 예사롭지 않은 법이다.

그래서 그런지 요즘 들어 통 입맛이 나지 않는 게 벌써 며칠째 방 안에서 끙끙 앓고 나니까 아무래도 한약방에서 한약이라도 한 첩 지어야 할 셈인지 해가 바뀔 때마다 겨우내 몸이 자꾸만 안으로 움츠러드는 것은 나도 어쩔 수 없는 노릇이다.

그렇다고 잠자코 방에만 있을 수도 없는 노릇에 어찌 이 몸이 가고 오는 세월을 미리 속속들이 알겠냐만, 소리소문없이 왔다가는 기적을 무슨 놈의 재간으로 내 마음대로 이래라저래라 할 수 있는지, 내 몸뚱이 하나도 지탱하기 어려운 마당에 가만히 앉아서 지켜보는 수밖에 별다른 도리가 없다.

오죽하면 얼어 죽을 놈의 귀신도 척 달라붙어 여간해서 떨어질 생각을 않고 아우성칠까. 지난밤 고뿔에 온종일 집안에만 틀어박혀 꼼짝달싹 않고 지내다 보니 이제 겨우 정신이 드는 모양이다.

이왕에 내친김에 온몸에 잔뜩 찬물을 통째로 한 바가지 뒤집어쓰고 나니 한바탕 소동을 치른 것처럼 정신이 번쩍 나면서 그동안 심하게 앓던 몸살 기운도 제법 온데간데없이 감쪽같이 사라지고 말았다.

그리고 보면 병이란 것도 알고 보면 꾀병일 때가 많다. 우리 몸에 들어와 살 때는 마치 대장인 양 행세하고 제멋대로 굴다가도 막상 몸에서 나갈 때는 언제 그랬냐는 듯이 부랴부랴 쫓겨서 서둘러 나간다.

이처럼 병이란 보통 때는 잘 느끼지 못하다가 한 번씩 되게 아프고 나면 비로소 병인 것을 알고 병이 다 나을 때가 되어 본래 제자리로 돌아오게 되어 있다. 결국 병이 낫고, 안 낫고는 나의 마음가짐에 달렸다.

비단 내 몸뿐만이 아니라 우리의 마음과 정신도 내 나름대로 어떻게 대처하는가에 따라 위기는 곧 기회라는 말이 있듯이 무방비 상태에서는 온갖 잡신이 들러붙다가도 막상 눈을 부릅뜨고 정신을 똑바로 차리면 귀신이 오다가도 무서워서 도망가는 것은 동서고금을 막론하고 예나 지금이나 마찬가지다.

우여곡절 끝에 전장에 싸우러 나가는 병사처럼 병마 앞에서 내심 속으로 전전긍긍 앓고 나니까 이제는 웬만한 골머리에는 이골이 날 만큼 괜한 걱정거리에 어설픈 웃음이 나는 가운데 어지간한 병은 병도 아니라는 생각이 든다.

한 번 실수는 병가지상사라는 말이 있듯 설마 하는 생각이 어쩌다 생사람 잡는다고 너무 안일한 생각에 그만 병을 키운 것이 그 원인이다.

이번 기회에 그런 썩어빠진 정신의 뿌리를 뽑을 겸 앞으로 더욱 심기일전해서 다시 건강한 몸으로 새롭게 태어나고 싶은 것은 인간의 욕망이라면 당연한 결과가 아닐는지. 모처럼 가뿐한 마음에 몸이 한결 가볍다.

내 몸이 건강하면 마음도 건강한 것처럼 올바른 몸에서 올바른 정신이 나오고 건강한 육체에 온전한 정신이 깃든다.

이십 대란

이십 대란 불확실한 미래에 대한 불투명함으로 인해 누구나 고민할 수밖에 없는 나이가 바로 이십 대다. 이십 대야말로 인생에서 가장 견디기 외롭고 힘든 시기다. 그 시기를 어떻게 잘 이겨내고 극복하는가에 따라 장차 나의 인생이 달라진다고 해도 과언이 아니다. 그러므로 단지 눈에 보이는 것에만 집착하기보다 나만의 꿈을 위해 살도록 노력하라. 그 정도의 차이에 따라 어떤 사람은 대인배를 닮기도 하고 어떤 사람은 소인배를 닮기도 한다. 인생이란 결국 돈이나 물질에 목적이 있는 것이 아니라 나란 누구인가에 달렸다.

봄날은 간다

　때로는 인생이란 얼마나 쓸쓸한가. 가끔은 사는 게 참 쓸쓸할 때가 있다. 아무도 없는 텅 빈 시간에 나 홀로 있으면 왜 그런지 슬퍼지다가 한없이 허전해진다. 누구나 인생이란 다 그런 것이라지만, 어쩌다 쓸쓸해지다 보면 나도 모르게 울적해진다.

　새삼스레 사는 게 뭔지 자꾸만 쓸쓸한 생각에 한순간 덧없게만 느껴져 어찐지 우울하니 의기소침해진다.

　한동안 말없이 서서 나만의 보이지 않는 외로움에 쌓여 온통 바보 같은 생각에 젖다 보니 어느새 지난 세월이 주마등처럼 스치는 가운데 문득 나 자신을 되돌아보게 된다.

　결국 삶이란 내가 혼자라는 것을 아는 일일 테지만 그럴수록 누군가 그리워지는 것은 아직도 나의 가슴속에 못다 한 사랑이 살아 숨쉬기 때문이리라.

　차마 말할 수 없는 긴 슬픔일지라도 영원히 가슴 속에서 지워지지 않는 한, 어쩔 수 없이 살아야 하고 또 살 수밖에 없는 냉정한 현실 속에서 또다시 받아들일 수밖에 없는 것은 나란 존재가 한 사람의 인간이기에 앞서 오늘을 살아야 하는 까닭이다.

그 무엇도 나를 대신하고 대변할 수 없지만, 때론 살아있다는 것만으로도 내가 나를 말하기에 충분한 것을. 이제 와서 지나가 버린 과거를 애타게 불러본들 무슨 미련이 남아서 가는 청춘을 붙잡고 가는 세월을 막으랴.

다만 지금의 내 모습 그대로 내가 나한테 충실한 것만이 나의 전부이고 내 모든 것이기에 앞으로 얼마나 많은 세월의 아픔을 겪을지 모르겠지만 그동안 내가 살아있는 그 날까지 더욱더 가슴 뜨겁게 사랑하며 또한 그렇게 살아가야 하리라.

비록 아무것도 가진 것이 없을지라도 언제나 타오르는 촛불처럼 몸과 마음을 다하여 나의 영혼을 불태워야 하리니. 모름지기 정처 없이 가는 세월 앞에 흐르는 강물은 말이 없건만 봄날은 간다.

피에로에 대하여

　피에로는 슬픈 역사를 가지고 있다. 피에로는 늘 사람들을 즐겁게 하고 웃음을 선사하는 존재지만, 동시에 다른 사람들한테 놀림과 무시를 당하고 외면을 받는 것이 피에로의 가장 큰 특징 중의 하나다. 정작 피에로 자신은 누구에게도 상처를 주지 않지만 언제나 돌아오는 것은 무시와 경멸 속에 사람들의 조롱 섞인 비아냥거림과 웃음이다.

　그런데도 피에로는 다른 누군가를 원망하기는커녕 오히려 희생하기만 할 뿐 언제든지 자신을 필요로 하는 곳이면 아무 대가를 바라지 않고 오직 순수한 마음으로 누군가를 기쁘게 하는 데만 관심이 있을 뿐이다. 마치 어린아이처럼 순진무구한 것이 또한 피에로의 특징이다. 피에로를 보면 항상 웃는 얼굴에 슬픈 표정을 짓고 있는 것은 피에로의 내면에 보이지 않는 모순된 세계의 양면을 말한다.

　피에로의 눈에 세상은 온통 미친 사람들의 천국이고 이상과 현실만이 공존하는 세계에서 개개인은 권력을 위한 수단에 불과하다. 그곳에서 피에로는 낯선 이방인일 뿐이다. 나 홀로 외톨이 같은 외롭고 쓸쓸한 소외감 속에서 아무리 벗어나려고 무진장 애를 쓰고 발버둥을 치듯 도망을 쳐도 그때마다 번번이 좌절을 겪고 만다. 피에로가 살아가는 세상은 너무나 꽉 막혀 있기 때문에 출구 없는 비상구만 있을 뿐 나란 존재는 사방에 나를 가두는 이데올로기의 거대한 장벽 앞에 한없이 나약한 존재일 뿐이다. 그래서 피에로는 슬퍼도 웃을 수밖에 없는 매우 하찮은 존재로 전락해 버린다.

피에로는 속으로 생각한다. '왜 사람들은 서로가 서로에게 끊임없이 요구하고 핍박하며 구속하면서 매일 하루하루가 지옥이기만을 꿈꾸고 바라는가?' 그토록 처절한 몸부림 속에서 피에로가 정말로 원했던 것은 나를 가두는 속박으로부터 벗어나고픈 자유에 대한 갈망이 아니라 과거의 어두운 그림자 속에 놓여 있던 애절한 그리움이다.

피에로에게 사건은 하나의 우연에 지나지 않는다. 그렇지 않다면 세상이 이처럼 온통 뒤죽박죽일 리가 없기 때문이다. 피에로에게 세상은 말 그대로 어쩌다 우여곡절로 이루어진 사건의 연속일 뿐 결코 그 어느 곳에서도 환영받지 못한다. 피에로는 계속해서 같은 자리만 빙빙 맴돌고 제자리걸음만 할 뿐이다. 매번 운명의 여신은 피에로를 비웃기라도 하듯 그대로 지나쳐 피에로에게 등을 돌린다. 어느덧 새로운 세계에 대한 동경을 갈망하지만 아무리 주변을 돌아보아도 모두가 나를 비웃기만 할 뿐, 운명은 피에로에게 그야말로 가혹할 뿐이다.

그 결과, 피에로는 가까스로 탈출구를 찾아 모색하지만 끝내 막다른 골목에 다다라 더 이상 아무도 나를 구원해 주지 않는 차가운 현실 세계에 갇혀 그리고 마침내 비탄에 잠겨 허공에 절규하듯 한없이 우수에 젖은 채 그 어디에도 나란 존재는 없다는 것을 발견하게 된다. 거울 속에 비친 피에로의 모습은 바로 우리들의 일그러진 자화상이다. 그것이 피에로가 세상을 통해서 보여 주는 방식이다.

피에로는 사람들 곁에서 함께 웃고 노래하며 춤추는 것을 좋아하지만 그런 피에로에게 사람들은 무관심할 뿐 아무도 거들떠보지 않는다. 왜냐하면 사람들에게 피에로는 한낱 우스꽝스러운 광대에 불과하기 때문이다. 그것이 피에로의 현주소다. 즉, 피에로는 나 자신이고 나의 아버지이며 나의 우상이고 그들 모두이기 때문이다.

그렇기 때문에 피에로는 과거의 기억 속에서 지난날을 회상하듯 단지 체념하며 살아갈 수밖에 없다. 피에로가 선택할 수 있는 길은 삶을 뛰어넘거나 아니면 완전히 미치거나 곧 자살해 버리는 길이다.

그에 비해 영화 〈조커〉는 단순히 폭력의 미학에 관한 것이 아니라 폭력의 본질이란 무엇인가에 대한 철학적인 질문 속에서 피에로를 비롯한 전 인류애를 다룬 이야기다. 인류가 지금껏 쌓아온 온갖 가식적이고 위선적인 세계관은 사실상 폭력으로 물들 수밖에 없다는 것을 단적으로 보여 준다. 폭력이야말로 힘을 지배하는 논리다. 결국 과대망상증은 폭력에서 비롯한 현상이다.

피에로는 우리 모두의 무의식 속에 잠재되어 들어 있는 지난 나의 어린 시절을 떠올리게 한다. 피에로는 어린 시절에 누구나 한 번쯤 그들의 부모와 기성세대로부터 받았던 지나친 학대로 인해서 아직도 치유받지 못한 사람들의 아물지 않은 아픈 상처에 대한 상흔과 기억 저편의 아련한 추억인 가운데 한편 어두웠던 과거의 그림자의 일부다.

곧 피에로가 우리에게 던지는 질문은 '오늘날 내가 나한테 나는 누구인가?'라는 것이다. 그것이 영화 전반에 걸친 내용이다. 그런 면에서 영화 〈조커〉는 거장의 숨결이 느껴진다.

피에로에게 있어서 가장 중요한 것은 한 인간이 성장하기까지 그가 겪을 수밖에 없는 고통은 누군가 일부러 만들어 놓은 것이 아니라 너도나도 서로의 무관심 속에서 무방비 상태로 격리된 채 어느 날 주사위 속에 어쩔 수 없이 세상 밖으로 내동댕이치듯 냉정하게 던져질 수밖에 없다는 것이다.

늘 슬픈 것은 내가 세상을 슬프게 하는 것이 아니라 세상이 나를 더욱 슬프게 만든다는 사실이다.

피에로는 우리 곁에서 말한다.

"천국의 계단은 없다!"

　피에로는 나의 자전적인 이야기다. 그리고 우리 모두의 이야기이기도 하다. 즉, 피에로는 바로 나 자신의 얼굴을 거울 속에 있는 그대로 보여 준다. 내가 피에로를 보면서 한 가지 느낀 점이 있다면 세상은 항상 힘 있는 강자들의 편이란 점이다. 바로 그 점이 내가 피에로를 통해서 말하고 싶었던 부분이다. 나는 삶의 구석구석 거의 안 가본 길이 없을 만큼 내가 치러야만 했던 대가는 오직 상처뿐인 영광이었다. 나 역시 이 사회로부터 외면을 받고 차가운 냉대를 받았지만, 그럴수록 오히려 나는 나 자신을 더욱 철저히 깨닫는 계기가 되었다. 비록 이 사회가 온갖 모순덩어리로 가득 찬 것은 사실이지만, 나 또한 이 사회를 통해서 배울 수밖에 없었던 과거의 현실에 비하면 나는 그야말로 너무나 큰 희생과 혹독한 대가를 치렀다. 이 세상은 말 그대로 단지 지옥이나 다름없기 때문이다. 내가 이 글을 통해서 사람들 앞에서 분명히 말하고 싶은 것은 누구든지 자신의 인생을 스스로 찾지 않는 이상 아무도 나를 도와주지 않는다는 것이다. 설령 누군가가 나를 도와준다고 해도 잠시 일시적인 현상에 지나지 않을 뿐, 결국 내 인생의 운명을 좌우하고 결정하는 바로 그 무대 위의 주인공은 오직 나뿐이다. 인생은 어느 희극배우의 말처럼 때론 비극일 수도, 희극일 수도 있지만 그렇다고 언제까지 앉아서 무조건 줄곧 기다리고만 있을 수는 없다. 정작 내가 나를 구원하지 않는 한 운명의 여신은 매번 나를 배신하고 조롱하면서 비웃을지 모르지만 그런데도 불구하고 삶은 누구에게나 똑같이 공평하다는 것이다. 다만 누군가는 쪼그리고 앉아서, 누군가는 부둥켜 안고, 누군가는 비굴하게 굴고, 누군가는 비참하게 울면서 비록 어디로 가야 할지 모른 채 정처 없이 길을 잃고 헤매겠지만, 결국 인생의 가치를 어디에 둘 것인가는 나의 선택에 달렸다. 따라서 끝까지 사회에 굴하지 않고 혼신의 힘을 다해 전력으로 질주하면 마침내 어두운 삶의 터널을 지나서 맞은 쪽 반대편 밝은 빛 속에 서 있는 문득 자기 자신의 모습을 발견하게 된다. 그러므로 신은 항상 그대 곁에서 그대가 오기만을 기다리고 있다는 것을 언제나 기억하라. 왜냐하면 그대가 바로 신의 모습이고 신의 현현이기 때문이다. 진정 그럴 수 있을 때만이 비로소 마음껏 소리 높여 하늘 높이 크게 웃을 수 있다. 저기 보이지 않는가? 저 멀리 능선 위에서 환하게 웃고 있는 자가.

열공·멸공

　하루는 아내 앞에서 모르는 낱말이 없을 정도로 내 나름대로 박식하다고 마구 자랑삼아 떠벌이다가 나도 모르게 발음을 잘못하는 바람에 열공을 그만 멸공이라고 말하는 어처구니없는 실수를 범하고 말았다. 열공은 말 그대로 "열심히 공부한다."라는 신조어고 멸공은 원래 '공산주의'를 뜻하는 파생어다. 대개 어렸을 때 공부를 못하는 학생을 보면 선생님이 우스갯소리로 지나가면서 "얌마. 넌 공부를 못하면 공산당이라도 때려잡아야 할 것 아냐?"라는 말을 가끔 수업 시간에 하곤 했었다. 한마디로 단순히 머리가 나쁘면 힘이 세다는 말을 비유적으로 일컫는 말이다. 즉, 공부를 잘하면 열공이고 공부를 못하면 멸공이다. 이 말을 종합해보면 머리가 좋아서 공부를 잘하는 학생은 나중에 커서 열공이 되고 단지 무식하고 힘만 세면 멸공이 된다. 결국 공부를 잘해서 먼 훗날 박사가 되는 것이나 싸움을 잘해서 공산당을 때려잡고 악당을 물리치는 것이나 사회에 공헌하는 것은 둘 다 마찬가지다. 굳이 공부에 소질이 없다고 꼭 자책할 필요가 없다. 만약 공부를 못하면 그 대신 몸을 튼튼히 키우면 된다.

또 누가 아는가? 그러다가 육체미 선수가 될지. 그러므로 멸공이 열공이고 열공이 멸공이다.

다시 자연 곁에서

해마다 이맘때면 마당에 나가서 낙엽들을 쓸어 모으는 일로 한 해의 하루를 시작한다. 나무마다 아래에 수북이 쌓인 온갖 잡동사니 같은 낙엽들을 갈고리로 긁어모아 한데 태우며 한 해의 불길한 기운을 없애듯 새해의 소망을 담아 겨우내 언 땅끝에서 흙냄새를 맡고 있으면 어느새 봄 향기가 물씬 나는 가운데 벌써 봄이 내 곁에 와 있음을 알린다.

매년 3월 중순쯤이면 한 해의 계획 중에 내가 제일 먼저 발 벗고 나서서 하는 일이 그동안 쌓인 낙엽들을 태울 겸 새봄을 맞아 마당을 새롭게 정리 정돈하는 일이다.

올해는 겨울이 따듯해서 그런지 작년보다 새싹이 일찍 돋았다. 예년에 비해 한 열흘 정도 빠른 편이다. 바로 며칠 전에는 수선화가 활짝 피더니, 지금은 모란이 듬성듬성 봉우리를 맺었다. 약 일주일 정도 지나면 모란 특유의 함지박만 한 꽃이 필 날도 머지않았다.

한동안 마당을 말끔히 정리하고 나서 나 홀로 뜰에 앉아 새 단장에 봄을 맞을 준비를 하니 어느덧 마음 한가득 샘솟는 기쁨에

입가에 잔뜩 흐뭇한 미소가 감돈다. 도시에서는 느낄 수 없는 시골 생활에 따른 또 다른 나만의 여유와 색다른 즐거움이다.

내가 이사 오기 전까지만 해도 집이 오래돼서 낡고 볼품이 없었는데 한 해, 한 해 조금씩 고치고 수리하면서 손수 마당을 직접 가꾸다 보니 지금은 내 나름대로 그럴듯한 보기 좋은 정원이 되었다. 특별히 할 일이 없는 날, 마당에서 여러 가지 나무들을 키우면서 가꾸는 것이 나의 취미다. 매년 수십 종류의 나무와 식물들이 계절마다 형형색색의 꽃을 피운다. 그중에서도 가을에 피는 국화를 나는 참 좋아한다. 뒤늦게 가을 찬 서리 속에서 지고지순한 자태를 뽐내는 한 떨기 국화꽃은 보는 이로 하여금 저절로 감탄을 자아내게 만든다.

매번 느끼는 것이지만, 시골 생활의 정취 중에서 무엇보다 가장 큰 행복감이 바로 말 없는 무심함이다. 새삼스레 조용하고 한적한 가운데 나만의 사색에 잠기다 보면 금세 시간 가는 줄 모르고 어느새 하루가 순식간에 지나간다. 매일 시시각각 변하는 나무들을 볼 때마다 내 마음에 꽃이 피듯 하루하루가 무척 즐겁다. 워낙에 자연을 좋아하다 보니까 그야말로 지겨울 틈이 없다.

사실 이곳으로 오기 전에 어느 날 서울의 한 자취방에서 별안간 그윽한 국화꽃 향기를 코끝이 찡하도록 맡은 적이 있는데 마침 이 집의 대문에 들어서는 순간 마당 앞에 국화꽃이 무더기로 다발째 피어 있었다. 우연인지, 필연인지 모르지만 나는 이사 오기 전부터 이미 이 집을 알고 있었던 셈이다. 내가 새로운 인생을 시작하게 된 계기도 이 집에 이사를 오고 나면서부터다. 현재는 결혼해서 아내와 단둘이 살고 있다.

인생이란 어느 순간 돌아보면 우연한 기회에 어떤 필연적인 만남과 인연이 있다는 것을 어렴풋이 직감하게 된다. 사업이든, 장사든, 공부든, 결혼이든 무엇이든지 간에 저마다 최선을 다하다 보면 자기도 모르게 행운이 따르는 법이다.

특히나 우리 같은 수행자들에게 곧 신비한 체험은 크나큰 축복이자 신의 은총이 아닐 수 없다. 내가 백로에 관한 글을 쓰고 깨달음을 얻었던 시기도 국화꽃 향기를 맡은 직후 얼마 지나지 않아 이곳에 온 뒤에 있었던 일이다.

하루는 밤마다 백로들이 꽥꽥대는 소리 때문에 통 잠을 이룰 수가 없었다. 매일 백로들이 괴팍하게 소리를 지르는 바람에 나는 거의 미칠 지경이었다. 사방에 백로들의 울음소리가 끊임없이 들끓고 분노가 멈추지 않았다. 도대체 무슨 징조인지 알 수가 없었다. 그러다가 문득 깨달았다. 그때까지 내가 잠을 잘 못 이룬 것은 백로들이 나의 잠을 방해하고 있었던 것이 아니라 내가 그동안 백로들을 줄곧 오해하고 있었다는 것을. 그 사실을 깨닫고 나서 비로소 내 안에 있던 에고가 사라졌다. 그리고 나는 더는 백로들의 울음소리에 동요하지 않았다.

이에 대해 라빈드라나트 타고르에 얽힌 일화가 있다. 그에게는 한 채의 수상 가옥이 있었는데 그는 가끔 그 수상 가옥에 가곤 했었다. 그 집은 사방이 무성한 숲 한가운데 마치 한 폭의 수채화처럼 강 위에 떠 있었다. 주변이 온통 무성한 숲으로 둘러싸여 매우 고요하고 적막하기 그지없었다. 어느 보름날 밤 타고르가 크로체의 미학에 관한 책을 읽고 있었다. 크로체의 복잡한 설명에 지친 타고르가 늦은 시각 촛불을 끄고 잠자리에 들려고 누웠다. 그런데 바로 그 순간 기적이 일어났다. 촛불을 끄고 막 잠자리에 들려는 순간 작은 수상 가옥 사이로 은은한 달빛이 방마다 창문 가득 환하게 쏟아져 들어왔다. 타고르는 너무나 아름다운 광경에 잠시 말없이 생각에 잠겨 침묵을 지킨 채 고요하게 앉아 있었다. 그가 서서히 집 밖으로 나갔을 때는 때마침 둥근 보름달이 강물 위에 아름답게 비추고 있었다. 그 환한 달빛 아래 강물은 소리 없이 도도하게 흐르고 있었다. 타고르는 다음날 일기장에 다음과 같이 적었다.

"아름다운 달빛이 사방에서 나를 에워싸고 있었는데 작은 촛불이 그 아름다운 달빛을 차단하고 있었다. 그 촛불 때문에 달빛이 집 안으로 들어오지 못하고 있었다."

즉, 작은 촛불 하나가 달빛이 방 안으로 들어오는 것을 밖에서

4부

서성이고 가로막고 있었던 것이다. 이처럼 에고의 작은 불빛이 우주 전체가 가슴 속으로 파고들어 오는 것을 방해한다. 그 신비한 체험을 통해서 본래의 마음이 드러난다. 그 순간 초월이 일어난다. 그것이 바로 잠, 꿈, 깨어남의 봄(見)을 뜻하는 다르산이며 비로소 견성이 무엇인지 알게 된다. 그 신성한 체험 속에서 일체의 에고가 눈 녹듯 사라지며 무아지경의 경지 속에서 난생처음 진(眞), 선(善), 미(美)의 무궁무진한 보물을 발견하게 된다.

하여 국화꽃 향기를 맡았는가?

만약 길을 가다가 우연히 낯선 것과 문득 마주쳤을 때 내게 어떤 알 수 없는 징후가 일어난다면 내면에 무엇인가 새로운 변화가 일어나고 있다는 증거다. 항상 신비한 일이 일어나기까지는 그전에 대 혼란스러움이 뒤따른다. 왜냐하면 경험하는 자와 깨달음이 동일하기 때문이다. 즉, 관찰자와 관찰되는 대상이 서로 다르지 않다. 그대가 곧 그것이다. 그러므로 마음속 깊은 곳에서 불현듯 커다란 의구심이 든다면 혹시 낯선 이방인이 찾아오는 중인지 모르므로 참을성 있게 인내심을 가지고 다만 멀리 떨어져서 주의 깊게 지켜보라.
이렇듯 무심한 가운데 물끄러미 서서 나무들을 바라보고 있으면 나도 한 그루 청청한 나무가 된다. 말없이 자연을 바라보는 가운데 때 묻지 않은 자연과 함께 집착에서 벗어나 본래의 내 모습 그대로 티 없이 맑고 순수해진다. 자연의 혜택 속에서 미처 나도 몰랐던 나 자신을 깨달을 때가 많다.

그에 비해 오늘날 도시 사람들은 매일 공장에서 나오는 매연과 하루에도 수없이 붐비는 자동차들의 경적으로 인해서 나 자신을 돌아볼 여유도 없이 그야말로 숨이 턱턱 막힐 정도로 숨 가쁜 세상 속에서 정신없이 먹고살기에 바쁘다. 도시란 곧 감옥살이나 다름없다.

내가 다시 이곳 고향으로 오게 된 배경도 따지고 보면 번잡한 도시를 떠나 나만의 조용한 장소를 원했기 때문이다. 비록 가진 형편은 넉넉하지 못하지만, 자연과 함께 더불어 사는 것만으로도 내겐 더 아무것도 필요 없을 정도로 매사에 생기와 활력이 넘친다. 누구나 복잡한 도시에 살다가 이런 조용한 시골에 와서 살아 보면 알겠지만, 내가 그동안 얼마나 어리석게 바보처럼 살았는지 새삼 절실히 깨닫게 된다. 그만큼 자연에선 늘 모든 것이 새롭다. 아침 일찍 잠에서 깨어 맑은 공기 속에 기지개를 활짝 켜고 마당을 한 바퀴 돌면 온몸이 맑고 개운한 가운데 기분이 몹시 상쾌하다.

나의 이해에 따르면 고독한 사람일수록 복잡한 도시보다 비교적 한가한 시골 같은 곳을 더 좋아한다. 그렇다고 내가 절대 고독하다는 뜻은 아니다. 나는 누구보다 밝고 명랑한 사람이다. 그런 나 때문에 나의 아내는 온종일 웃음을 참지 못한다. 처음에 나의 아내도 대도시에서 자란 탓에 시골 생활에 적응하느라 고충이 있었지만, 지금은 별 탈 없이 무사히 잘 지내고 있다. 아무튼 사람마다 살아가는 방식이 다르기 때문에 군이 남의 방식대로 똑같이 살 필요가 없다. 나는 나만의 방식대로 삶의 여유를 즐기고 만끽하면 된다. 내가 시골로 온 까닭도 바로 그런 이유에서다. 그래서 우리 같은 수행자들은 항상 산에 대한 향수를 지니고 산다. 그 때문에 수많은 깨달았던 사람들이 히말라야에서 죽었다. 붓다, 노자, 모세, 달마와 같은 위대한 스승들이 히말라야 한가운데서 생을 마쳤다. 예수도 마찬가지다. 히말라야 봉우리의 눈 덮인 만년설은 어떤 의미에서 깨달은 사람의 의식과 유사점이 비슷하다. 산과 우리네 인생이 닮았다.

　나의 친구 중에 히말라야를 자주 여행 가는 사람이 있는데 세계 곳곳에서 모인 젊은이들이 네팔 등지에 투숙하면서 숙소에 머무는 동안 다 같이 옹기종기 모여앉아 서로 가지고 온 음식을 함께 나눠 먹으면서 아예 다니던 직장도 그만둔 채 히말라야 계곡에 매료되어 한동안 푹 빠져서 막상 그곳에서 살다시피 지내는 배낭족들이 많다는 이야기를 우스갯소리로 들은 적이 있다. 그만큼 히말라야는 우리 모두의 가슴속에 매우 낯설고 신비로운 곳이다. 나도 언젠가는 히말라야에서 생을 맞이하고 싶다. 히말라야는 나의 마음속의 영원한 고향이다.

도시를 떠나서 그런 문명의 혜택이 전혀 닿지 않는 곳에서 산다는 것은 분명히 여러 가지 불편한 점이 따르지만, 사람이 살기에 그보다 더 적합하고 좋은 장소는 없다. 누가 나를 귀찮게 하고 간섭할 사람도 없고 대자연의 품에 안겨 다만 자연의 소리에 귀 기울이고 물 흐르듯이 자연스럽게 살면 더할 나위 없이 만사가 두루 평안하다.

인간의 운명은 결국 언젠가 흙에서 태어나 흙으로 돌아가듯 모름지기 우주 만물의 근원은 자연과 함께 결코 자연을 떠나서 살 수 없는 것은 비단 인간뿐 아니라 모든 만물의 공통된 특성이다. 그런 자연이 없으면 우리의 삶도 무가치할 수밖에 없다. 무릇 어진 사람은 자연을 벗 삼아 은둔자처럼 살면서 침묵을 지키는 가운데 말 없는 실천을 행한다. 이에 노자는 도를 가리켜 물에 비유했다. 물은 항상 낮은 곳으로 흐르되 만물을 이롭게 할 뿐만 아니라 그러면서 다투지 않고 변화무쌍한 가운데 여러 가지 형태에 따라 다양한 모습을 취한다. 최상의 선은 물과 같다고 말함으로써 역설적으로 문명을 비판하고 차별 없는 무위자연(無爲自然)을 강조했다. 이처럼 도의 경지에 이른 사람은 자연을 쫓아서 자기 스스로 존재하는 법이다.

이곳에 온 지도 벌써 십 년이란 세월이 훌쩍 지났다. 처음에 왔을 때보다 여기저기 많은 것이 변했지만 예나 지금이나 자연은 늘 그대로다. 변하는 것은 단지 우리의 겉모습일 뿐이란 생각에 본질적인 것은 눈에 보이지 않지만, 결코 사라지지 않고 다른 형태로 바뀔 뿐이다.

오늘은 가까운 근처에 있는 묘목 시장에 가서 새로 단풍나무를 한 그루 사다가 심을 예정이다. 재작년에 청 단풍나무를 심었는데 관리를 제대로 못 하는 바람에 땅에 뿌리를 내리지 못하고 나무가 고사 직전에 이르렀다가 결국 죽고 말았다.

땅을 가꾸면 가꿀수록 기름진 옥토가 되듯 오늘 나무를 심는다고 당장 꽃이 피고 열매를 맺는 것은 아니지만, 묵묵히 참고 기다리는 인내가 없으면 나무든 꽃이든 새든 사람이든 무르익을 겨를이 없다.

이처럼 계절에 따라 새가 우는 가운데 꽃이 피고 지며 세월이 오가는 것은 자연의 불변의 진리다.

이른 봄, 뜰 앞에 서서 내 안의 나와 마주하고 바라보니 모처럼 봄기운이 완연한 가운데 긍정의 지평에 선 보살의 자비는 봄볕처럼 따사롭다.

아내와 사냥개

하루는 집에서 잠을 자는데 주방에서 불이 났다. 내가 잠든 사이 주방에서 불이 난 것도 모르고 방 안에서 이상한 연기가 새어 나오는 것을 보고 아내가 다급한 목소리로 "여보, 큰일 났어! 빨리 일어나 빨리! 불이 났어!" 황급히 소리쳤다. 나는 별안간 아내의 다급한 목소리에 무언가 사태가 심각하다는 것을 알아차리고 일어나자마자 주방으로 부리나케 곧장 쏜살같이 뛰어 들어갔다. 주방은 이미 새까만 연기로 가득 차서 도저히 숨을 쉴 수가 없을 정도로 눈앞이 아무것도 보이지 않았다. 아내는 어쩔 줄 모르고 애타게 발만 동동 구르고 있는데 급기야 불길이 순식간에 벽을 타고 천장까지 옮겨붙기 직전이었다. 나는 순간 속으로 아차 싶었다. 이러다가 정말 집이 완전히 타버리는 것은 아닌지 그야말로 속수무책이었다. 당장 불을 끄지 않으면 어느새 집이 전부 불길에 휩싸일 판이었다. 이것저것 앞뒤 가릴 생각도 없이 나는 아내랑 재빨리 화장실로 달려가서 급하게 양동이째 바가지로 무작정 정신없이 보이는 대로 물을 마구 퍼부었다. 다행히 서둘러 불을 끄는 바람에 망정이지 하마터면 집이 홀라당 타서 엉겁결에 땅바닥에 털썩 주저

269

앉을 뻔했다. 정말 아찔한 순간이었다. 아내가 망연자실해서 그대로 넋 놓고 있는 가운데 갑자기 무슨 날벼락인지 그야말로 주방이 폭격을 맞은 것처럼 온통 아수라장이다. 나의 아내의 말에 따르면 내가 코를 골고 자는 동안에 주방에 들어가서 몰래 계란후라이를 해 먹다가 깜박하고 프라이팬을 달걀 박스 위에 올려놓았던 것이 그만 화근이 되어 뜨거운 열기에 자동적으로 불이 났다는 이야기다. 나는 겨우 가까스로 마음을 진정시키고 한숨을 돌리고 있는데 아내가 나한테 "당신은 평상시 냄새도 잘 맡는 사람이 오늘따라 냄새도 하나 못 맡냐며" 다짜고짜 따지듯이 캐물었다. 나는 어안이 벙벙해서 얼떨결에 "그럼 자는 사람이 어떻게 냄새를 맡냐며" 내 나름대로 항변을 했다. 아내는 나의 말에도 아직도 도저히 믿기지 않는다는 듯이 "내가 냄새를 맡지 못하면 당신이라도 냄새를 잘 맡아야 할 게 아니냐며" 재차 추궁하듯 계속해서 쏘아붙였다. 아내의 황당한 주장에 한동안 할 말을 잃은 채 멍하니 서 있는데 그다음 아내가 하는 말이 더 가관이다. "당신이 사냥개 노릇만 제대로 똑바로 했어도 오늘 이렇게까지 불이 나지 않았잖아?" 또다시 호통을 치고 버럭 소리를 지르는 바람에 화들짝 놀라서 "당신은 온종일 잠만 실컷 퍼질러 자고 대관절 집구석에서 하는 게 뭐야?" 나야말로 자다가 말고 그야말로 기진맥진해서 죽을 지경인데 도대체 웃어야 할지, 울어야 할지 졸지에 사냥개 노릇을 잘못한 죄로 그날 나는 나의 아내한테 빗자루로 신나게 개 패듯이 흠씬 두들겨 맞았다. 아이고, 내 팔자야 개 살려?

예술을 위한 변명

간혹 예술에 대한 남다른 열정과 투지를 가지고 있는 사람들을 어쩌다 대면하다 보면 저마다 자기 나름대로 천부적인 재능을 가지고 있지만 결국 좋은 선생을 만나지 못했기 때문에 오늘날 나의 예술이 꽃을 피우지 못한 것처럼 밖으로 한숨을 토로하듯 절로 비관 섞인 탄식을 종종 쏟아내는 사람들을 우연히 만날 때가 있다. 물론 예술을 사랑하는 순수한 열정만큼은 참으로 갸륵하지 않을 수 없다. 그러나 과거에 좋은 선생을 만나지 못했기 때문에 그처럼 예술을 꽃피우지 못한 것이 아니라 대부분 본인이 가진 재능에 비해 노력한 만큼의 시도도 해 보지 않고 부득이하게 어쩔 수 없는 현실만 탓하는 경우가 많다. 그런 사람들에게 있어서 예술은 단지 머릿속의 상상에 불과한 한낱 진부한 생각에 지나지 않는다. 제대로 된 선생을 만나서 제대로 된 예술을 꽃피우기 전에 그에 따라 피나는 노력과 연습을 통해서 내 나름대로 충분히 실력을 쌓아야만, 그나마 예술도 예술 나름이라고 말할 수 있다. 무턱대고 예술을 한다고 누구나 전부 예술가가 되는 것은 아니다. 단 한 번도 예술을 실행에 옮겨 본 적이 없는 사람이 과연 무슨 수로 예술에 담긴 참된 의미를 알겠단 말인가? 자고로 천부적인 재능과 예술을 보는 식견은 하늘과 땅만큼 천지 차이로 다르다.

산과 인생

산을 멀리서 바라보고 있으면 산은 그냥 산일 뿐이지만, 산을 가까이 다가가서 바라보면 어느새 산속에는 수많은 길이 있다.

산에 올라 보면 산에는 꽃이 피고 꽃이 지는 일뿐 아니라 매번 시시각각 변할 때마다 넓은 길이 있으면 좁은 길이 있고 다양한 나무들이 있으면 우거진 숲이 있다. 그 밖에도 계곡이 있으면 언덕배기가 있고 높은 산봉우리가 있으면 깊은 골짜기가 있다. 그야말로 온갖 변화무쌍한 삼라만상이 한데 어울려 다 같이 모여서 함께 이루고 있는 것이 산이다. 오직 산을 알기 위해서는 산으로 들어가야만 안다. 산을 곁에서 바라보기만 하면 산의 정체를 알 수 없다.

우리의 인생도 마찬가지다. 산을 알기 위해서는 산속으로 깊이 들어가야만 하는 것처럼 인생이 무엇인지 알기 위해서는 삶 속으로 더욱 파고 들어가야만 비로소 인생의 참된 의미를 발견하게 된다. 단지 구경꾼처럼 서서 멀리 떨어진 채 밖에서 구경만 하면 인생의 참뜻을 알 수가 없다. 직접 경험해야만 알 수 있는 것은 결국 산이나 인생이나 똑같다. 그래서 산을 우리네 인생에 비유하기도 한다. 마침 산과 인생이 닮았다.

제아무리 박식한 사람도 산을 올라가 보지 않고는 산에 대해서 잘 모르듯이 마치 우물 안 개구리마냥 나만의 세계에 갇혀서 단 한 번도 바깥으로 나가본 적이 없는 사람은 저 광활한 바다가 아무리 넓고 넓다고 해도 본인의 눈으로 보지 않는 이상 절대로 믿지 못한다.

　산은 단순히 산이 아니고 인생은 단순히 인생이 아니다.

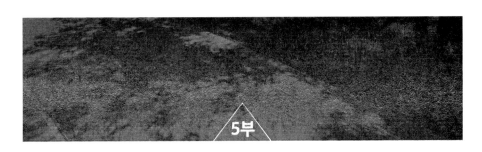

함박꽃도 감나무 그늘 밑에 있으면
영원히 꽃이 피지 않는다

만년을 살아도

 때론 허황된 꿈을 집착인 줄 모르고 잘못 알고 있는 사람들도 있다. 그런 사람들의 대다수는 줄기차게 억지스러운 주장을 펴는 가운데 닭을 보고 공작새라고 말하는 다소 황당한 견해를 피력하기도 한다. 아무리 옆에서 닭은 닭일 뿐이라고 말해 주어도 한사코 본인은 공작새라고 말할 뿐, 처음부터 끝까지 초지일관 엉뚱한 변명으로만 일관한다. 그러다가 공작새를 보면 곧바로 봉황이라고 박박 우긴다. 그야말로 만년을 살아도 영원히 깨달을 수 없는 사람이다.

노년

일찍이 젊어서 마음을 수행하고 갈고 닦으면 인생의 노년에 이르러 굳이 바깥출입을 삼가고 가만히 집에만 들어앉아 있어도 만물을 즐길 수 있는 여유로움을 갖게 된다. 그러므로 평상시 마음을 갈고 닦는 일을 결코 게을리하지 말라. 젊은 시절을 마냥 허송세월에 뜬구름만 낚다가는 그대가 노년에 갈 수 있는 곳은 결국 경로당 같은 노인정으로만 한정된다. 매일 고장 난 벽시계나 쳐다보면서 온종일 화투장에 시간만 때운다면 상관없지만.

좁쌀의 비유

  나는 상대방을 위해서 최대한 배려심을 갖고 말하는데, 한사코 남의 일에 무슨 상관이냐는 둥 말끝마다 온갖 불만투성이로 가득 차서 선의를 악의로 베푸는 그런 청맹과니 같은 사람들도 때론 부지기수다. 흔히 사촌이 땅을 사면 배가 아프다고 남의 집 잔칫상에 고춧가루를 뿌리고도 남을 위인이다. 그러면서 자신은 항상 관대하다고 생각한다. 어찌 좁쌀만 한 크기로 우주를 닮겠단 말인가. 좁쌀은 그냥 좁쌀일 뿐이다.

인생의 고찰

산다는 것이 때론 죽음보다 더하다는 것을 아는 사람은 고통조차도 비웃기 마련이다. 인생은 고통에 비례한다는 말은 아직 깨닫지 못한 사람들이 지어낸 상투적인 표현에 불과하다. 만약 인생이 고통으로만 가득하다면 이 세상 그 누구도 더는 삶을 원치 않는 것은 자명한 이치다. 결국 인생은 고통에 비례하는 것이 아니라 자신이 피 흘린 대가에 의해서 점차 점진적으로 이루어질 뿐이다.

그리운 선생님

　나에겐 존경하는 선생님이 한 분 계신다. 그분은 나의 학창 시절 고등학교 때 담임을 맡았던 선생님이다. 아마 선생님이 아니었다면 나는 학교를 졸업하지 못했을 것이다. 내가 학교를 졸업할 수 있었던 것은 순전히 선생님의 덕분이다. 나는 학교에 다니는 동안 수업 시간에 교실에 들어가지 않은 날이 많았다. 어느 날 학교에서 하루는 전체 교무실 회의 시간에 나를 당장 퇴학시켜야 한다는 항의에도 불구하고 선생님의 극구 반대가 아니었다면 나는 결국 학교를 졸업하지 못할뻔했다. 사실 내가 공부를 못했던 것이 아니다. 나는 마음만 먹으면 언제든지 1등을 할 자신이 있었다. 나는 다른 학생보다 공부를 훨씬 잘했지만, 내가 공부를 안 한 것은 어디까지나 나의 결정에 따른 것이었다. 내가 고등학교에 가자마자 제일 먼저 마음속으로 다짐한 것이 나는 더는 공부를 하지 않겠다고 스스로 마음먹었다. 나는 그만큼 어렸을 때부터 공부에 질렸기 때문이다. 내가 공부를 안 한 것은 순수한 목적에서 나의 선택이었다. 최소한 의무적으로 공부를 하는 것보다 나 자신의 자발적인 선택에 의해서 일부러 공부를 안 하고 포기하는 편이 무조건 공부를 따르는 것보다 백번 낫다. 그런데도 선생님은 그런 나에게 단 한 번도 야단을 치고 무엇을 강요한 적이 없다. 그는 내가 학교에 나오지 않는 날이 많았음에도 꾸짖지 않았다. 오히려 선생님은 나를 무척 좋아하셨다. 선생님은 나에게 그 무엇도 강요하지 않고 나를 믿고 기다려 주셨다. 그것이 참된 교육이다. 지금까지도 선생님은 내 마음속 깊은 곳에 언제나 자리하고 계신다.

오늘 이 자리를 빌려서 존경하는 선생님께 다시 한번 진심으로 깊은 감사의 말씀을 드린다. 고등학교 시절은 나에게 값진 인생의 경험이었다. 모든 학생이 대학의 진학을 목표로 공부할 때 나는 나만의 소중한 것을 경험할 수 있는 매우 특별한 시간이었다. 선생님이 나를 사랑으로 감싸 주고 이해해 주지 않았다면 나는 다른 학생들이 느껴 보지 못한 나만의 시간을 갖지 못했을 것이다.

참된 예술가

　예술은 크게 두 가지로 나눈다. 주관적인 예술과 객관적인 예술이다. 주관적인 예술이 마음의 현상에 의한 것이라면 객관적인 예술은 명상에서 비롯된다. 즉, 주관적인 예술이 마음의 복잡한 과정에 불과한 반면 객관적인 예술은 오히려 명상에 가깝다. 오늘날 많은 사람이 예술을 곧 창조 행위라고 일컫는 것은 시와 음악, 춤과 같은 다양한 예술이 사실상 명상에서 태어나기 때문이다. 아무리 훌륭한 예술일지라도 명상이 없다면 그러한 예술은 훌륭한 예술이라고 말할 수 없다. 주관적인 예술보다 객관적인 예술이 훨씬 아름답다. 그러므로 참된 예술가는 명상을 터득하고 배울 수 있어야 한다. 그 시간 속에 나를 내맡기고 완전히 몰입하는 것이 명상이며 그것이 바로 시공을 초월한 삶의 예술이다.

질문에 따라

질문이 올바르지 않은 이상 올바른 대답을 구할 수 있을 리가 없다. 반드시 올바른 대답을 얻기 위해서는 반드시 올바른 질문을 구해야만 한다. 만약 처음부터 질문이 잘못되었다면 그 역시 대답도 잘못된 길로 갈 수밖에 없다. 그러므로 올바른 대답을 얻기 전에 먼저 올바른 대답을 구하는 것이 순서다. 올바른 질문을 구하고 나면 답은 그 뒤에 저절로 자동적으로 따라오게 되어 있다. 올바른 질문조차 제대로 구하지 못했음에도 불구하고 무조건 올바른 대답을 바라는 것은 마치 감나무에서 감이 언젠가 나의 입으로 뚝 떨어지기만을 바라는 것과 아무런 차이가 없다. 따라서 질문을 갈고 닦으면 닦을수록 그에 따른 대답도 점점 심오해지는 법이다. 고로 어리석은 사람은 그만큼 무능하고 반대로 지혜로운 사람은 그만큼 심오하다.

인생은 도박이다

인생은 도박이다. 백에 걸든지, 흑에 걸든지 결국 이기는 쪽이 승리하게 되어 있다. 설사 진다고 하더라도 잃는 것은 단지 애초에 걸었던 도박일 뿐, 그 외에 더 이상 아무것도 없다. 어차피 인생은 도박인 이상, 한 번쯤 목숨을 걸고 모든 것을 투자할 가치가 있다. 최소한 잃는 것보다 얻는 것이 더 많다. 만약 잃는 것이 두려워서 잔뜩 겁을 먹고 뒤로 도망친다면 혹시 안정된 생활을 영위할지 모르지만 진정한 인생의 의미가 뭔지 알 수가 없다. 그대로 앉아서 아무것도 해 보지 못하고 속수무책으로 당하기보다 차라리 내가 가진 전부를 잃는 한이 있어도 한바탕 모험하는 것이 훨씬 유익하다. 결국 마지막에 무엇을 잃는다고 해도 잃는 것은 내가 소유한 돈이지, 결코 내가 아니다. 돈을 얻는 대신 목숨을 잃을 것인가. 목숨을 얻는 대신 돈을 잃을 것인가. 둘 중의 하나를 양자택일한다면 나는 당연히 후자를 선택한다. 철창 안에 앉아 온종일 돈 냄새에 파묻혀 돈만 세고 있는 것보다 마음껏 대지의 냄새를 맡으며 자유를 만끽하는 것이 내게 무엇보다 값진 인생이란 것을 너무나 잘 알고 있기 때문이다.

하느님 전상서

　세상이 아무리 나를 욕해도 나는 아직 죽지 않았고 어떤 놈이 온종일 집 앞에서 버럭버럭 소리를 지르고 고함을 쳐도 그런 놈 하나쯤은 한 손으로 번쩍 들어서 십 리밖에 똥줄이 타도록 혼쭐을 내고도 그 자리서 팔굽혀 펴기를 백 번은 거뜬히 하고 남을 정도로 팔팔이 살아있는 중이다. 비록 하늘이 무너져도 솟아날 구멍은 있고 길고 짧은 것은 끝까지 대 봐야 아는 법. 내게도 마지막 비수의 단칼은 남아 있은즉 만약 잠자는 사자의 코털을 건들면 누구를 막론하고 사전 박살을 내서 뼈도 못 추릴 테니까. 하느님, 오늘 저랑 맞짱 한번 뜨시겠습니까?

참된 어른

인생의 경험을 쌓을 만큼 나이를 먹은 사람이라면 젊은 사람한테 모범을 보이고 웃어른으로서 타인의 공경을 받지는 못할망정 항상 젊은 사람들과 똑같이 생각하고 행동하면서 오히려 대접받기만 바란다면 아무리 나이를 먹은 사람일지라도 도덕을 말할 자격이 없다. 때론 나이를 먹은 사람들이 젊은 사람들보다 더 부끄러울 때가 많다. 결코 나이를 먹는 것과 인생의 정답은 비례하지 않는다. 젊은 사람한테도 그 나름대로 배울 점이 있고 나이를 먹은 사람한테도 분명히 배우지 말아야 할 것이 있다. 나이를 먹은 것만으로 남 위에 군림하려 드는 것은 어른으로서 크게 잘못된 행동임에도 불구하고 체면을 무시한 채 말로만 가르치려 드는 행위는 커다란 착각에 불과하다. 굳이 나이를 먹었다는 이유만으로 벼슬을 행사하고 자처하는 그야말로 고집불통의 나이 든 사람을 보면 정작 본인의 인생은커녕 남의 인생에 앞서서 참견만 하는 속칭 허울 좋은 어른인 주제에 과연 닭벼슬도 벼슬에 해당하냐고 한 번쯤 속으로 물어보고 싶다. 최소한 인생을 오래 산 사람이라면 남 앞에서 꺼내는 말조차도 그 말이 나와 내 이웃을 함께 이롭게 하는 말인지 자문해 볼 필요가 있다. 불필요하게 아무 때나 큰소리로 목청만 높이는 것은 인생의 경험에 비해 아직도 참된 어른이 되지 못했다는 증거다. 나이만 먹었다고 만사가 아니듯, 인생도 인생 나름이고 어른도 어른 나름이다. 마땅히 존경받을 어른이라면 남을 꾸짖고 호통만 치기보다 따듯한 사랑과 지혜로써 넓은 아량을 베풀 줄 아는 관용의 미덕이 필요하다.

이 사회를 떠나며

올해는 나에게 매우 중요한 해이다. 그동안 사회 속에서 줄곧 사람들과 함께 살아온 만큼, 이제는 사회를 벗어나 사회에서 떠날 때가 되었다. 사회에서 본인이 할 수 있는 것이 더 아무것도 없다는 것을 뒤늦게 깨달은 이상 사회에 남아서 남은 인생을 낭비하고 싶은 마음이 없다. 오직 사회를 필요로 하는 사람들에게만 사회는 존재 가치가 있다. 마침 사회생활에 따른 염증으로 인해 환멸을 느끼던 때에 사회생활 자체가 내겐 불필요하니 무의미할 뿐이다.

사회란 내가 속한 곳이지만 언젠가 때가 되면 사회를 탈피해서 나만의 길을 새롭게 개척해야 한다. 지금까지는 현실에 안주하면서 살았다면 앞으로는 사색과 명상을 통해 나의 본연의 삶을 살기로 마음먹었다. 특히나 나 같은 사람에게 사회란 단지 먹고사는 곳에 불과하다. 더군다나 벌써 나이가 쉰을 바로 눈앞에 둔 마당에 지금 떠나지 않으면 영원히 사회에 붙들려 모처럼 찾아온 절호의 기회를 놓치고 만다. 마치 뗏목을 타고 강을 건너는 뱃사공처럼 이미 강을 건넌 사람은 더는 뗏목이 필요 없는 것처럼, 계속해서 사회라는 무거운 짐을 등에 짊어지고 갈 필요가 없다.

다만 한 가지 걱정이 있다면 아직도 할 일이 많이 남아 있기 때문에 아내 앞에서 어떻게 말해야 좋을지 모르겠지만 그나마 자식이 없는 관계로 다행히 먹고사는 터전은 마련한 덕분에 부족한 생활비는 주변 사람들을 통해서 조금씩 마련하면 되므로 특별히 사는 데는 큰 지장이 없다. 그렇다고 무조건 책임을 회피하는 것은 아니지만, 이대로 사회에서 남은 생을 보내기에는 나로서 가야 할 길이 따로 정해진 까닭에 더는 뒤로 미룰 수가 없다. 설령 나 자신을 온전히 깨닫지 못하고 죽는 한이 있어도 나는 다시는 사회로 돌아갈 뜻이 전혀 없다. 내 나름대로 지금껏 사회에 대해서 대부분 경험할 만큼 충분히 겪었기 때문에 또다시 사회의 테두리 안에서 살아간다는 것은 곧 사회 속에 갇혀 사는 것이나 마찬가지다. 세상 곳곳을 누빈 사람은 어느새 집에 돌아와 침묵 속에 조용히 쉬기를 바라는 법이다.

막상 사회의 그늘에서 벗어나 은둔자처럼 나만의 삶을 찾아 떠날 결심을 하니 한때 정든 사회를 떠나야 한다는 사실이 믿어지지 않을 정도로 몹시 서글픈 생각에 매우 착잡하지만, 한편으로 속이 후련하니 무덤덤한 가운데 마음이 한결 홀가분하다. 오랫동안 쌓인 무거운 마음의 짐에서 비로소 해방되듯 어느덧 가슴속에 새로운 바람의 물결이 출렁거린다. 먼 길을 가기 위해서는 몸이 반쯤 가벼워야 한다.

앞으로 내 앞에 어떤 길이 기다리고 있을지 모르지만, 사람마다 태어난 목적이 다르기 때문에 각자에게 정해진 길과 운명이 다르다. 나에게 삶이란 삶 그 자체가 목적이 아니라 나를 깨닫기 위한 과정의 연속일 뿐이다.

다른 사람들의 눈에는 내가 이상한 사람처럼 보일지 모르지만 나의 눈에 그들이야말로 전혀 무가치하고 쓸모없는 사람들이다. 많은 사람들이 단순히 먹고살기 위해 사회에서 돈을 벌 때 나는 불가능한 것을 위해 끊임없이 나 자신을 탐구하고 창조해 왔다. 그렇지 않다면 오늘날 내가 나한테 과연 나는 누구란 말인가? 만약에 태어나서 죽을 수밖에 없는 것이 인간의 운명이라면 도대체 지금 여기가 어디란 말인가?

그러므로 죽음이 오기 전에 영원한 삶을 찾아서 때가 더 늦기 전에 오직 나는 나의 길을 갈 생각이다. 지금은 비록 아무도 나를 이해할 사람이 없겠지만, 언젠가 나의 입장이 되어 보면 나의 심정을 충분히 잘 이해하리라 믿는다. 나에겐 선택의 여지가 없기 때문이다.

미리 말해두지만 내가 현재에 걷는 이 길이 곧 머지않아 그대들의 길임을 나는 믿어 의심치 않는다. 내 앞에도 많은 스승과 현자들이 있었다. 그들 모두가 과거에 피안의 강기슭에 이르렀다. 나 역시 그들과 마찬가지로 같은 운명을 짊어진 사람으로서 나는 나의 사명감에 의해서 나의 길을 걷고 싶을 따름이다. 그래서 나는 나 자신을 본보기로 삼고자 한다.

나는 이 사회가 사람들로 하여금 그들의 눈과 귀를 멀게 하고 사람들의 내면을 얼마나 병들게 하는지 나의 두 눈으로 똑똑히 보았다. 수많은 강요와 억압은 사람들을 타락시키는 가장 큰 원인이다. 그중에서도 종교와 성직자들은 위선과 악의로 사람들을 기만하고 이웃 사랑이라는 덕목 아래 온갖 선행을 베풀도록 자행을 일삼아 왔다. 성직자들이야말로 가장 타락한 자들이다. 사회란 결국 무지한 자들로 구성된 아둔한 사람들의 집합 장소다.

진정 삶을 사랑하는 자는 처음부터 다시 시작해야만 한다. 아무것도 없는 무에서 유를 창조하듯 순수한 백지상태에서 새로운 인간으로 거듭 태어나는 것이 내겐 무엇보다 중요하다. 생애 이래로 얼마나 많은 사람이 그와 같은 길을 걸었는지 안다면 나만 홀로 앉아서 죽음이 오기만 기다릴 수 없는 일이다. 삶을 깨달으면 깨달을수록 점점 알고자 하는 가운데 진리에 목마른 것은 당연한 이치다. 그에 비해 항상 어리석은 자는 현실 세계에만 급급할 뿐이다. 겨우 목숨에 부지해서 삶에 연연하기보다 그럴 바에 차라리 죽는 편이 낫다.

우리는 왜 이 세상에 태어났는가? 우리가 이 세상에 태어난 것은 나 자신의 삶을 완성하기 위해서다. 누구나 각자의 길이 정해져 있기 때문이다. 그렇기에 누구나 가는 길이 다 길이 아니고 모두가 사는 인생이 전부 다 같은 인생이 아니다. 이 세상에 길은 정해져 있다. 다만 내가 가야 할 길이 정작 어딘지 잘 모르고 있을 뿐이다. 따라서 어느 시점에서 누구와 어떻게 가는가가 중요하다. 삶의 집착에서 벗어날 길이 없는 사람은 인생의 진리를 깨달을 수 없다.

막 알을 깨고 나온 애벌레가 차츰 성장하여 번데기에서 한 마리의 나비가 되듯 무릇 사람도 때가 무르익으면 언젠가 자신의 본성에 따라 내가 누구인지 찾게 되는 법이다. 활을 만드는 사람은 활을 다루고 배를 만드는 사람은 배를 다루고 목수는 나무를 다루며 지혜로운 사람은 자기 자신을 다룬다.

인생은 꿈과 같다. 꿈을 꾸는 사람이 꿈을 꾸고 있을 때는 꿈인 줄 모르다가 막상 잠에서 깨면 비로소 꿈인 것을 알듯, 온갖 부귀영화를 누린들 한낱 물거품에 불과한 환영으로 가득한 곳이 삼사라의 수레바퀴다.

세상 사람들에게 묻노니, 과연 참된 삶이란 무엇인가? 매일 하루하루 기도하면서 일용할 양식을 달라고 하늘에 대고 애원하는 것인가? 아니면 스스로 행복하고 만족하면서 자족하는 것인가? 아니면 높은 왕좌에 올라 아래를 굽어보듯이 내려다보면서 자화자찬에 깔깔대고 웃는 것인가?

참된 삶이란 깨달음을 통해 해탈에 이르러 절대불변의 진리 속에서 삶의 이치를 통달한 것이다. 생사의 윤회에서 벗어나 더 이상

오고 가지 않는 가운데 집착의 번뇌를 끊고 마침내 저 피안의 강 기슭에 이른 사람이다. 거센 흐름을 이기고 나를 극복한 사람이야 말로 진정한 승리자다.

나의 진실한 벗들이여! 진리가 없는 곳에는 머물지 말고 그냥 지나쳐가라.

하늘을 나는 새도 땅에서는 살지 못하고 들에 피는 백합도 누가 보살피지 않아도 자발적으로 저절로 피었다 지며 함박꽃도 감나무 그늘 밑에 있으면 영원히 꽃이 피지 않는다.

칠칠은 사십구!

파리와 나

어느 날 감나무 밑에 앉아 꾸벅꾸벅 졸고 있는데 웬 파리 한 마리가 무르팍에 앉아서 손을 싹싹 빌고 있었다. 자세히 관찰해 보니 파리가 얼굴을 손바닥으로 닦으면서 갸륵한 형상을 하고 열심히 불공을 드리는 것이었다. 하물며 파리조차도 매일 얼굴을 수시로 세수하듯 깨끗이 닦는데, 감나무 그늘 밑에 앉아서 파리보다 못한 인간이 꾸벅꾸벅 졸고 있구나!

도란 무엇입니까

　어느 날 한 젊은이가 노자에게 가르침을 청하기를, "도란 무엇입니까?"라고 묻자 이에 노자가 말하길, "너무 똑똑해도 안 되고 너무 모자라도 안 되고 어중간해도 안 된다. 똑똑하면서 모자란 듯, 모자란 듯 똑똑하면서 때 묻지 않은 사람이어야 참된 도를 구할 수 있다. 그래서 도에 이른 사람은 전부 이상한 사람처럼 보인다. 만약 다른 사람들의 눈에 이상하지 않으면 도에 이른 사람이 아니다. 도란 지혜로운 것도 무지한 것도 아니기 때문이다." 그리고 홀연히 사라졌다.

그럼에도 불구하고

"만약 전생에서 혜안을 얻고 수행했던 자가 현생에 와서 이를 모르고 그냥 지나칠 수 있는가?"라고 물으면 나의 대답은 그렇다. 그럼에도 불구하고 아무런 차이가 없다.

도로 아미타불

66

세상에는 낫 놓고 기역 자도 모르는 놈도 많더라.

99

중고 노트북

나도 이제 드디어 남들이 누구나 웬만하면 집에 하나씩 다 가지고 있다는 꿈에 그리던 이 시대 최고의 최첨단 컴퓨터를 비로소 손아귀에 거머쥐었다. 그것도 파란 색깔의 삼성 노트북으로 자그마치 거금 삼십팔만오천 원을 주고 오랜 기다림 끝에 우리 동네 컴퓨터 중고 대리점에 직접 방문해서 아주 어렵게 구했다. 이제 노트북만 있으면 마음 놓고 자유자재로 글을 쓸 수가 있다. 매번 복잡하게 피시방을 굳이 전전하지 않아도 그만이고 일일이 필요할 때마다 옛날 방식을 답습하듯 주먹구구식으로 세금 계산서를 하나씩 끊을 필요도 없다. 그야말로 버튼만 누르면 온갖 별의별 기상천외한 여자들이 바로 홀딱 발가벗고 나와서 이루 말로 형언할 수 없는 각종 신기한 자세를 취할 만큼 딱 금상첨화이다. 그리하여 "아니, 이게 웬 걸인의 밥상에 왕의 진수성찬이란 말이더냐?" 자, 그럼 시작해 보자. 성능 좋고!

구정물의 약속

    세상은 온갖 더러운 물질로 가득 차서 가끔 구정물 속에서도 이상야릇한 향기를 품을 때가 있다. 조심하라! 그 구정물 속에 갇혀서 나의 코가 자칫 영원히 구정물이 되는 수가 있다. 그때는 아무리 냄새를 맡아도 도처에서 구정물 냄새밖에 나지 않는다. 이름하여 구정물에 항상 코를 처박고 있는 자는 구정물이 구정물인지도 모르고 계속해서 구정물 냄새만 맡는 가운데 하필 구정물에 환호성이다.

사부님 가라사대

비록 내가 그런 도사는 아니지만, 왕년에 유명한 사람도 나를 못 따라올 만큼 탁월한 능력 밖의 소유자임은 온 천하에 모르는 사람이 없을 정도로 익히 누구나 들어서 알고 있는 사실인바, 과연 나의 말을 못 믿겠다면 한번 시험 삼아 테스트할 겸 가서 일반 사람들한테 내가 누구냐고 물어보면 삼척동자도 눈감고 웬만한 사람은 척하면 다 안다. 단 아무도 모르게 물어보도록 하라! 만약 아직까지도 나를 잘 모르는 인간이 있다면 그 자리서 정신이 번쩍 들도록 코가 빨개질 때까지 가차 없이 두들겨 패도 무방하다. 잠깐, 한 가지 잊은 게 있다. 혹시라도 만약의 경우를 대비하여 행여 마지막으로 위험한 상황이 닥치면 절대로 내 이름을 입 밖에 꺼내서는 안 된다. 그럼 이제 너한테 더 이상 아무것도 가르칠 게 없으니 그만 하산하도록 하라.

영원한 나의 사부님!